中國語言文字研究輯刊

十四編

許錟輝 主編

第6冊

南宋李從周《字通》研究（下）

王世豪 著

花木蘭文化事業有限公司

國家圖書館出版品預行編目資料

南宋李從周《字通》研究（下）／王世豪 著 -- 初版 -- 新北市：
花木蘭文化事業有限公司，2018〔民107〕
目 2+264 面；21×29.7 公分
（中國語言文字研究輯刊 十四編；第 6 冊）
ISBN 978-986-485-268-0（精裝）
1. 字通 2. 研究考訂
802.08　　　　　　　　　　　　　　　　107001295

ISBN-978-986-485-268-0

9 789864 852680

中國語言文字研究輯刊
十四編　　第六冊　　　　　ISBN：978-986-485-268-0

南宋李從周《字通》研究（下）

作　　者　王世豪
主　　編　許錟輝
總 編 輯　杜潔祥
副總編輯　楊嘉樂
編　　輯　許郁翎、王　筑　美術編輯　陳逸婷
出　　版　花木蘭文化事業有限公司
發 行 人　高小娟
聯絡地址　235 新北市中和區中安街七二號十三樓
　　　　　電話：02-2923-1455 ／傳眞：02-2923-1452
網　　址　http://www.huamulan.tw 信箱 hml810518@gmail.com
印　　刷　普羅文化出版廣告事業
初　　版　2018 年 3 月
全書字數　250637 字
定　　價　十四編 14 冊（精裝）　台幣 42,000 元　　　版權所有・請勿翻印

南宋李從周《字通》研究（下）

王世豪 著

目次

第四章 《字通》內容考證

第一節 分類構形體系

本節旨在探討《字通》依據楷體的形體結構重新劃分歸類楷字的分類構形體系，對於此體系之研究，必須依照其體例編輯上三個層次的安排內容（分大類、置篆字、繫楷字）分別進行考證，而《字通》主要依據楷體的點、畫、偏旁來建構其分類體系，共分作 89 類，而歸於每一類之中的篆文字頭與繫屬楷字之構形分析便成為考訂《字通》分類構形體系的材料，所以本節先以縱向的層次面（分大類、置篆字、繫楷字）「八十九類構形析分之要素」來探討其中析分之要素，如點類、畫類等之性質，並考訂篆體楷定後是否能歸於所屬該類，辨析其中置篆字的安排蘊含那些特性，對每類之中繫屬於篆文字頭下的楷字，進行全面的分析，以論證該分類體系是否合乎析分楷體構形的合理性。

然後以橫向的分類構形，觀察「八十九類構形析分之類型」，考證 89 類的分類形態。觀察該分類體系中的文字，從原本篆體經隸變後成為楷字的形體演變情況，整理出《字通》以 89 類統攝的楷體分類構形體系。

一、八十九類構形析分之要素

《字通》採取以楷體構形為分類要素，藉由析分楷字結構中的點、畫、偏旁以及這些要素的位置，來歸納楷字，使其脫離 540 部首的框架，可以直接分

析楷體結構，而判斷該字應該歸屬於哪一類。所以討論《字通》第一層 89 類構形之分類體系，必須以楷體的角度進行形體分析，在體例中存在於第二層的篆文字頭於此處也應該從該篆體隸變後之構形進行觀察，然後再探討第三層的楷字歸屬於各類的情形。所以首先從析分 89 類的要素，進行全面的檢討，以呈現出這 89 類的析分標準。

（一）點

以點分者，狹義上是分類中有云「某某點」的類型。廣義的觀察，則可以發現有些以偏旁或整字的分類其實也存在著以「點」析分的要素，且又以點的多寡為分類順序，有：

1、一點
上一點類，以下有立字類、广字類、宀字類。
旁一點類。

2、兩點
上兩點類。
中兩點類。
下兩點類。
旁兩點類。

3、三點
上三點類。
中三點類。
下三點類。
旁三點類，以下有木字類、示字類。

此處將「木」、「示」之下看作三點，在木字類與示字類所收字的構形中，有時木或示的構形在該字之下，如「枲」、「祭」，有時在旁，如「述」、「穎」，所以木字類與示字類在性質上可作廣義的下三點類和旁三點類看待。

4、四點
上四點類。
中四點類。

下四點類上。

下四點類下。

（二）畫

以畫分者，也作狹義的「某某畫」與具有畫之性質的偏旁、整字的廣義類型，並也依筆畫多寡為序，有：

1、一畫

一畫類，以下為一亅類。

在一亅類下注曰：「八法有掠有啄，皆類此」，[註1] 此處將書法的筆勢觀念用以為構形的分類要素，從第二章文獻篇中對李從周其人之記載，可以知道其以書法與文字學名世，後是如元代的龔觀甚至以《字通》作為學篆之帖，所以《字通》於此加入了書法筆勢的分類標準，也反映了當時楷體書寫與書法結構觀念的關聯性。自魏晉南北朝衛夫人作《筆陣圖》以來，當時的各體已經逐漸發展成熟，且楷體的書寫是用字的主流，所以「永字八法」的建立也說明了楷體結構已經產生書寫的標準，這種標準其實是分析楷體構形的方式，李從周體會到這種分析方式本為楷體而作，所以納入了書法筆勢作為分類之依據。

2、兩畫

兩畫類，以下有人字類、臥人類、入字類。

3、三畫

三畫類，以下有土字類。

（三）偏旁

以偏旁分者，則與原本的部首觀念相近。不過和原來的 540 部首的系聯含意有所不同，原來的部首是該字組成的形符，但是《字通》這個組成的形體依據雖然是以篆體為準。但是有些文字在隸變以後其部分結構相近，例如原本不同形體結構的「青」和「素」，在隸變以後上部皆作近似「主」的構形，所以《字通》設立「主字類」來歸屬這兩個形體來源不同的字。可以知道《字通》選擇的這些偏旁分類有歸納原本部首來源不同但是隸變以後同形或形近文字的用意。

〔註1〕〔宋〕李從周：《字通》，頁428。

　　這些分類本身也具有上述點、畫的性質，但是如果只依點、畫要素區分，則有些構形複雜的文字，在分類時會有離析結構的困難，所以利用這些在楷字的結構組成上很普遍的偏旁要素來歸屬文字，可以避免只以點、畫分類造成的繁複不易區別的困擾，這些分類有：

　　广字類。

　　宀字類。

　　並字類。

　　上＋＋字類。

　　中＋＋字類。

　　下＋＋字類。

　　上宀字類。

　　中宀字類。

　　兩字類。

　　冂字類。

　　弓字類。

　　上儿字類。

　　下儿字類。

　　匈几字類。

　　勹字類。

　　夂字類。

　　大字類。

　　罒字類。

　　艮字類。

　　尤字類。

　　臼字類。

　　互字類。

　　虍字類。

（四）整　字

　　此處整字和偏旁，在《說文》中都可以視為一個獨立的文字，但是在楷體

的使用上，上述作偏旁的字，已經不使用於平常義符或聲符的組成，而看作一個只有形體功能而不具意義的楷體偏旁，但是整字就是一個正在使用中的通行文字，從楷體構形的分析角度上是有所差別的。《字通》89 類中則以完整的通行文字作為構形分類的要素，和以偏旁分類的原因相同，由於點、畫的分類可能使文字歸類過於繁複，所以使用常見的偏旁來歸整，可以達到簡化的效果，但是有些文字構形更加複雜，難用偏旁區分，例如「爨」字，或者是一些文字經過離析構形之後，產生的結構即呈現完整的文字結構，如「方」字，再者便是字形分析以後形近於這些「整字」，於是《字通》利用這些「整字」之結構來涵蓋這些析分後具形體相近的部件或組成方式相近的文字，例如「品字類」之「參」以「品」之三合之形組成，又如「冠字類」之「寇」具有「冠」之組成形態，以下茲彙整各種整字類型示之：

立字類。

方字類。

木字類。

示字類。

人字類。

臥人類。

入字類。

土字類。

王字類。

主字類。

卋字類。

冂字類。

爨字類。

曲字類。

尸字類。

刀字類。

夕字類。

又字類。

上大字類。

下大字類。

夾字類。

市字類。

中字類。

口字類。

品字類。

上日字類。

中日字類。

下日字類。

白字類。

百字類。

月字類。

目字類。

上田字類。

中田字類。

下田字類。

里字類。

凶字類。

正字類。

巳字類。

冠字類。

斤字類。

山字類。

聿字類。

幸字類。

敕字類。

牪字類。

戊字類。

豕字類。

（五）位　置

在 89 類的析分要素中，還加入了上、中、下、旁四項區別構形的位置要素，藉由位置結構的不同，增加了前述點、畫、偏旁、整字要素在歸納文字時的辨別度，此類整理如下：

1、上

上一點類，以下有立字類、广字類、宀字類。

立、广、宀不僅有點的要素，也有點在上之位置概念。

上兩點類。

上三點類。

上四點類。

上艹字類。

上宀字類。

上几字類。

上大字類。

上日字類。

上田字類。

2、中

中兩點類。

中三點類。

中四點類。

中艹字類。

中宀字類。

中日字類。

中田字類。

3、下

下兩點類。

下三點類。

下四點類上。

下四點類下。

下⁺⁺字類。

下几字類。

下大字類。

下日字類。

下田字類。

4、旁

旁一點類。

旁兩點類。

旁三點類。

旁几字類。

位置的要素主要是在輔助點、畫的析分，而偏旁和整字因爲本身所具有的結構較點、畫兩要素來的明確，辨別度也高，所以只有⁺⁺、宀、人、大、日、田這六個偏旁與整字，由於所屬其結構的文字甚多，且結構形態也較豐富，所以加上了位置的要素，以利析分。

二、八十九類構形析分之類型

以下茲分析各類所歸納文字之構形，依照篆文字頭底下有繫屬楷字與無繫屬者，分上下兩部分呈現。此處的篆文字頭，皆依其楷體之構形與繫屬之楷字，進行形體結構分析，以探討其隸變之現象與劃分之類型。

（一）上一點類

一（一）：元

二（古文上，二）：辛、旁、示、帝

仐（入）：亡／衣、文、交、高

大（大）：奇、亦

亣（籀文大，亣）：立

丨（丶）：主、音

𠫓（𠫓）：充、育

云（云）：魂

𡳿（之）、𧗱（永）、戶（戶）、𣎳（良）、𪗗（齊）、雝（雍）

世豪謹案：在「雧」篆注曰：「自之字以下六字今書从一點作。」〔註 2〕
意乃說明「业」、「𣎴」、「户」、「🅰」、「🅱」、「雧」上部的結構在楷體已隸
變作點形。

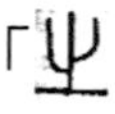

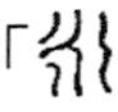

此類之取形在於結構的上部作「、」之形，其中「元」、「云」、「魂」、「戶」
上作橫畫、撇畫，歸入上一點類，似有不妥，但究其字形，「元」字見《九經
字樣》曰：「作𠧴者訛。」；〔註 3〕「云」字見《玉篇零卷》作「�」；〔註 4〕
「魂」字見《四聲篇海》作「𩲡」，〔註 5〕又《集韻》錄其異體作「𩳁」，〔註 6〕
「云」作上一點形；「戶」字見《玉篇》作「户」，〔註 7〕又《龍龕手鏡》也作
「户」，〔註 8〕可以發現世俗通行的楷體，這些字有作上一點之形，故《字通》
將其歸於此類。

（二）立字類

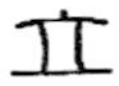

立（立）：端、靖

𡴀（辛）：妾、章、龍、童、音

音（杏，音）：倍、部

彥（彥）：產

奇（奇）、帝（帝）

世豪謹案：此類則是在歸納楷體結構中作「立」之形的文字，而「奇」、
「彥」、「產」依篆文構形，並非作「立」形，但「奇」字見《隸辨》舉〈婁壽
碑〉作「奇」、〈魏受禪表〉作「奇」、〈孫叔敖碑〉作「奇」曰：「按《說文》
奇從大從可，亣，籀文大字也。上二碑奇字從之諸碑，或變作奇。」；〔註 9〕

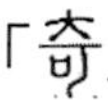

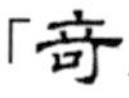

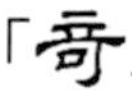

〔註 2〕〔宋〕李從周：《字通》，頁 423。

〔註 3〕〔唐〕唐玄度：《九經字樣》，頁 107。

〔註 4〕〔南朝梁〕顧野王：《原本玉篇殘卷》（北京：中華書局，2004 年），頁 55。

〔註 5〕〔金〕韓孝彥：《四聲篇海》（上海：上海古籍出版社，1995 年），頁 57。

〔註 6〕〔宋〕丁度等：《集韻》（台北：臺灣商務印書館，1965 年），頁 137。

〔註 7〕〔宋〕陳彭年等：《大廣益會玉篇》（台北：國字整理小組出版，國立中央圖書館發
行，1976～1985 年），頁 172。

〔註 8〕〔遼〕行均：《龍龕手鏡》（北京：中華書局，2006 年），頁 50。

〔註 9〕〔清〕顧藹吉：《隸辨》，《中國字書輯刊》（北京：中華書局，2003 年），頁 34。

「彥」字見《五經文字》作「彥」曰:「從文從厂從彡,經典相承隸省」;
〔註10〕「產」字見《玉篇》作「產」,〔註11〕《廣韻》作「產」,〔註12〕《集韻》作「產」,〔註13〕《類篇》也作「產」,結構上部皆作立形,〔註14〕知此處乃取其隸變後通用於世俗的形體,劃歸此類。

(三)广字類

广(广)、疒(疒,疒)、鹿(鹿)、庚(庚)

世豪謹案:此類取「广」形分類,而「疒」、「鹿」、「庚」本非作广形,但是「疒」字《字通》注曰:「今書作疒」,〔註15〕《類篇》曰:「疒文變隸作疒文。」;〔註16〕「鹿」字見《隸辨》作「鹿」曰:「鹿《說文》作鹿。象形,筆迹小異,亦作鹿,或作鹿,經典相承用此字。」;〔註17〕「庚」字見《經典文字辨證書》以「庚」為正,又云:「庚,通,凡從庚字放此。」〔註18〕知各體隸變後皆可析分出「广」,故以此形分類。

(四)宀字類

宀(宀):家、室

𡩡(古文終,𡩡):牢

宁(宁)、它(它)

世豪謹案:此類取「宀」隸變作「宀」之形分類,而古文終字「𡩡」隸變作「𡩡」,見《》:「」,與宀形相近,且所繫屬之牢,上部結構作「宀」,

---

〔註10〕〔唐〕張參:《五經文字》,《中華漢語工具書書庫》(合肥:安徽教育出版社,2002年),頁39。

〔註11〕〔宋〕陳彭年等:《大廣益會玉篇》,頁402。

〔註12〕〔宋〕陳彭年等:《大宋重修廣韻》,頁287。

〔註13〕〔宋〕丁度等:《集韻》,頁373。

〔註14〕〔宋〕司馬光等:《類篇》(北京:中華書局,1984年),頁220。

〔註15〕〔宋〕李從周:《字通》,頁423。

〔註16〕〔宋〕司馬光等:《類篇》,頁261。

〔註17〕〔清〕顧藹吉:《隸辨》,頁913。

〔註18〕〔清〕畢沅:《經典文字辨證書》(台北:新文豐出版公司,1985年),頁98。

故類屬於宀字類。「宀」、「宀」二篆原本構形與宀無涉，但「宀」字見《隸辨》曰：「宁，《說文》作宀，辨積物也。象形，隸變如上。」〔註19〕「宀」字見《六書正譌》曰：「隸作佗，俗作𧿹，非。」〔註20〕而《經典文字辨證書》以「宀」為正，又曰：「它，同，凡從它字放此。」知皆隸變成宀，所以《字通》注曰：「上四字今書同作宀。」，以「宀」歸納形類。

（五）方字類

　　方（方）：㐲、放

　　㚻（㚻）：旌、旗

　　於（古文烏，於）

世豪謹案：此類以「方」結構分類，《字通》在「㚻」下注曰：「徐鉉曰當作㐃，相承多一畫。」〔註21〕此乃依篆形楷定而來，見《類篇》曰：「古作㚻。」〔註22〕又《集韻》也云：「古作㹞。」〔註23〕皆以作方之偏旁的「㐃」為字頭，而多一畫者云古體。在「於」下注曰：「上三字今書同作方」，〔註24〕知「㚻」、「於」在楷體已隸變成「方」形，故歸屬於一類。

（六）旁一點類

　　弋（弋）：戈、弎

　　戊（戊）：成、戌

　　犬（犬）：戾、友

　　又（又）：尢（尤）、甫（甫）

　　卜（卜）：卟、貞、占、外 / 卤

　　兔（兔）：冤、逸 / 莬

　　又（又）、求（朮）、虍（虍）、丅（篆文丁）

〔註19〕〔清〕顧藹吉：《隸辨》，頁 952。

〔註20〕〔元〕周伯琦：《六書正譌》（北京：北京圖書館出版社，2005 年），頁 51。

〔註21〕〔宋〕李從周：《字通》，頁 423。

〔註22〕〔宋〕司馬光等：《類篇》，頁 536。

〔註23〕〔宋〕丁度等：《集韻》，頁 362。

〔註24〕〔宋〕李從周：《字通》，頁 423。

世豪謹案：此類取構形旁作一點之結構。從「片」、從「虎」、從「尤」、從「卜」的「戈」、「成」、「戾」、「卟」等字皆隸變作旁一點，而「弔」、「弔」、「罙」三字篆形相近。從屬「又」的「尤」與「甫」，今通行作「尤」、「甫」，知從又形者有隸變作旁一點之結構，此種演變現象也存在於「罙」字，「罙」乃「秫」之省體，隸變作「尤」。但「又」字之點乃在「又」中，似不應入旁一點類，歸入此類之原因，其一可能《字通》並未立「中一點類」而併中一點之又字於此；其二則察考「又」之楷體，《玉篇》作「叉」、〔註25〕《廣韻》作「叉」、〔註26〕《集韻》作「叉」，〔註27〕捺畫起筆停頓而作左旁一點之形，故《字通》將其歸於旁一點。其餘「叏」、「虍」、「卜」也具旁一點之形，故歸屬於此形類。

（七）上兩點類

八（八）：分、曾、酋、豢

午（午）：羌、羞、養、善、苟

半（干）：羊、芈

三（水）：益

火（火）：併

禿（弟）、夒（夔）、血（竝）、拜（并）、鱻（兼）、絃（茲）、壽（壽，前）、差（差）、箸（箸，着）、尚（谷）、父（父）、酋（酋，首）

世豪謹案：類下注曰：「此類曾頭羊角各不同。」〔註28〕從類中收錄的文字形體析分，上兩點類的結構，又可分成「八」形（曾頭）與「丶丶」形（羊角）。故此類所收之字，各依此二形歸類，其中「壽」下注曰：「今書相承作前，乃成甹字。」〔註29〕說明了「止」簡化成「丄」，在此形近於羊角之形。

〔註25〕 〔宋〕陳彭年等：《大廣益會玉篇》，頁115。

〔註26〕 〔宋〕陳彭年等：《大宋重修廣韻》，頁93。

〔註27〕 〔宋〕丁度等：《集韻》，頁103。

〔註28〕 〔宋〕李從周：《字通》，頁424。

〔註29〕 〔宋〕李從周：《字通》，頁424。

而「𦣻」下注曰：「今書作首。」則說明「𦣻」上三畫象髮之形簡化作「首」。

「干（干）」在篆形雖有近似羊角之形，但以楷體構形分類而言，其只有作爲「羊」、「芉」的形體來源，而「三」作橫流之形，則是取形於「益」，與「干」、「火」皆只作推源之依據，而無法以楷體劃歸入上兩點類的體系中。另「箸（箸）」之取形，上作「艸」，以上兩點類視之似太勉強，筆者察《佩觿》曰：「俗別爲著」，上作「丷」羊角之形，與此類之形體歸納要素符合，疑《字通》乃依「著」取上兩點之形。此處將上兩點之類型屬字分類表示如下：

「八」──兮、曾、酋、𩰤、𩁣（兼）、尚（谷）、𤓯（父）

「丷」──干（干）、羌、羞、養、善、苟、羊、芉、益、倂、弟（弟）、𧢲（夒）、𣲏（竝）、𢍏（并）、𢆶（茲）、肖（𦙾，前）、𨤚（差）、𦣻（𦣻，首）、箸（箸，着）

（八）中兩點類

八（八）：㚣、詹、畣、屑（屑）

儿（儿）：夑、夑、夏、夒

豈（豈）：嘉、喜

干（干）：善、夲

交（交）：夑、絞

世豪謹案：此類與上兩點類只存在位置之差別，也可細分作「八」、「丷」兩種類型，其中「屑」字，依篆文結構應作「屑」，《五經文字》曰：「屑屑，上《說文》，下經典相承。」〔註30〕《隸辨》舉〈華山亭碑〉「屑」與〈史晨後碑〉「屑」云：「《漢書‧武帝紀》屑然如有聞，宋祁曰姚本云屑屑同。」〔註31〕知通行之「屑」中多一豎。另「夏」字，下作「夂」，不見中兩點之形，筆者察《偏類碑別字》引〈魏七兵尙書寇治墓誌〉作「夏」，〔註32〕疑依此取形歸類。此處將中兩點之類型屬字分類表示如下：

〔註30〕〔唐〕張參：《五經文字》，頁46。

〔註31〕〔清〕顧藹吉：《隸辨》，頁694。

〔註32〕羅振鋆，羅振玉，羅福葆原著，北川博邦編：《偏類碑別字》（東京：雄山閣，1975年），頁11。

「八」──夋、詹、奮、屑（肙）、燮、癹、夏、嬰、鼗、絞、亥（交）

「丷」──善、柒

（九）下兩點類

　　介（六）：冥

　　廾（丌）：其、典、畀、巽

　　𦥑（収，廾）：共、具、舁

　　儿（儿）：兒、頁

　　苂（古文光，芡）：黃

　　見（貝）、兄（只）、寅（寅）、眞（眞）

　　世豪謹案：此類下注曰：「俗書謂之其腳。」〔註33〕指下兩點類的取形，在俗書的歸類中云腳，可推知此類在楷體的構形已具析分的意識。其中「寅（寅）」下注曰：「下作人，未詳解字義。」〔註34〕《正字通》認爲下作人形的「寅」爲寅的本字，而作兩點之形的「寅」則爲字頭，顯現出其乃一般通用之體，故《字通》依此取形歸類。

（十）旁兩點類

　　二（二）：次、匀／於、太（夳）

　　仌（仌）：凌、冷

　　彐（叉）：蚤

　　八（八）：必

　　俎（俎）、厂（厂，厂）

　　世豪謹案：此類以旁作兩點的結構歸類，其中「太」字，爲「泰」之古文作「夳」，《隸辨》〈衡方碑〉有「太」字，曰：「太山及泰山，泰與太古蓋通用，《孟子》泰山、太山並見，《史記‧封禪書》亦作太山。」〔註35〕《集韻》「夳、太、大、泰」〔註36〕並陳。此處《字通》若依古文泰作「夳」取形，

〔註33〕〔宋〕李從周：《字通》，頁 425。

〔註34〕〔宋〕李從周：《字通》，頁 425。

〔註35〕〔清〕顧藹吉：《隸辨》，頁 539～540。

〔註36〕〔宋〕丁度等：《集韻》，頁 517。

則應歸入下兩點類較宜；若循本字「泰」取旁兩點形，則繫屬楷字「太」應改作「泰」。

（十一）上三點類

〳〳（〵〵）：邕、歹（殌）、首（𦣻）、鼠

〳〳（小）：貟、尜

〳〳（闕）：巢、𡿺

〳〳（水）：㳂

世豪謹案：此處以上三點之結構分類，其中又可分作「〵〵」與「小」兩種類型。其中「歹」字今不作上三點，《隸辨》「歹」字下曰：「歹，《說文》作冎，從半冎，隸變如上。亦作歺，或作步，省作歹。從歺之字殂，或作殂，譌從夕；劅從歺，或作列，亦作列，譌從歺。」〔註37〕而《字通》以爲《說文》釋「歹」云：「劅骨之殘。」之「劅」，聲符「殌」爲「歹」字，其乃循徐鉉在「劅」字下注曰：「列字從殌，此疑誤，當從歺省。」〔註38〕之說。《正字通》曰：「𡿺，俗字，舊本〵〵部有𡿺、殌二文，音義並同。」〔註39〕故推知《字通》將歹字歸入上三點類，乃依「殌」取形。此處將上三點之類型屬字分類表示如下：

「〵〵」──邕、歹（殌）、巢、𡿺、㳂

「小」──貟、尜

（十二）中三點類

〳〳（〵〵）：㞣、州

〳〳（爪）：㞣、受

𧮫（爵）、𢙶（愛）、舜（舜）

世豪謹案：此處以中三點結構分類，考察其收字之構形，又可析分成「〵〵」、「爫」兩種類型，其中「州」字，《隸辨》舉〈北海相景君銘〉作「州」，

〔註37〕〔清〕顧藹吉：《隸辨》，頁836～837。

〔註38〕〔漢〕許慎著、〔宋〕徐鉉校訂：《說文解字》，頁239。

〔註39〕〔明〕張自烈：《正字通》，《中華漢語工具書庫》（合肥：安徽教育出版社，2002年），頁21。

〈華山廟碑〉作「州」，〈韓勑碑〉「州」、「州」，〔註 40〕又《玉篇》收異體「𠛩」，〔註 41〕《類篇》收異體「𠛩」，〔註 42〕知其應歸於「巛」類取形。而「爵」《九經字樣》曰：「爵爵，上《說文》，下隸省。」〔註 43〕「愛」《五經文字》曰：「㤅愛，上《說文》從旡從心從夊，下經典相承隸省。」〔註 44〕「舜」《字通》曰：「隸辨作舜。」〔註 45〕《隸辨》也云：「舜，《說文》作舜，艸也。象形，從舛。筆迹小異變作舜，經典相承用此字。亦作舜，或作舜舜。」〔註 46〕知此三字上部結構皆隸辨作「⺥」，故《字通》依此取形歸類。以下茲依兩種類型分類屬字：

「巛」——巠、州

「⺥」——㐌、夊、爵（爵）、愛（愛）、舜（舜）

（十三）下三點類

巛（巛）：㐬、侃

㐬（㐬）：疏、流

火（火）：票、尞

糸（糸）、京（京）、県（縣，県）、尗（尗）、介（介）

世豪謹案：此處以下三點之結構分類，其中「票」字《五經文字》曰：「本字從西下火，隸文移火字一點就上，非示字。」〔註 47〕《玉篇》「票」字下收「票」，曰：「同上，亦作票。」〔註 48〕「尞」字《九經字樣》「尞尞」下曰：「上《說文》，下隸。」〔註 49〕知其下部之形，原乃從「火」，隸變後作「小」。

〔註 40〕〔清〕顧藹吉：《隸辨》，頁 292。

〔註 41〕〔宋〕陳彭年等：《大廣益會玉篇》，頁 92。

〔註 42〕〔宋〕司馬光等：《類篇》，頁 420～421。

〔註 43〕〔唐〕唐玄度：《九經字樣》，頁 50。

〔註 44〕〔唐〕張參：《五經文字》，頁 67。

〔註 45〕〔宋〕李從周：《字通》，頁 425。

〔註 46〕〔清〕顧藹吉：《隸辨》，頁 861。

〔註 47〕〔唐〕張參：《五經文字》，頁 72/79。

〔註 48〕〔宋〕陳彭年等：《大廣益會玉篇》，頁 303。

〔註 49〕〔唐〕唐玄度：《九經字樣》，頁 28。

而「鼎」篆形作「鼎」,《玉篇》作「鼎」,〔註50〕《廣韻》、《類篇》皆作「鼎」,
下作「巛」形。《字彙》「鼎」下收「鼎」,〔註51〕知隸變後也作「小」形。考
察此類收字之構形,又可析分作「巛」、「小」兩種類型,以下茲依兩種類型
分類屬字:

「巛」——巟、侃、疏、流

「小」——票、寮、枲(糸)、京(京)、鼎(縣)、棠(崇)、介(尒)

(十四)旁三點類

彡(彡):須、尋(㝷)

巛(水,氵)、非(非)

世豪謹案:此處以旁三點之結構分類,其中「尋」字《說文》篆作「㝷」,
左旁有三點,應楷定作「㝷」,《九經字樣》「㝷尋」下曰:「上《說文》,下隸
省作尋。」〔註52〕考察此類收字構形,又可析分作「彡」、「氵」兩種類型,以
下茲依兩種類型分類屬字:

「彡」——須、尋(㝷)

「氵」——巛(水,氵)、非(非)

(十五)木字類

朩(朩):麻、枲

朮(朩,朮):南、沛

朮(朮):述

朩(朩)、余(余)、朮(朱)、呆(古文保,呆)、突(突)

世豪謹案:此處以「朩」之結構分類,將篆文形近「朩」以及隸變後作
「朩」形的文字歸納作一類,其中「朩」篆《隸辨》曰:「亦作朩,從朩之
字。朩變作沛,謬從市。朩或謬相混無別。」〔註53〕知「」與「朩」形相近。

〔註50〕　〔宋〕陳彭年等:《大廣益會玉篇》,頁82。

〔註51〕　〔明〕梅膺祚:《字彙》,《中華漢語工具書書庫》(合肥:安徽教育出版社,2002
　　　　　年),頁55。

〔註52〕　〔唐〕唐玄度:《九經字樣》,頁40。

〔註53〕　〔清〕顧藹吉:《隸辨》,頁880。

「南」字《集韻》收「𢆉」曰：「古作𢆉。」〔註54〕古文上部可析分出「宋」。但「宋」繫屬之「南」、「沛」二字雖然推本形源從「米」，與木形相似，但隸變後並無法析分出木形，疑不宜歸於此類。又「余（余）」《說文》曰：「從八，舍省聲。」〔註55〕「朮（朮）」《說文》曰：「象朮豆生形。」〔註56〕「呆（古文保，呆）」《隸辨》曰：「按《說文》保從𤔔，𤔔從子從八，碑變作呆。」〔註57〕「窊（突）」《說文》：「從穴從火從求省。」〔註58〕知原本篆形與木之結構無涉，但隸變後則可析分出「木」，故《字通》依此取形歸類。

（十六）示字類

　　示（示）：祭、奈

　　禾（禾）：穎（穎）、稟（稟）

　　火（火）：票、尉

　　世豪謹案：此處以「示」結構分類。其中「穎」字並無「示」形，但《隸辨》〈韓勅碑〉有「穎頁」，曰：「碑復變禾從示。」〔註59〕此形收於《類篇》中。〔註60〕「稟」字也無作「示」，但《隸辨》〈校官碑〉有「稟」字，曰：「碑復變禾從示，今俗因之。」〔註61〕又《玉篇》、《龍龕手鏡》、《四聲篇海》等字書，皆有「稟」，且《龍龕手鏡》與《四聲篇海》皆收於「示部」，知從示之「稟」乃當時通行之體。故《字通》依此取形歸類。

（十七）上四點類

　　米（米）：粵、𩰪

　　釆（釆）：番、卷（粦）、奧（寒）、悉

　　炎（炎）：粦

〔註54〕〔宋〕丁度等：《集韻》，頁 807。

〔註55〕〔漢〕許慎著、〔宋〕徐鉉校訂：《說文解字》，頁 28。

〔註56〕〔漢〕許慎著、〔宋〕徐鉉校訂：《說文解字》，頁 149。

〔註57〕〔清〕顧藹吉：《隸辨》，頁 423。

〔註58〕〔漢〕許慎著、〔宋〕徐鉉校訂：《說文解字》，頁 152。

〔註59〕〔清〕顧藹吉：《隸辨》，頁 449。

〔註60〕〔宋〕司馬光等：《類篇》，頁 315。

〔註61〕〔清〕顧藹吉：《隸辨》，頁 466～467。

芈（巫，巫，乖）：脊（脊）

㣻（肭）

世豪謹案：此處以上四點之結構分類。其中「卷」字《類篇》楷定作「㞍」，〔註62〕上作「釆」。「奧」字《說文》楷定作「奧」，《五經文字》曰：「奧，從宀從米從大，大隸變體從大。」〔註63〕《隸辨》曰：「奧字《說文》從宀從釆，碑變加畫字。」〔註64〕「㣻」《類篇》作「肭」，〔註65〕《集韻》作「肭」。〔註66〕又「脊」字見《集韻》作「脊」，〔註67〕《龍龕手鏡》作「脊」，〔註68〕皆可析分出上四點之「ソ」形。故《字通》依此取形歸類。考察此類收字構形，又可析分作「ソ」、「ハ」兩種類型，以下茲依兩種類型分類屬字：

「ソ」──鬻、番、卷（㞍）、奧、悉、舜、脊（脊）、㣻（肭）

「ハ」──鬯

（十八）中四點類

率（率）、ハ（兆）、雨（雨）、羽（羽）、鹵（鹵）

世豪謹案：此處以中四點之結構分類，取形與上四點相近，皆有「ソ」與「ハ」形，但所在位置在文字結構之中。其中「雨」《玉篇》、《五經文字》、《九經字樣》皆作「雨」，中作「ソ」。故細分此類構形，可析作「ソ」、「ハ」、「〃」三類，以下茲依三種類型分類屬字：

「ソ」──率（率）、ハ（兆）、雨（雨）

「ハ」──鹵（鹵）

「〃」──羽（羽）

〔註62〕〔宋〕司馬光等：《類篇》，頁 322。

〔註63〕〔唐〕張參：《五經文字》，頁 15/22。

〔註64〕〔清〕顧藹吉：《隸辨》，頁 956。

〔註65〕〔宋〕司馬光等：《類篇》，頁 274。

〔註66〕〔宋〕丁度等：《集韻》，頁 516。

〔註67〕〔宋〕丁度等：《集韻》，頁 743。

〔註68〕〔遼〕行均：《龍龕手鏡》（北京：中華書局，2006年），頁 24。

（十九）下四點類上

米（米）：康、暴

釆（釆）：寀

川（水）：滕、泰

心（心）：恭、慕

尾（尾）：屬、隶、㸚

永（永）：羕

求（求）、彔（彔）

世豪謹案：下四點類《字通》又分作上下兩種，此上下非指結構位置，而是在於下四點形體之區別。此類可析作「氺」、「小」兩類，以下茲依兩種類型分類屬字：

「氺」——康、暴、寀、滕、泰、屬、隶、㸚、羕、求（求）、彔（彔）

「小」——恭、慕

（二十）下四點類下

火（火，灬）：熙、然、庶、黑／魚、燕

絲（絲）：顯、隰

鳥（鳥）：烏、舄、焉

豸（豸）：廌／舄（舄）

無（無）、爲（爲）、馬（馬）

世豪謹案：下四點類下之取形，乃是「火」之隸變，作「灬」。其中「舄」字隸變作「舄」、其古文從儿，隸變作「兒」，此處《字通》乃依「舄」取形歸類。而於「無」下注曰：「隸變作無，按有無字從亡，橆聲。李斯書只作橆。」〔註69〕知此處乃取其隸變之形歸類。

（二十一）一畫類

丶（丶）：乂、弗

丿（丿）：弋

〔註69〕〔宋〕李從周：《字通》，頁427。

﹁（乀）：也

乙（古文及）：凡

乚（乚）：凵、直

乚（乚）：孔、乳

乛（乙）：乾、亂／臾、尤、失、尺、瓦、局

一（一）、丨（丨）、乚（〈）、丿（丿）

世豪謹案：此處取一畫之結構分類，其意旨在取文字中具有作「一畫」之篆文字頭結構之形，而非以筆畫數作爲分類標準。所以篆文字頭皆爲《說文》中一畫之篆文，繫屬之楷字形體來源則從之於這些篆文。

（二十二）一丿類

厂（丿）：虎、欣

系（系）：緜、縣

儿（人）：千、壬

乇（乇）：託、宅

禾（禾）：科、程

禾（禾，禾）：稽、稼

采（采）：番、釋

毛（毛）：氈、眊

手（手）：看、失

夭（夭）：喬、奔

爪（爫）：孚

干（干）：舌

厂（闕）：尸、后、卮

巫（巫）、我（我）、卑（卑）、禹（禹）、熏（熏）、血（血）、乏（乏）、延（延）

世豪謹案：此處以一丿結構分類，將具一丿結構之文字，概括於此類。

（二十三）兩畫類

　　八（八）：介、夯

　　十（十）：博、協／甲、在

　　二（古文下）：兩

　　二（古文上）、二（二）、⺌（巛）、㐅（古文五，乂）

　　世豪謹案：此處以兩畫之結構分類，而非兩畫之數。考察此類收字構形，又可析分作「兩畫相交」、「兩畫相離」兩種類型，以下茲依兩種類型分類屬字：

　　「兩畫相交」——八（八）、介、夯、二（古文下）、兩、二（古文上）、二（二）、⺌（巛）

　　「兩畫相離」——十（十）、博、協、甲、在、㐅（古文五，乂）

（二十四）人字類

　　𠆢（人）：負、色

　　匕（七）：眞、辰

　　𠂆（七）：㔾、卓

　　刀（刀）：賴、絕、朏

　　尸（闕）：矢（矣）

　　豪謹案：此處以「人」結構分類。其中「卓」字《五經文字》「𣉘卓」下曰：「上《說文》，下經典相承隸省。」知《字通》於此乃取《說文》從「𠂆」之形歸類。而此類又收從「刀」之「賴」、「絕」、「朏」等字，與「人」形無涉，但從「𠆢」篆下之「負」、「色」二字考之，「負」字《隸辨》舉〈魏受禪表〉作「負」注曰：「按《說文》從人持貝，㔾，側人也。碑變從刀。」〔註70〕《玉篇》作「貟」〔註71〕從刀。

　　「色」字《干祿字書》以「色」爲正，「邑」爲俗，〔註72〕知從「人」之

〔註70〕〔清〕顧藹吉：《隸辨》，頁456。

〔註71〕〔宋〕陳彭年等：《大廣益會玉篇》，頁369。

〔註72〕〔唐〕顏元孫：《干祿字書》，《中華漢語工具書庫》，（合肥：安徽教育出版社，2002年），頁17。

形，在隸變以後有作「刀」，與「賴」、「絕」、「脃」上部結構近似，故《字通》依此取形歸類。

「𠃌」《字通》曰：「从反匕」，並舉《說文》「𣬛」字下曰古文矢作「𠂕」為「𠃌」形之證，《玉篇》收「𠂕」字曰：「與矢同。」〔註73〕知當時矢字有從「𠃌」之形，故《字通》依此取形歸類。另外「辰」並無匕形，歸於此類疑有失誤。考察此類收字構形，又可析分出「刀／刀」、「匕／𠃌」兩種類型。

「刀／刀」——負、色、賴、絕、脃

「匕」——眞、乎、卓、矢（𠂕）

（二十五）臥人類

　　八（人）：臥

　　人（入）：矢／𠤎

　　千（午）：卸

　　屮（屮）：每

　　飽（饙）：飭、飾

　　气（气）、秊（年）、夏（复）、履（履）

世豪謹案：此處以「臥人」結構分類。《說文》「臥」：「休也。从人、臣，取其伏也。」故推考此類應從「取其伏」之人形，定義作伏臥之人。其中「每」字《集韻》「𡴋𦬇」下曰：「隸作每。」〔註74〕《玉篇》曰：「今作每。」〔註75〕上隸變作「亠」，故《字通》依此取形歸類。

（二十六）入字類

　　人（入）：全、糴

　　亼（亼）：余、今

　　八（人）：企、介

世豪謹案：此類以「入」結構分類，其中從人之「企」、「介」二字，《集韻》

〔註73〕〔宋〕陳彭年等：《大廣益會玉篇》，頁174。

〔註74〕〔宋〕丁度等：《集韻》，頁111。

〔註75〕〔宋〕陳彭年等：《大廣益會玉篇》，頁182。

有收「企」〔註76〕，《四聲篇海》有收「介」，〔註77〕上皆作「入」形。

（二十七）三畫類

彡（彡）：參

彳（彳）：辵

三（三）、巛（巛）、小（小）、气（气）

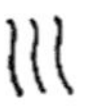

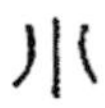

世豪謹案：此處以三畫結構分類，而非指三筆畫數。考察此類收字構形，又可析分作斜三畫之「彡」、橫三畫之「三」、豎三畫「巛／小」三種類型，以下茲依三種類型分類屬字：

「彡」——彡（彡）、參、辵

「三」——三（三）、气（气）

「巛／小」——巛（巛）、小（小）

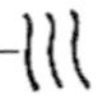

（二十八）土字類

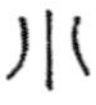

土（土）：徒、堯

士（士）：壯、吉

坐（之）：臺、寺、志

大（大）：幸（�）、載

夭（夭）：走、夲（幸）

米（古文旅）：者

爻（爻）：希、孝

屮（出）：賣、崇

光（先）：奆、竈

肖（吉）：殻

合（谷）：卻（却）、郤

豈（豆）：鼓、尌

〔註76〕 〔宋〕丁度等：《集韻》，頁 312。

〔註77〕 〔金〕韓孝彥、韓道昭：《成化丁亥重刊改併五音類聚四聲篇海》，《續修四庫全書》（上海：上海古籍出版社，1995 年），頁 578。

才（才）：𢦏

从（从）：𢧵

雀（雀）：𢧵

耂（老）、𡱈（袁）、𣪊（籀文磬，殷）、舎（舍）、𠂔（矢）

　　世豪謹案：此處以「土」結構分類，其中「徒」字，《說文》楷定作「辻」，此字形見《龍龕手鏡》收「徒」之古體作「辻」。〔註78〕《佩觿》作「征」曰：「征隸作徒。按《說文》步行也。从辵从土不从彳。」〔註79〕《字通》此處以「土」之結構取形，故「辻」雖隸變作「徒」，但皆可析分出「土」形，故歸類於此。「壯」字從「士」，但碑隸多作「土」，例如〈度尚碑〉作「壯」，〈周憬功勳銘〉作「壯」《隸辨》曰：「《說文》壯從士，碑變作土。」〔註80〕「吉」字在碑隸之中多從「土」，如〈華山廟碑〉作「吉」，〈尹宙碑〉作「吉」《隸辨》曰：「按《六經正誤》云吉凶之吉從士從口非從土也，吉上從土音確，諸碑書士為土，故吉亦作吉，無從士者。」〔註81〕故知吉通行有從土者，故《字通》依此取形歸類。

　　其他如「臺」、「寺」、「志」等字《隸辨》中所舉之漢代碑隸，上部的「㞢」多隸變作「土」，例如〈孔宙碑〉作「臺」、〈魯峻碑〉作「臺」等；〔註82〕「寺」〈史晨後碑〉作「寺」、〈周公禮殿記〉作「寺」；〔註83〕「志」〈曹全碑〉作「志」、〈景北海碑〉作「志」

　　原從「大」的「幸」字，依《說文》楷定作「𡴀」，《隸辨》曰：「《說文》作𡴀，從大從羊，筆迹小異。亦作𡴀，變作幸。」可析分出「土」形。

　　原從「夭」的「走」字《五經文字》曰：「《說文》從夭從止，今依經典相承作走。」〔註84〕「㚖」字《隸辨》曰：「《說文》㚖，吉而免凶也，從屰

〔註78〕〔遼〕行均：《龍龕手鏡》，頁 489。

〔註79〕〔宋〕郭忠恕：《佩觿》，頁 48。

〔註80〕〔清〕顧藹吉：《隸辨》，頁 605。

〔註81〕〔清〕顧藹吉：《隸辨》，頁 670。

〔註82〕〔清〕顧藹吉：《隸辨》，頁 113～114。

〔註83〕〔清〕顧藹吉：《隸辨》，頁 500～501。

〔註84〕〔唐〕張參：《五經文字》，頁 13/21。

從夭。夲讀若籀，所以驚人也，從大從屮。碑盖譌夲爲夳，今俗作幸。」
〔註85〕又曰：「夳，從大從羊，筆迹小異。亦作夲，變作幸。今俗以爲僥夳
字。亦作幸，與夲字異文相混。亦作夳。」〔註86〕知與「幸」字有譌混之情
形，故以譌混之「幸」歸入此類。

原從「屮」的「賣」字上部有隸變作「土」形者，例如《增廣字學舉隅》
收「賣」、「賣」二字皆作「土」。〔註87〕

「希」字不見於《說文》，《龍龕手鏡》收「希」；〔註88〕《四聲篇海》收
「希」，皆可析分出「土」形，故歸類於此。

「卻」字俗作「却」，《五經文字》曰：「作却俗，亦相承用之。」〔註89〕
而「卻」、「郤」二字隸變後形體有譌混情形《隸辨》曰：「《說文》卻從卩從
谷，碑變從阝從去，今俗因之。」〔註90〕知「郤」乃有俗體作「却」，與「却」
皆可析分出「土」形，故歸類於此。

「舍（舍）」《五經文字》舉石經作「舍」，〔註91〕《隸辨》中收〈孔龢
碑〉作「舍」，〔註92〕皆有「土」形。「矢（矢）」《字通》曰：「隸文作矢。」
〔註93〕而《隸辨》所錄之〈孔宙碑〉作「去」、〈魏上尊號奏〉作「去」，
〔註94〕可知依其隸變之形，皆可析分出「土」之結構，故依隸變之形歸於此類。

另外「祟」字所流傳之異體作「祟」、「祟」、「祟」、「祟」、「祟」、「祟」、「祟」、
「祟」，〔註95〕皆無法析分出「土」形，故《字通》歸類於此，疑有不妥。

〔註85〕〔清〕顧藹吉：《隸辨》，頁446～447。

〔註86〕〔清〕顧藹吉：《隸辨》，頁920。

〔註87〕〔清〕鐵珊：《增廣字學舉隅》，《中華漢語工具書書庫》（合肥：安徽教育出版社，
2002年），頁79。

〔註88〕〔遼〕行均：《龍龕手鏡》，頁138。

〔註89〕〔唐〕張參：《五經文字》，頁45/52。

〔註90〕〔清〕顧藹吉：《隸辨》，頁206。

〔註91〕〔唐〕張參：《五經文字》，頁62。

〔註92〕〔清〕顧藹吉：《隸辨》，頁600。

〔註93〕〔宋〕李從周：《字通》，頁430。

〔註94〕〔清〕顧藹吉：《隸辨》，頁344。

〔註95〕詳參中華民國教育部國語推行委員會編：《教育部異體字字典》，http://dict.variants.
moe.edu.tw/。

（二十九）王字類

坒（主）：枉、往

王（王）、王（玉）、王（壬）、孑（王）、坒（主）

世豪謹案：此處以「王」之結構分類。其中「往」字《九經字樣》「徉往」下曰：「上《說文》，下隸省。」〔註96〕知隸省之形可析分出「王」。此類又收錄「坒（主）」，則可推知《字通》將「主」字析分出「王」，歸於此類。

（三十）主字類

坒（生）：青

芣（巫）：素

米（束）：責

屮（出）：敖（敷）

丰（丰）：未

䎕（春）：秦

鼍（袠，表）、壽（毒）、秦（奉）、㪔（奏）、㝠（泰）、瞥（春）

世豪謹案：此處雖云「主字類」，但是「主」字卻歸入「王字類」，考察此類收字之構形，皆乃隸變作「主」，形近於「主」，但結構不從「主」者。例如「青」字《隸辨》「青」下曰：「青，《說文》作青，從屮從丹。隸變如上，或作壽，亦作青，經點相承用此字。」〔註97〕「素」字《九經字樣》收錄「繁素」曰：「上《說文》，下隸省。」〔註98〕原從「屮」之「敖」《說文》楷定作「敷」，《九經字樣》收錄「敖教」曰：「上《說文》，下隸省。」〔註99〕又《集韻》作「敖」，〔註100〕可析分出「主」形，故歸類於此。

另外篆文字頭「鼍（袠）」《隸辨》中〈韓勑碑〉作「表」、〈張遷碑〉作

〔註96〕〔唐〕唐玄度：《九經字樣》，頁6。

〔註97〕〔清〕顧藹吉：《隸辨》，頁852。

〔註98〕〔唐〕唐玄度：《九經字樣》，頁31。

〔註99〕〔唐〕唐玄度：《九經字樣》，頁36。

〔註100〕〔宋〕丁度等：《集韻》，頁190。

「表」，曰：「《說文》作裵，從衣從毛，筆迹小異。」〔註101〕「毒（毒）」《隸辨》曰：「按《說文》作毒，從屮從毐，《玉篇》云今作毒。」〔註102〕知《字通》皆取其隸變之形歸於此類。

而「春（春）」下《字通》注曰：「上五字今書同作。」〔註103〕乃云「奉」、「泰」、「爾」、「舂」、「春」皆隸變作「主」形，近似於「主」，故依此取形歸類。

（三十一）丗字類

  冉（冉）：衰

  殼（殼）：襄、囊

  窶（窶）：塞

  寒（寒）：騫、蹇

  轟（轟）、柴（柴，寨）

世豪謹案：此處以「丗」之結構分類，其中「衰」字〈唐王濟書王公墓誌銘〉中有「襄」，〔註104〕中作「丗」形。「寒（寒）」《隸辨》曰：「按《說文》作寒，從人在宀下，從茻薦覆之下有仌。《九經字樣》云寒隸省；《佩觿》云寒本作寒，是謂隸變。」〔註105〕「塞」字《九經字樣》收錄「塞塞」曰：「上《說文》，下隸省。」故皆可析分出「丗」。

「柴（柴）」字本無「丗」形，但《字通》引徐鉉注曰：「別作寨。」〔註106〕知《字通》乃依俗譌之形歸類。

（三十二）丗字類

  丗（世）：葉

〔註101〕〔清〕顧藹吉：《隸辨》，頁415～416。

〔註102〕〔清〕顧藹吉：《隸辨》，頁653～654。

〔註103〕〔宋〕李從周：《字通》，頁431。

〔註104〕詳參〔清〕邢澍：《金石文字辨異》，《叢書集成續編》（台北：藝文印書館，1971年），頁54。

〔註105〕〔清〕顧藹吉：《隸辨》，頁154～155。

〔註106〕〔宋〕《字通》，頁431。

[illegible]（𠦜）：棄、畢

[illegible]（枽）：乘

[illegible]（𠂹）

世豪謹案：此處以「丗」之結構分類。其中「棄」字、「畢」字皆可析分出近於「丗」之形，所以歸於此類。另外「[illegible]（𠂹）」於此無法析出「丗」形，《玉篇》曰：「今作垂。」〔註107〕則字形中間與「丗」相近，《隸辨》曰：「𠂹讀若垂，與《說文》同。艸木華葉也。象形。亦作[illegible]，或作[illegible]，從𠂹之字埀或變作𡍮，亦作[illegible]，亦作垂。」〔註108〕知此乃依隸變之形歸類。

（三十三）上艹字類

[illegible]（廿）：芡、燕、革

[illegible]（艸）：草、茻

[illegible]（𦫳）：萑、乖、繭、苜

[illegible]（萬）：蠆、厲

[illegible]（丵）、[illegible]（昔）、[illegible]（散）

世豪謹案：此處以字形上面部分作「艹」之結構分類。其中「[illegible]（丵）」《集韻》作「[illegible]」。〔註109〕「[illegible]（昔）」《五經文字》收錄「㫺昔」曰：「上《說文》……下石經。」〔註110〕「[illegible]（散）」《五經文字》收錄「㪔散」曰：「上《說文》，下石經。」〔註111〕《廣韻》「散」下曰：「今通作散。」〔註112〕知《字通》乃取隸變後通行之體，皆可析分作上艹之形，歸於此類。

（三十四）中艹字類

[illegible]（卉）：賁、奉

[illegible]（壴）：嘉、喜

〔註107〕〔宋〕陳彭年等：《大廣益會玉篇》，頁220。

〔註108〕〔清〕顧藹吉：《隸辨》，頁867。

〔註109〕〔宋〕丁度等：《集韻》，頁660。

〔註110〕〔唐〕張參：《五經文字》，頁78。

〔註111〕〔唐〕張參：《五經文字》，頁20。

〔註112〕〔宋〕陳彭年等：《大宋重修廣韻》，頁402。

兀（爪）：屍

閂（収）：異

千（屮）：善

世豪謹案：此處以字形中間部分作「艹」之結構分類。其中「屍」字《玉篇》又作「異」〔註113〕中有「艹」形，故依此取形歸類。

（三十五）下艹字類

閂（収）：弅、弄

屮（艸）：莽、葬

开（开）：形、幷

芾（芾，卅）

世豪謹案：此處以字形下面部分作「艹」之結構分類。其中「芾（芾）」《玉篇》作「卅」。〔註114〕《廣韻》「芾」下曰：「今作卅。」〔註115〕知此處《字通》乃依原來構形之楷定，下部析分作「艹」形，而歸於此類。

（三十六）上冖字類

冖（冖）：冠、髡

勹（勹）：軍、冢

冃（冃）

世豪謹案：此處以字形上面部分作「冖」之結構分類。其中原從「勹」之「軍」字《隸辨》曰：「按《說文》作𨎧，從車從包省，隸變作軍，從冖。」〔註116〕「冢」字《隸辨》收「冢」、「冢」二字曰：「按《說文》作𧱬，從勹從豖，讀若包，碑變從冖，今俗因之。」又曰：「碑復變勹從冖，變豖為豕。」〔註117〕知此處依隸變之體取形歸類。

〔註113〕〔宋〕陳彭年等：《大廣益會玉篇》，頁173。

〔註114〕〔宋〕陳彭年等：《大廣益會玉篇》，頁408。

〔註115〕〔宋〕陳彭年等：《大宋重修廣韻》，頁535。

〔註116〕〔清〕顧藹吉：《隸辨》，頁140～141。

〔註117〕〔清〕顧藹吉：《隸辨》，頁329。

（三十七）中宀字類

　　冂（宀）：吉、亳

　　冂（宀）：崇、尙

　　冂（卅）：熒、帚

　　朩（木，市）：南、索、疐、李

　　勹（勹）：曾、翟、夢

　　壺（壺）：壹、壹

　　橐（橐）：囊、橐

　　受（受）、舜（舜）、愛（愛）、帝（帝）、惪（惪，憂）、骨（骨）、鞌
　　（鞌）、牽（牽）、夃（夃）、豪（豪）、帶（帶）

　　世豪謹案：此處以字形中間部分作「宀」之結構分類。其中「舜（舜）」《隸
辨》曰：「舜《說文》舜作艸也。象形，從舛，筆迹小異變作舜，經典相承用
此字。」〔註118〕「愛（愛）」《五經文字》收錄「愛愛」曰：「上《說文》從旡
從心從夊，下經典相承隸省。」〔註119〕《隸辨》曰：「《說文》本作，從旡從心
從夊。變旡爲武，今俗因之。」〔註120〕而「惪（憂）」《五經文字》收錄「憂憂」
曰：「上《說文》，從頁從心夊，下石經。」〔註121〕知《字通》乃依據隸變後作
「宀」之形，歸於此類。

（三十八）冂字類

　　冂（宀）：网、冃

　　冂（卅）：冋

　　用（用）：周、甯

　　冊（卅）：侖、扁

　　井（井）：丹

　　九（九）：厹（内）、离、禺

〔註118〕 〔清〕顧藹吉：《隸辨》，頁861。

〔註119〕 〔唐〕張參：《五經文字》，頁67。

〔註120〕 〔清〕顧藹吉：《隸辨》，頁553。

〔註121〕 〔唐〕張參：《五經文字》，頁67。

⿰ （⿰）

世豪謹案：此處以「冂」之結構分類。其中「厹」字《隸辨》在「内」下曰：「厹即蹂字，《說文》作⿰，從九。象形。亦作⿰、⿰，或作⿰、⿰，离、禽、禹、萬、禺、禼等字之。」〔註122〕知《字通》乃依「内」取形歸類。

（三十九）西字類

⿱（西）：賈、覈

⿱（西）：堲、墅

⿱（鹵）：粟、栗

⿱（亞）：惡（惡）

⿱（鹵）：覃

⿰（要）、⿰（舁）、⿰（興，票）、⿰（古文酉）

世豪謹案：此處以「西」之結構分類。其中「惡」字《字通》曰：「俗書安西。」〔註123〕考《干祿字書》收「惡惡」曰：「上俗下正。」〔註124〕此處乃依「惡」之俗體取形歸類。「⿰（舁）」《集韻》作「⿰⿰」曰：「隸作⿰」，〔註125〕《類篇》作「⿰⿰」曰：「⿰變隸作西。」〔註126〕而「⿰（興）」《玉篇》「⿰」下曰：「⿰同上，今亦作票。」〔註127〕知「⿰」、「⿰」二篆，《字通》皆取其隸變後通行作「西」之體，而歸於此類。

（四十）爨字類

⿰（爨）：⿰、釁

⿰（鬱）、⿰（農）、⿰（竈）、⿰（盥）、⿰（興）

世豪謹案：此處以「爨」之結構分類。此類取形，主要是依據「爨」字

〔註122〕〔清〕顧藹吉：《隸辨》，頁954。

〔註123〕〔宋〕李從周：《字通》，頁433。

〔註124〕〔唐〕顏元孫：《干祿字書》，頁17/591。

〔註125〕〔宋〕丁度等：《集韻》，頁164。

〔註126〕〔宋〕司馬光等：《類篇》，頁436。

〔註127〕〔宋〕陳彭年等：《大廣益會玉篇》，頁303。

上部結構爲分類標準，取字形相近者劃歸其類。故進一步分析此類收字之結構，上部有作「囲」者，如「與」、「舉」「興」等字；有作「臼」者，如「髟（鬖）」；有作「囚」者，如「晨（農）」、「萬（獵）」等字；又有作「臼」者，如「鹽（盬）」。

（四十一）曲字類

囚（曲）：囲（豐）

豐（豐，豊）：禮、艷

豐（豊）：豔

農（農，農）、與（典）

世豪謹案：此處以「曲」之結構分類。其中「囲」字《集韻》收錄「囲豐」曰：「隸作豐。」〔註 128〕取其隸變之形。「農（農）」《九經字樣》收錄「農農」曰：「上《說文》，下隸省。」〔註 129〕也是依其隸變之形析分出「曲」而歸於此類。另外「豔」字《廣韻》俗作「艷」，〔註 130〕左上部作「曲」形，此處依俗體所析分出之部件歸類。

（四十二）凹字類

凹（岊，岳）、豸（冢）、兽（曻）、隽（雋）

世豪謹案：此處以「凹」之結構分類。其中「凹（岊）」《玉篇》收錄「嶽」、「岳」、「岊」、「凹」四字，而於「凹」下曰：「古文，出《說文》。」〔註 131〕知此處《字通》乃依《說文》古文結構取形歸類。而「兽（曻）」楷體並無法析分出「凹」之形，此處取形乃據篆體「兽」，上部作「凹」形近於「凹」，而歸於此類，但 89 類之析形分類皆以楷體爲主，此處取篆體析分歸類，並不符合《字通》分類構形的取捨標準。

（四十三）弓字類

弓（马）：甬、氾

〔註 128〕〔宋〕丁度等：《集韻》，頁 654。

〔註 129〕〔唐〕唐玄度：《九經字樣》，頁 51。

〔註 130〕〔宋〕陳彭年等：《大宋重修廣韻》，頁 443。

〔註 131〕〔宋〕陳彭年等：《大廣益會玉篇》，頁 311。

己（卪）：丞

ㄓ（子）：疑

�（予）、帛form（矛）

世豪謹案：此處以「弓」之結構分類。其中「甬」字《說文》篆文作「甬form」。從「弓」，但隸變之後並無法從「甬」析分出「弓」形。另外「氾」字聲符原也從「弓」，但隸變之體並無「弓」形，底下「丞」、「疑」、「ㄓ（予）」、「帛（矛）」皆無法析分出「弓」，但就其楷體部件分析皆可析分出「ㄅ」，所以此類應以「ㄅ」爲取形歸類依據，而非以「弓」分類。

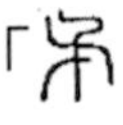

（四十四）尸字類

尸form（尸）：居

尸form（卪）：辟、反

form（籀文磬，殸）：聲、磬

眉form（眉，眉）、賓form（賓）、巴form（巴，巴）

世豪謹案：此處以「尸」之結構分類。其中「賓（賓）」字看似無法析分出「尸」形，但《九經字樣》「賓」字下曰：「經典相承作賓。」[註132] 從「賓」則可析分出「尸」形，故知《字通》依此取形歸類。

（四十五）上儿字類

儿form（儿）：殳

八form（几）：且

几form（凡）：風

九form（九）：染、厹

畏form（虱）：夙（舛）

世豪謹案：此處以字形上部作「儿」之結構分類。其中「且」字雖從「几」，但楷體並無法析分出「几」，歸於此類太過牽強。又「染」、「厹」二字析分出「九」形，意在表示與「儿」形近，而歸於此類。此外「夙」字《說文》本

〔註132〕〔唐〕唐玄度：《九經字樣》，頁 8。

作「殂」，《干祿字書》收錄「鳳鳳」曰：「上俗下正。」〔註133〕而《九經字樣》則收錄「颫鳳」曰：「上《說文》，下隸省。」〔註134〕知此處乃依隸變之形歸於此類。所以細分此類可作「几／儿」、「九」兩種類型，以下茲依兩種類型分類屬字：

「几／儿」──夋、且、風、夙（殂）

「九」──染、厷

（四十六）下儿字類

儿（儿）：梟

几（几）：屍、凭

九（九）：尻

儿（儿）：虎、禿

瓦（瓦）：甞

克（克）、兔（兔）

世豪謹案：此處以字形下部作「儿」之結構分類。其中「尻」字也如「上儿字類」的取形觀念，將「九」當作與「儿」形近，故歸「尻」於「中儿字類」。而「甞」字乃取「瓦（瓦）」與「几／儿」形相比擬，考「瓦（瓦）」《隸辨》有作「瓦」曰：「瓦《說文》作瓦。象形。隸辨如上，俗作瓦非。」，〔註135〕此乃取瓦字隸變後形近於「几」的字形，另有俗體作「瓦」，《金石文字辨異》中〈唐衮公頌〉有「九」，〔註136〕形近於「九」。此類也如「上儿字類」可細分作「几／儿」、「九」兩種類型，以下茲依兩種類型分類屬字：

「几／儿」──梟、屍、凭、虎、禿、甞、克（克）、兔（兔）

「九」──尻

（四十七）夯几字類

几（几）：帆、処

〔註133〕〔唐〕顏元孫：《干祿字書》，頁16。

〔註134〕〔唐〕唐玄度：《九經字樣》，頁56～57。

〔註135〕〔清〕顧藹吉：《隸辨》，頁940。

〔註136〕〔清〕邢澍：《金石文字辨異》，頁940。

九（九）：軌

尺（凡）：軓

𢀖（𢀖）：巩、執、𠬶（𡩡）

𠃌（丸）：紈、骩

九（人）：夶（死）

世豪謹案：此處以字形旁邊部分作「儿」之結構分類。其中「九（人）」下曰：「夶字從此，今書作死，不知下筆。」〔註137〕而此類又收錄「𠬶」字，但依「𠬶」之結構分析，應歸入「上儿字類」，而此處歸入「旁几字類」，以旁作「几」形為分類要素，則「𠬶」字應以其《說文》原始篆文楷定之「𡩡」形，字形偏旁才可析分出「几」形。

「死」字《說文》篆文作「𣦾」，古文作「𠦪」，隸變後有「夶」、「𦵃」、「𦫿」等字形，〔註138〕其中「𦵃」字《四聲篇海》有「𦵃」、「𦫿」二體，〔註139〕皆從古文「𠦪」楷定而來，字形下部可析分出「几／儿」之形，但若依古文楷定之「𦵃」，則應歸入「下儿字類」，而非「旁几字類」，因為偏旁並無「几」形，故此處應依篆文「𣦾」之形，將右旁之「九」看作「几／儿」之形，而劃歸此類，可以發現其取形之標準有時依篆文形歸類。

（四十八）勹字類

勹（勹）：匀、匈、匊、甌

弓（丩）：句

勹（勹）：釣、約

勹（人）：令、今

乙（闕）：蜀

乁（乙）：局

世豪謹案：此處以「勹」之結構分類。其中「令」、「今」二字，並無法析分出「勹」形，查歷代異體，「令」字《碑別字新編》引〈隋陳常墓誌〉有作

〔註137〕〔宋〕李從周：《字通》，頁435。

〔註138〕詳參〔宋〕丁度等：《集韻》，頁668。

〔註139〕〔金〕韓孝彥、韓道昭：《改併五音類聚四聲篇海》，頁322、573。

「令」，〔註140〕「参」字《正字通》有「**昜**」之形，〔註141〕與《說文》篆文「**昜**」形體近似，若依此異體，皆可析分出「勹」之形。

（四十九）刀字類

　　刃（刃）：梁、刜

　　刀（刀，古文掌）、刀（人）、刃（刃）、勿（勿）

世豪謹案：此處以「刀」之結構分類。《字通》注曰：「互見人字類」，〔註142〕而此類又收「刀（人）」篆，意乃表明「刀」、「人」在隸變以後形體有相混之情形。

（五十）夕字類

　　夕（夕）：夗、外

　　夕（月）：望（望）

　　夕（肉）：將、祭

　　夂（夂）：及、舛

　　夕（夅，彐）：卿、归

　　丣（古文酉，丣）：畱、桺

　　卣（卣）：殊、殛

　　岁（肖，歺）、卯（卯，卯）、卵（卵）、夬（升，外）

世豪謹案：此處以「夕」之結構分類。其中「望」字並無法析分出「夕」之形，但碑隸之中如〈孫根碑〉作「**望**」，《隸辨》曰：「碑復變月從夕。」〔註143〕知「望」之異體有作「夕」之部件者，故歸於此類。「岁（肖）」篆《說文》楷定作「歺」，下部作「夕」之形。另外「夬（升）」篆《偏類碑別字》引〈唐黃素墓誌〉有作「外」，〔註144〕旁作「夕」之形，與「外」字相混，

〔註140〕秦公：《碑別字新編》（北京：文物出版社，1985年），頁10。

〔註141〕〔明〕張自烈：《正字通》，頁48。

〔註142〕〔宋〕李從周：《字通》，頁435。

〔註143〕〔清〕顧藹吉：《隸辨》，頁605～606。

〔註144〕羅振鋆，羅振玉，羅福葆原著，北川博邦編：《偏類碑別字》（東京：雄山閣，1975年），頁5。

為俗謁之體，此處《字通》乃依此取形歸類。而「卿」、「归」、「畱」、「桺」、「卵（𠂓，卵）」、「卵（卵）」等字析分出「𠃌」、「𠄌」的部件，《字通》將其當作與「夕」相似之形類。故細分此類可得「夕」、「𠃌／𠄌」兩種類型，以下茲依兩種類型分類屬字：

「夕」——夗、外、望、將、祭、及、舛、殊、殛、夆（升，外）

「𠃌／𠄌」——卿、归、畱、桺、卵（𠂓，卵）、卵（卵）

（五十一）夂字類

夂（夂）：夆、各

攴（攴）：攸、敎、變、故

兂（古文終）：冬

夂（夂）：夋、致

久（久）：羑、灸

又（又）：隻、蒦、雙

世豪謹案：此處以「夂」之結構分類。而詳考此類收字之構形，則可細分作「夂」、「攴」、「夂」、「久」、「又」等類型。其中「致」字原從「夂」，《金石文字辨異》曰：「按《說文》致從夂，夂，讀若綏。漢碑皆作變體，無從夂者。」〔註145〕知「致」字在漢隸時並未從「夂」，但《玉篇》作「致」、〔註146〕《廣韻》作「致」，〔註147〕《集韻》、《類篇》等宋代主要字書皆作從「夂」之形，知宋代楷體通行皆作「致」之形。

（五十二）𠂇字類

𠂇（𠂇）：卑、陸

彐（又）：灰、厷、𠂇、右

彐（父）：布

才（才）：存、在

夾（攴，亦）：夜

〔註145〕〔清〕邢澍：《金石文字辨異》，頁582～583。

〔註146〕〔宋〕陳彭年等：《大廣益會玉篇》，頁159。

〔註147〕〔宋〕陳彭年等：《大宋重修廣韻》，頁352。

尤（犬）：尨、友

世豪謹案：此處以「ナ」之結構分類。其中「卑」字看似無法析分出「ナ」之形，考《干祿字書》作「甲」，〔註148〕《集韻》作「甲」、「甲」等字，〔註149〕皆與橫畫與丿相交之「ナ」形無涉，《說文》「卑」字篆文作「宪」。从ナ甲。其中「ナ」形楷定以後作一橫一豎相交之「十」，與「ナ」形不類，故於此是依循篆體从「ナ」歸於此類，而非從楷體形構分類。而「夜」字《九經字樣》收錄「夜夜」二字，曰：「上《說文》，下隸省。」〔註150〕此處將「夜」字隸變後字形上部之「亠」與「亻」之一丿，連筆作「ナ」，近似於「ナ」形，而歸於此類。

（五十三）又字類

彐（闕）：皮、叚

爪（文）：毅、虔（虔）

彐（又）、弓（支）、屮（叏）、弓（殳）、昌（夏）、弓（攴）、勺（及）、屮（叏，史）、弓（夆，夬）

世豪謹案：此處以「又」之結構分類。其中「毅」、「虔（虔）」所析分出的「文」形近於「又」，故歸類於此。而「屮（叏）」篆《九經字樣》收錄「叏史」二字，曰：「上《說文》，下隸省。」〔註151〕知此處乃依「史」字之《說文》篆文楷定之形，析分出「又」，歸於此類。另外「夆（夬）」篆《玉篇》、《集韻》、《類篇》等宋代主要字書皆作「夬」，下作「大」形，但此處《字通》依《說文》篆文楷定作「夆」，下析分出「又」之形，歸於此類。

（五十四）上大字類

大（大）：奢、夷、奄、奞

夭（夭）：奔

耆（耆）：奜

〔註148〕 〔唐〕顏元孫：《干祿字書》，頁5。

〔註149〕 〔宋〕丁度等：《集韻》，頁34、481。

〔註150〕 〔唐〕唐玄度：《九經字樣》，頁56。

〔註151〕 〔唐〕唐玄度：《九經字樣》，頁36。

（桼）

世豪謹案：此處以字形上部作「大」之結構分類。其中「（桼）」篆《玉篇》、《廣韻》、《集韻》皆作「桼」，字形上部隸變後近似於「木」，但《類篇》作「桼」，[註152]上部析分作「大」形，可以推知《字通》乃據此形歸於「上大字類」。

（五十五）下大字類

（大）：美、奭

（夭）：笑

（丌）：奠

（艸）：莫

（収）：奐、業

（𠬜）：樊

（夨）：吳、奊

（夫）：規

（夰）：昦（昊）

（夲）：奏

（犬）：獎、突

（𦰩）：鷬（難）

（矢）、（失）

世豪謹案：此處以字形下部作「大」之結構分類。其中「昦」字《字通》曰：「今書作昊。」[註153]《九經字樣》收錄「昦昊」二字，曰：「上《說文》，下隸省。」[註154]可以推知此處應以隸省之「昊」字，下部析分出「大」之形，歸於此類。而「鷬」乃字，《集韻》收錄「鷬」、「難」、「難」、「鷬」、「鷬」、「雗」等異體，字形左下部分皆可析分出「大」之形，而今通行之「難」字，也作「下大字」之形類，故歸於此。

[註152]〔宋〕司馬光等：《九經字樣》，頁221。

[註153]〔宋〕李從周：《字通》，頁437。

[註154]〔唐〕唐玄度：《九經字樣》，頁46。

（五十六）夾字類

夾（夾）：挾、狹

夾（夾）：陝

來（來）：麥、齋（齎）

束（束）、爽（爽）

世豪謹案：此處以「夾」之結構分類。而「夾」字左右兩個部件，又分「入」與「人」之形。其中「束（束）」篆《玉篇》、《廣韻》、《集韻》等宋代字書皆作「束」，並無法析分出「人」或「入」之形，但整體結構近似於「夾」，而歸於此類。另外「爽（爽）」篆左右兩邊作「爻」，析分出「乂」之部件，但考漢唐碑隸有「爽」、「爽」、「爽」、「爽」等異體，〔註155〕皆左右兩部分作「人」之形，《干祿字書》曰作「人」之「爽」爲「通」，作「乂」爲「正」，〔註156〕故可推知此處乃依作「人」形之「爽」析分出「夾」之形，而歸於此類。

（五十七）市字類

木（木）：柿、肺

束（束，宋）：柿

帀（帀）：師、衞

屮（屮）：欹（癥）

市（市）、市（市）、帀（帀）

豪謹案：此處以「市」之結構分類。其中「柿」字《龍龕手鏡》作「柿」，〔註157〕《佩觿》作「柿」、「柿」、「柿」等字，〔註158〕可知當時通行之體，有作「市」知形者。而「肺」字《玉篇》作「肺」，〔註159〕《廣韻》作「肺」，皆作「束」，形近於「市」，故依此取形歸類。另外「欹」字《說文》篆文原始結構有「广」之偏旁，楷定作「癥」，「欹」乃其省體，依其結構析分之，並無

〔註155〕詳參〔清〕邢澍：《金石文字辨異》，頁515。

〔註156〕〔唐〕顏元孫：《干祿字書》，頁12。

〔註157〕〔遼〕行均：《龍龕手鏡》，頁383。

〔註158〕〔宋〕郭忠恕：《佩觿》，頁37、45。

〔註159〕〔宋〕陳彭年等：《大廣益會玉篇》，頁128。

形近於「市」之部件，歸於此類，似有不當。

（五十八）中字類

中（中）：史、㆜

臾（臾）：貴、㒒

H（H）：央（㒼）

申（丑）：婁

患（患）

世豪謹案：此處以「中」之結構分類。其中「史」字依《說文》篆文楷定作「㕜」，此字見於《字通》「又字類」，可析分出「中」之形。而「㆜」字本義「快」，《字彙》曰：「或曰古文意字。」〔註160〕《正字通》曰：「㆜从言从中，言中則快也，會意。意字從此。篆作㆜，又意篆作㆜，籀作㆜，舊註㆜古文意字。」〔註161〕另有異體作「訲」〔註162〕也可析分出「中」，此處乃以《說文》篆文楷定結構取形歸類。另外「央」字《金石文字變異》引〈北齊造丈八大象頌〉有「㒼」字，〔註163〕而《碑別字新編》引〈魏王僧墓誌〉中有「㒼」字，〔註164〕字形上部作「中」之形，故《字通》依此取形歸類。

（五十九）口字類

ㄩ（口）：言、舌

〇（口）：員、肙、舍、足

ㄩ（凵）：凵

ㄩ（厶）：去

乙（厶）：弘、強

乙（乚）：戌

〔註160〕〔明〕梅膺祚：《字彙》，頁23。

〔註161〕〔明〕張自烈：《正字通》，頁750。

〔註162〕詳參〔清〕張廷書等：《康熙字典》（合肥:安徽教育出版社，2002年），卷四，頁11。

〔註163〕〔清〕邢澍：《金石文字辨異》，頁261。

〔註164〕秦公：《碑別字新編》，頁13。

（厶）：公、鬼

（㠯）：台、允／弁

（闕）：牟

（冎）：別

（疋）：胥、楚

（亅）

世豪謹案：此處以「口」之結構分類。此類《字通》注曰：「厶等附。」〔註165〕說明與「（口）」、「（囗）」、「（凵）」篆形相近的「（厶）」、「（厶）」、「（乚）」、「（厶）」、「（㠯）」、「（闕）」等字附屬於此類。故此類所收之字形結構分成「口」、「厶」兩種類型。其中「別」字《說文》篆文楷定作「剮」，左旁从「冎」，但隸變後作「另」，《九經字樣》「剮別」下注曰：「上《說文》，從刀從冎，冎音寡，下隸省。」〔註166〕知此處乃依「剮」隸辨之體取形歸類。而「胥」字《隸辨》中〈韓勑碑〉作「胥」、〈桐柏廟碑〉作「胥」；〔註167〕「楚」字《隸辨》引〈校官碑〉作「楚」、〈費鳳別碑〉作「楚」、〈樊敏碑〉作「楚」、〈郙閣頌〉作「楚」，可知碑隸「胥」、「楚」字皆有作「口」之形，故依此取形歸類。

此外「戉」字無法析分出「厶」之部件，其歸於此類乃由於「（乚）」篆形近於「（厶）」、「「（厶）」」、「（㠯）」、「（闕）」等篆，而與「（亅）」篆歸於此類，並不符合《字通》以楷體構形作爲分類體系的要求，所以「戉」、「（乚）」、「（亅）」不應歸於此類。

（六十）品字類

（品）：臨、喿

（晶）：曐、曑

（厽）：絫

（齊）

〔註165〕〔宋〕李從周：《字通》，頁437。

〔註166〕〔唐〕唐玄度：《九經字樣》，頁27。

〔註167〕〔清〕顧藹吉：《隸辨》，頁74。

　　世豪謹案：此處以「品」之結構分類。其中「齊（齊）」字《玉篇》收錄「坐」曰：「古文齊。」〔註168〕《龍龕手鏡》也有收錄「坐」、「坌」等異體。〔註169〕可知此乃依「齊」《說文》篆文楷定之體，析分出「厸」之形，歸於此類。

　　此類的形體相近的類推方式，可以是「口字類」的延伸，也將「品」、「厸」作爲形近之類型，而歸於一類。但此處另立一類而不歸入「口字類」的原因，筆者認爲是文字的結構組成存有「□□」的形態，所以依據這種組成形態，將形近部件另歸於一類。孔仲溫先生在〈《說文》「品」型文字的造形試析〉一文中曰：「所謂『品』型文字，指的是由三個形體相同的符號或文字組合、堆疊而成的文字。」並舉如「叒」、「厽」、「磊」、「森」、「晶」、「姦」等字爲例，說明這種「上一下二」的組合形態，稱作「品型文字」。且利用了甲骨文、金文等古文字材料，來考證這種文字造型的形體根源。〔註170〕不過此處《字通》雖於「口字類」之外另立「品字類」，來體現這種文字造型的結構模式，但是尚侷限於「口」、「厶」這種外環中空的部件，並未將孔仲溫先生所舉的「姦」、「淼」、「森」等字例歸於此處，故可以推知《字通》於此尚以形近部件爲主要的取形分類之參考。

　　（六十一）上日字類

　　　日（日）：昌、且

　　　臼（日）：曷

　　　甘（甘）：殷

　　　月（月）：曼、最、冒、朂

　　　囜（四）：盈（昷）

　　　臼（臼）：晨（晨）

　　　易（易）：易、影（古文馬）

　　世豪謹案：此處以字形上部作「日」之結構分類。其中「殷」字爲「叙」

〔註168〕〔宋〕陳彭年等：《大廣益會玉篇》，頁42。

〔註169〕〔遼〕行均：《龍龕手鏡》，頁184、366。

〔註170〕詳參孔仲溫：〈《說文》「品」型文字的造形試析〉，《東吳文史學報》（台北：東吳大學，1990年），第8期，頁93～107。

字之籀文，《玉篇》作「𢽼」、「𢾅」，〔註171〕《集韻》作「𢿞」、「𣪍」等形，〔註172〕字形上部皆無法析分出「日」之形，查「敢」字異體中有「日」形者，見《字彙》日部下收「𣊊」曰：「籀文敢字。」〔註173〕但是依據此類以字形上部作「日」之結構的分類要素，「𣪍」、「𣊊」等字形皆無法符合此類之取形標準，故歸於此類有誤。

而「𥁕」字《玉篇》收錄「昷」、「𥁕」二體，並曰後者爲「古文昷。」〔註174〕知此處乃依「昷」字上作「日」形歸於此類。

「易（易）」篆下注曰：「易字中亡中一。象蜥蜴守宮形。古文馬作𢒠，亦與此相近。」〔註175〕《玉篇》收錄「𢒠」，〔註176〕《集韻》收「𢒠」、「𢒠」等字形。〔註177〕此處說明了「易」與古文馬字作「𢒠」，皆與「易」形體相近，且字形上部可析分出「日」之形。

另外「曟」字《字通》曰：「𠬞夕爲㚘，臼辰爲晨，爲同意與晨星字異。」〔註178〕《九經字樣》收錄「曟晨」二字，曰：「上《說文》，下隸省。」〔註179〕可知此處「曟」字乃《說文》原始篆文之楷定，隸變作「晨」，字形上部作「日」，此乃依隸變之體取形歸類。

（六十二）中日字類

日（日）：冥、莫

回（回）：宣、垣

舟（舟）：亘、絚

世豪謹案：此處以字形中間作「日」之結構分類。此類所收錄之「宣」、「垣」二字原从「回」；「亘」、「絚」原从「舟」，皆隸變作「日」，所以依其

〔註171〕〔宋〕陳彭年等：《大廣益會玉篇》，頁262。

〔註172〕〔宋〕丁度等：《集韻》，頁448。

〔註173〕〔明〕梅膺祚：《字彙》，頁8。

〔註174〕〔宋〕陳彭年等：《大廣益會玉篇》，頁238。

〔註175〕〔宋〕李從周：《字通》，頁438。

〔註176〕〔宋〕陳彭年等：《大廣益會玉篇》，頁327。

〔註177〕〔宋〕丁度等：《集韻》，頁908。

〔註178〕〔宋〕李從周：《字通》，頁438。

〔註179〕〔唐〕唐玄度：《九經字樣》，頁46。

隸變之體歸於此類。

（六十三）下日字類

日（日）：普、簪（晉）

日（日）：曾、替（暜）

日（甘）：香、旨

日（與自同）：皆、魯、者、習

世豪謹案：此處以字形下部作「日」之結構分類。此類收字除了「普」、簪（晉）」二字原即從「日」，其於皆取隸變後，字形下部形近於「日」之形者，劃歸於此類。

（六十四）白字類

白（白）：皐、帛

自（自）：鼻、臭

白（此亦自字）：皇

泉（泉）：原

兒（兒）、樂（樂）、皀（皀）、申（甲）

世豪謹案：此處以「白」之結構分類。其中「申（甲）」篆依其楷體，並無法析分出「白」之形，此乃依據《說文》篆文楷定作「申」之形，才能得出近似於「白」之形，而歸於此類。

（六十五）百字類

西（西）：佰

首（百）：頁、面（面）

百（百）、丙（丙）

世豪謹案：此處以「百」之結構分類。「百（百）」篆《說文》古文作「百」，與「首（百）」楷定相類。其中「佰」爲「夙」之古文形體之一。而「面」字《隸辨》中引石經尙書殘碑作「面」、〈東海廟碑〉作「面」曰：「面《說文》作圖，從百象人面形，隸變如上，亦省作面，或作面，經典相承用此字。」

〔註180〕可知「面」作「**面**」、「**面**」形近於「百」，而《字彙補》面部中收錄「面」，〔註181〕可析分出「百」形，此處《字通》應取其與「百」形體相近而歸於此類。細分此類又可作「百」、「丙」兩種類型，以下茲依這兩種類型分類屬字：

「百」──百（百）、**㫖**（百）、頁、面（面）

「丙」──**㬁**（㬁）、佰、丙（丙）

（六十六）月字類

月（月）：期、朏、霸、朔

肉（肉）：脂、膏

舟（舟）：俞、朝、朕、服

丹（丹）：青、朡

冃（冃）：胄

月（闕）：殷

朋（**朋**，朋）

世豪謹案：此處以「月」之結構分類。其中從「肉」之「脂」、「膏」；從「舟」之「俞」、「朝」、「**朕**」、「服」；從「丹」之「青」、「朡」皆隸變作「月」形。

「敢」字之籀文「殷」左下部析分作「月」，而歸於此類。「**朋**（**朋**）」篆《隸辨》引〈校官碑〉作「**羽**」、〈尹宙碑〉作「**羽**」、〈繁陽令楊君碑〉作「**朋**」、〈婁壽碑〉作「**羽**」，曰：「按《說文》本作**朋**，古鳳字也。借為朋黨字，變隸從省。」〔註182〕《九經字樣》收錄「**朋**朋」二字，曰：「上古文，下隸省。」〔註183〕此處取隸變作「朋」，形近於「月」，而歸於此類。

（六十七）罒字類

目（目）：罨、**眔**／**眾**、蜀

网（网）：罷、羅、置

〔註180〕 〔清〕顧藹吉：《隸辨》，頁 899。

〔註181〕 〔清〕吳任臣：《字彙補》（上海：上海古籍出版社，1995 年），頁 245。

〔註182〕 〔清〕顧藹吉：《隸辨》，頁 280。

〔註183〕 〔唐〕唐玄度：《九經字樣》，頁 55。

囧（岡）：明

皿（皿）：寧、覽

四（四）、爵（爵）

世豪謹案：此處以「罒」之結構分類。其中从「皿」的「寧」、「覽」等字，析分出之「皿」、「罒」與「罒」形體相近，故歸於此類。而「四（四）」篆《隸辨》中〈鄭固碑〉作「四」、〈華山廟碑〉作「四」，皆形近於「罒」，所以歸入此類。另外「明」字碑隸文字有作「明」、「明」之形，〔註184〕依構形析分則與「目」相近，而與「罒」則有橫豎之差異，故不應歸於此類。

（六十八）目字類

盼（盼）、盻（盻）、晒（晒）、眨（眨）、眅（眅）、眵（眵）

世豪謹案：此處以「目」之結構分類。本類所收之文字，原皆从「目」，為《說文》目部之字，而「罒字類」中所收之「罨」、「眔」等原从「目」之字，則以橫置之形，與「罒」形體相近，故歸於「罒字類」。

（六十九）上田字類

田（田）：里、夏

囟（囟）：思、細

由（由）：禺、畢、畏

囟（古文囟）：里

圖（圖）：胃

甲（甲）：卑

毌（毌）：貫

闕（闕）：單

果（果）

世豪謹案：此處以字形上部作「田」之結構分類。其中从「囟（囟）」之「思」、「細」二字結構中的「囟」，隸變之後作「田」；从「由（由）」之「禺」、

〔註184〕詳參〔清〕顧藹吉：《隸辨》，頁250～251。

「畢」、「畏」三字結構中的「甶」，隸變後作「田」；而「里」字《說文》篆文結構本即從田從土具有「田」之部件，與「⨂（古文囪）」無涉。从「⨂（図）」之「胃」字結構中的「図」隸變作「田」，其於「卑」、「貫」、「單」、「果（果）」皆取其例變後楷體結構中，字形上部可析分出形近於「田」的部件，而歸於此類。

（七十）中田字類

田（田）：畺、黃

⨂（古文囪）：曾、會

甲（田）：虜

用（用）：專、勇

臼（臼）：申、奄

書（書，叀）：惠、憲

束（束）：闌、涷

平（平）：糞

魚（魚）、曽（曽）、萬（萬）、車（車）、更（夏，更）、麥（麥）、東（東）、東（古文陳）

世豪謹案：此處以字形中間作「田」之結構分類。其中「專」字《玉篇》作「尃」，〔註185〕字形中間作「田」之形。「勇」字《隸辨》中〈袁良碑〉作「勇」、〈孫根碑〉作「勇」，〔註186〕可知碑隸中皆作「田」之形，《玉篇》作「勇」，〔註187〕故取此形歸於此類。而「闌」字《玉篇》作「闌」，〔註188〕字形中間作「東」，可析分出「田」之形。

「更（夏）」字《隸辨》中〈韓勑碑〉作「更」、〈魏受禪表〉作「更」，〔註189〕碑隸字形中間已變作「田」之形，《九經字樣》收錄「夏更」二字，

〔註185〕〔宋〕陳彭年等：《大廣益會玉篇》，頁408。

〔註186〕〔清〕顧藹吉：《隸辨》，頁329。

〔註187〕〔宋〕陳彭年等：《大廣益會玉篇》，頁129。

〔註188〕〔宋〕陳彭年等：《大廣益會玉篇》，頁171。

〔註189〕〔清〕顧藹吉：《隸辨》，頁247。

曰：「上《說文》，下隸省。」〔註190〕故知此處乃依隸變之體取形歸類。

另外《字通》在「東（東）」篆下注曰：「上三字今書同作東。」〔註 191〕說明「東（古文陳）」、「東（東）」二篆，隸變之後構形皆與「東（東）」相類，中間可析出「田」字之形，而歸於此類。

（七十一）下田字類

田（田）：苗、奮

出（甾）：盧、畬

出（凷）：屈（届）

由（關，由）：粵、胄

甲（甲）：戜（戎）、皐（早）

世豪謹案：此處以字形下部作「田」之結構分類。其中「屈」字下部作「凷」，《隸辨》中〈漢斥彰長田君斷碑〉作「届」，字形下部隸變作「田」，《玉篇》、《廣韻》、《集韻》、《類篇》等宋代字書也收錄「届」字，可知此處乃依隸變之體取形歸類。但是「戜」字《九經字樣》曰：「《說文》從戈從甲，今隸省。」〔註192〕《玉篇》收錄「戎」、「戜」二字，〔註193〕《金石文字辨異》在「戜」下曰：「宋鄭文寶重摹嶧山碑戜臣奉詔，案此是古戎字。《說文》戜，兵也。《廣韻》戎與戜同。」〔註194〕知此處《字通》以《說文》原來篆文楷定後作「戜」之字形結構，下部析分有「田」之形者，歸於此類。此外「皐」字《九經字樣》曰：「《說文》本從日下甲，今隸省。」〔註195〕可知「皐」字今隸變作「早」，但《字通》此處依原本篆文楷定後之結構，可析分出「田」之形者，劃歸於此類。

（七十二）里字類

里（里）：釐、塵

〔註190〕〔唐〕唐玄度：《九經字樣》，頁 35。

〔註191〕〔宋〕李從周：《字通》，頁 440。

〔註192〕〔唐〕唐玄度：《九經字樣》，頁 27。

〔註193〕〔宋〕陳彭年等：《大廣益會玉篇》，頁 250。

〔註194〕〔清〕邢澍：《金石文字辨異》，頁 7～8。

〔註195〕〔唐〕唐玄度：《九經字樣》，頁 46。

𪐗（黑）：熏

柬（東）：重、量

　　世豪謹案：此處以「里」之結構分類。其中从「𪐗（黑）」篆之「熏」字《玉篇》收錄「黗」、「薰」之字，〔註196〕可析分出「里」之形。「重」、「量」二字也得析分出「里」之形，而劃歸於此類。

（七十三）皀字類

皀（皀，艮）：根、限

良（皀）：鄉、食

良（古文叀）：廄

良（良）：郎、眼

皀（肙）：殷

艮（皀）、退（退）

　　世豪謹案：此處以「皀」之結構分類。「皀（皀）」篆《隸辨》曰：「按《說文》作皀，從匕從目，碑變作艮，偏旁亦作艮，今俗因之。」〔註197〕而此類取「良（皀）」、「良（古文叀）」、「良（良）」、「艮（皀）」等與「皀（皀）」形體相近之字，以隸變後之「艮」形，爲文字部件類推之依據，劃歸一類。其中「退」篆隸變後作「退」，右旁作「艮」之形，故歸入此類。而「殷」字碑隸文字有作「殷」、「殷」等形，〔註198〕與「艮」相類，故歸於此類。

（七十四）凵字類

凵（凵）：良、喪（喪）

匕（匕）：良（艮）、皀

長（長）：髟、肆（隸）

畏（畏）、辰（辰）、屢（屢，展）

　　世豪謹案：此處以「凵」之結構分類。其中「良」字《集韻》作「𣌾」，

〔註196〕〔宋〕陳彭年等：《大廣益會玉篇》，頁182。

〔註197〕〔清〕顧藹吉：《隸辨》，頁569。

〔註198〕詳參〔清〕顧藹吉：《隸辨》，頁142、393。

〔註199〕依《說文》原本篆文楷定，下作「囚」之形。「喪」字《玉篇》有作「㤥」字。〔註200〕此外从「ᄃ（七）」之「良」字，依《說文》構形「良」从「囚」，「艮」才从「七」故應改作「艮」。而「᱃（長）」篆碑隸有作「長」、「長」、「長」之字，〔註201〕下部形近於「囚」，但是所从之「髟」、「肆（隸）」二字，並無有異體可析分出「囚」之形者，故不應歸於此類。其於「畏（畏）」、「辰（辰）」、「屖（屖，展）」等篆，皆取字形下部形近於「囚」，而劃歸於此類。

（七十五）正字類

　　匹（正）：是、定

　　疋（疋）：䞋

　　匹（匹）：甚

　　凵（凵）：匃、㠯（乍）

　　世豪謹案：此處以「正」之結構分類。其中「疋」楷定作「疋」，形近於「正」，故歸於此類。而「匹（匹）」字俗體有作「疋」之形，近似於「疋」、「正」，《隸辨》曰：「《說文》匹從八匸，碑變從小，《廣韻》云匹俗作疋，則又因匹而譌，與疋字相混，今俗以匹為匹偶之匹，疋為丈疋之疋，復分兩字，非是。」〔註202〕可知「匹」、「疋」有字形相混之情形。而「匹（正）」篆《隸辨》曰：「正與《說文》同，從一從止，亦作疋，疋變作正，正與匹字相混。」〔註203〕所以「匹」與「正」也存在著形體相混之情形，故《字通》將其劃歸於「正字類」。 另外「正」字《偏類碑別字》引〈魏義橋石象碑〉有作「正」，〔註204〕與「凵」字形體近似，故此處也將「凵（凵）」、「匃」、「㠯」等字歸入此類。

（七十六）巳字類

　　巳（巳）：䣅、圯、起、祀

〔註199〕〔宋〕丁度等：《集韻》，頁216。

〔註200〕〔宋〕陳彭年等：《大廣益會玉篇》，頁149。

〔註201〕詳參〔清〕顧藹吉：《隸辨》，頁230、440、908～909。

〔註202〕〔清〕顧藹吉：《隸辨》，頁669～670。

〔註203〕〔清〕顧藹吉：《隸辨》，頁669～670。

〔註204〕羅振鋆、羅振玉、羅福葆原著、北川博邦編：《偏類碑別字》，頁4。

己（己）：妃、圯、記、㠱

吕（吕）：弁（异）、柤

㠯（卩）：肥、㢊、䉜、卷

弓（弓）：氾、皀（䊮）

世豪謹案：此處以「巳」之結構分類。此類將「己（己）」、「吕（吕）」、「㠯（卩）」、「弓（弓）」等形近於「巳（巳）」之篆文，以及從屬文字隸變後具有近似「巳」之形者，如「肥」、「㢊」、「氾」、「皀」等，劃歸於一類。其中「弁」字應改作「异」，在分類構形上才可析分出「己」之形，在形體推源上也才符合《說文》「䢅」從廾，吕聲之結構。

（七十七）尢字類

光（尢）、穴（穴）、內（穴）、衣（允）、亠（亢）、尥（兀）

世豪謹案：此處以「尢」之結構分類。此類取與「光（尢）」形近之「穴（穴）」、「內（穴）」、「衣（允）」、「亠（亢）」、「尥（兀）」劃歸成一類。

（七十八）冠字類

氖（㲋，尣）：獡、涼（亮）

冠（冠）、寇（寇）、晚（旭）、建（建）

世豪謹案：此處以「冠」之結構分類。其中「氖」篆所屬之「獡」、「涼」二字，依篆文楷定應作「獡」、「涼」。《字通》曰：「涼隸書作亮。」〔註205〕「獡」《玉篇》作「獡」，〔註206〕《四聲篇海》作「㺑」，〔註207〕「涼」字《玉篇》作「涼」，〔註208〕《龍龕手鏡》作「涼」，〔註209〕與「寇（寇）」、「晚（旭）」、「建（建）」等篆皆同「冠」字之組成結構近似，故依此取形歸類。

〔註205〕〔宋〕李從周：《字通》，頁442。

〔註206〕〔宋〕陳彭年等：《玉篇》，頁406。

〔註207〕〔金〕韓孝彥、韓道昭：《改併五音類聚四聲篇海》，頁64。

〔註208〕〔宋〕陳彭年等：《大廣益會玉篇》，頁406。

〔註209〕〔遼〕行均：《龍龕手鏡》，頁67。

（七十九）斤字類

兵（兵）、北（北，丘）、岳（岳，岳）、庍（庍，斥）

世豪謹案：此處以「斤」之結構分類。其中「北（北）」篆《隸辨》曰：「丘《說文》作北，從北從一，隸變如上，亦作丠，或作丠，丠亦作丠經典相承用此字。」〔註210〕又曰：「兵本作兵，岳本作岳，隸變皆與丘同。」〔註211〕可知此類之「兵」、「岳」二篆，皆取其隸變作「兵」、「岳」，與「丘」皆可析分出「斤」之形，而劃歸此類。另外「庍（庍）」篆《五經文字》收錄「庍斥」二字，曰「上《說文》，下經典相承隸省。」〔註212〕《字通》曰：「今書作斥，斥籀文厈。」〔註213〕知此乃依「斤」字之形，歸於「斤字類」。

（八十）山字類

山（山）：崇、屵

屮（屮）：蚩／嵩、离

之（之）：蚩、先、圼、屮

耑（耑）：段、豈

世豪謹案：此處以「山」之結構分類。其中「离」字《說文》篆文作「离」從「屮」，《廣韻》收錄「嵩」之字形，〔註214〕可知此處乃依篆文楷定之形，字形上部形近於「山」，而歸入此類。另外「段」字《說文》原本結構雖從「耑」省，而「耑」隸變後上部作「山」之形，可是「段」字歷代異體如「叚」、「段」、「叚」、「叚」等，〔註215〕皆與「山」形不類，而《金石文字辨異》中引唐神通寺段婆造像的碑文有作「段」，〔註216〕左旁近似「山」呈九十度倒轉之形，《字通》或因此而取形歸於此類。

〔註210〕〔清〕顧藹吉：《隸辨》，頁890。

〔註211〕〔清〕顧藹吉：《隸辨》，頁890。

〔註212〕〔唐〕張參：《五經文字》，頁49。

〔註213〕〔宋〕李從周：《字通》，頁442。

〔註214〕〔宋〕陳彭年等：《大宋重修廣韻》，頁48。

〔註215〕詳參教育部國語推行委員會編：《教育部異體字字典》，
http://dict.variants.moe.edu.tw/。

〔註216〕〔清〕邢澍：《金石文字辨異》，頁699。

（八十一）𦣞字類

𦣞（𦣞）：歸、官

臣（臣）：𦣞、宦

匝（臣）：配、宦

𠄌（巨）

世豪謹案：此處以「𦣞」之結構分類。其中將「臣（臣）」、「匝（臣）」、「𠄌（巨）」類推與「𦣞（𦣞）」，認爲其形體相近，而劃歸一類。

（八十二）彑字類

彑（彑）：彖、彙

ヨ（又）：尋、帚

彐（關）：／𣪊、肩

彖（彖）

世豪謹案：此處以「彑」之結構分類。「彑（彑）」篆《隸辨》曰：「《說文》作彑。象豕頭之形，筆迹小異。亦省作ヨ，或變作ㅍ，亦作彐、彐從古文，彑變古文作ㄨ。」〔註217〕可知「彑」、「彐」乃一字二體，故此類以形近於「彑」、「彐」之部件，劃歸一類。《字通》注曰：「籀文𣪊字從此。肩字從彐。」〔註218〕考「𣪊」字乃「敢」字之籀文，此處取其「彐」之部件，形近類推於「彑」。又「肩」字《說文》篆文作「肩」，又《說文》另有俗體作「肩」從戶，〔註219〕《集韻》有收錄「肩」，〔註220〕《類篇》也錄有「肩」之字，〔註221〕乃依篆文楷定，字形上部可析分出「彐」，故知此處乃依篆文之體取形歸類。

（八十三）聿字類

聿（聿，聿）：肄、肅

〔註217〕〔清〕顧藹吉：《隸辨》，頁911。

〔註218〕〔宋〕李從周：《字通》，頁443。

〔註219〕〔漢〕許慎撰、〔宋〕徐鉉校訂：《說文解字》，頁87。

〔註220〕〔宋〕丁度等：《集韻》，頁162。

〔註221〕〔宋〕司馬光等：《類篇》頁149。

　　肃（聿）：書、筆

　　隶（隶）：隸、隸

　　聿（聿）、隶（隶）

　　世豪謹案：此處以「聿」之結構分類。但「肃」依篆文楷定，應作「聿」，其中「肃（聿）」、「隶（隶）」、「聿（聿）」、「隶（隶）」皆與「肃（聿）」形體相近，故依此取形歸類。

（八十四）幸字類

　　幸（幸）：報、執

　　￥（奎）：達

　　夲（㚊）：倖

　　坴（㘴）：熱、藝

　　￥（南）

　　世豪謹案：此處以「幸」之結構分類。其中「奎（奎）」、「夲（㚊）」、「坴（㘴）」與「南」之古文「￥」楷定作「幸」，[註222]《類篇》、《集韻》皆有收錄此字，以上四體俱與「幸（幸）」形體相近，故依此標準，將這些具有與「幸」形體相近之文字，劃歸於一類。

（八十五）敕字類

　　敕（敕，敕）：整（整）

　　楚（楚，楚）：釐、楚（楚）

　　犾（犾）：慭

　　救（救，救）、釐（釐）、敄（敄，敄）

　　世豪謹案：此處以「敕」之結構分類。詳考此類收錄之文字，乃以「敕」字之組成模式為參考依據，作「束」、「攴」左右並列結合的形態，所以有以「朿」、「攴」結合作「救」；「來」、「犬」結合作「犾」；「束」、「攵」結合作「敕」；「矛」、「攵」結合作「敄」。其中「釐（釐）」篆《玉篇》作「釐」，[註223]

〔註222〕詳參〔金〕韓孝彦、韓道昭：《改併五音類聚四聲篇海》，頁205。

〔註223〕〔宋〕陳彭年等：《大廣益會玉篇》，頁223。

《廣韻》作「𤎫」，[註224]《集韻》作「𤎫」，[註225] 字形上部析分作「敕」，與「救」字形體相近，故歸類於此。

（八十六）虍字類

𧆏（虘）：虧

𧆏（虘）：覤

𧆟（虘）：戲

𧆏（虘）：盧

𧆏（虎）、𧇍（虜）、𧇍（慮）、𧇍（盧）、𧇍（虞，虐）

世豪謹案：此處以「虍」之結構分類。此類所收錄之文字，原皆具有「虍」之結構，故取「虍」形劃歸作一類。

（八十七）狀字類

狀（狀，狀）：替（暜）

狀（狀）：贊

狀（赱）：輦

狀（闕）、暜（暜）、琹（琹）

世豪謹案：此處以「狀」之結構分類。細分此類所收錄文字之字形結構，可分作「狀」、「狀」、「赱」、「竝」、「狀」等類型，皆以兩個相同的部件，以左右並列的組合形態構成。

（八十八）戊字類

𢦏（戊）：成、戌

𢦏（戉）：幾、蔑

𢦏（戉）：越、戚

世豪謹案：此處以「戊」之結構分類。其中從「𢦏（戌）」之「幾」、「蔑」與從「𢦏（戉）」之「越」、「戚」，其字形結構中之「𢦏（戌）」、「𢦏（戉）」皆與「𢦏（戊）」形體相近，故歸於一類。

[註224]〔宋〕陳彭年等：《大宋重修廣韻》，頁91。

[註225]〔宋〕丁度等：《集韻》，頁93。

（八十九）豕字類

豕（豕）：豦、象、篆、豕

彔（彔）：彙

彖（彖）、彖（彖）、豖（豚）、彔（彔）、亥（豕，亥）

世豪謹案：此處以「豕」之結構分類。其中「彙」字《九經字樣》收錄「彙彙」曰：「上《說文》，下隸省。」〔註226〕知其乃以《說文》原始篆文結構取形歸類。而「彔（彔）」爲「髡」之籀文，《玉篇》作「彔」、「彔」；〔註227〕《類篇》作「彔」、「彔」〔註228〕可析分出「豕」之形，故歸於此類。

三、八十九類取形歸類的方法

藉由上述 89 類中所收文字之形體結構的分析，筆者發現《字通》在取形歸類的方法上，主要是依據當時所通行的楷書之形體來劃歸形類，但是這當中的形體參照依據以及分類取捨之方式，又可以展現出幾種方法。筆者茲以這些取形歸類的方法，分項舉例討論如下：

（一）依隸變之楷體結構取形歸類

此種取形歸類的方法則以《說文》篆文形體經過隸變以後，該字之偏旁、部件已產生改變所形成的楷體結構，考慮其符合於哪一種分類要素與類型，而將該字劃歸於其類。例如：「胥」字以隸變作「骨」之形，歸入「口字類」；「屈」字以隸變作「屈」，下部作「田」之形，歸入「下田字類」。此爲《字通》劃分89 類的分類屬字，取形歸類的主要方法。

這是因爲李從周編纂《字通》主要的目的之一便是在於將「世俗筆勢」之通行楷體，依形體結構分類，所以隸變以後通行於世的各種字形，即爲《字通》所要劃分形類的對象。其乃試圖透過對楷體結構的重新分類，使得據形系聯，依形歸類的文字觀念，能重新作爲字書編輯的原則。同時也突破了《說文》540部首的局限，不再圍於篆文的部首結構，直接依據隸變後的形體，以及當時書法中行書草書等的點畫書寫筆勢，重新分析類推字形，歸納形體，已產生類似

〔註226〕〔唐〕唐玄度：《九經字樣》，頁 54。

〔註227〕〔宋〕陳彭年等：《大廣益會玉篇》，頁 291。

〔註228〕〔宋〕司馬光等：《類篇》，頁 325。

於後世依據楷體分類立部的觀念。

（二）《說文》原本篆文楷定結構取形歸類

此種取形歸類的方法乃是以《說文》原本篆文形體楷定後的結構爲依據，分析其結構符合 89 類中哪一種分類要素和類型，而將該字劃歸於其類。例如「戜（戎）」、「旱（早）」二字便是以篆文原本結構楷定後，將「甲」析分出「田」之部件，而劃歸於「下田字類」。又如「峀」篆爲今之「史」字，但通行之體有依據篆文原本結構楷定作「叓」，《字通》依此形下部作「又」，將其歸入「又字類」。這種取形歸類的方法，在 89 類所收錄的文字中具有一定的數量，例如「冂字類」的「岡」以篆文楷定之「岪」，取形歸類，但是在「斤字類」，「岡」則以隸變之體作「岳」，取形歸類。此外如「歹」以「歺」形歸入「上三點類」；「死」以篆文原本結構「胏」歸入「𠔼几字類」；「夙」依篆文原本結構「夗」歸入「類」等皆是。

（三）依俗譌之體結構取形歸類

此種取形歸類的方式是在隸變的情形之下，文字形體產生與原始結構差異較大的俗譌形體，但是世俗通行這些文字，所以依其構形之要素納入該分類中，以爲辨似。例如「柴」篆，原應作「柴」，但是作爲「柴籬」之義的用字，產生了俗譌的「寨」字，但「寨」字以經通行於世，所以《字通》依其形體結構，將其劃歸於「丯字類」，但以「柴」爲篆文字頭，以明示其形體本源。又如「惡」字依其俗體作「惡」，而歸入「兩字類」；「夆（升）」字依其俗譌作「外」字，歸於「夕字類」等，可以體現出當時文字使用中所通行的俗譌形體，並可釐清原始構形，辨正俗譌。

（四）依文字書寫的筆勢結構取形歸類

這種分類觀念是在於「一丿類」下注曰：「八法有掠、啄皆類此。」〔註229〕在書法運筆的筆勢當中有所謂的「永字八法」，此八法分別爲「側」、「勒」、「努」、「趯」、「策」、「掠」、「啄」、「磔」，圖示作：

〔註229〕〔宋〕李從周：《字通》，頁 428。

此中「掠」與「啄」今依教育部所編之《國字標準字體教師手冊》中的〈國字筆畫名稱表〉中稱爲「撇」。〔註230〕此種取形歸類的方式,在於呈現出文字書寫的筆勢,由於這種筆勢是文字書寫的運筆方式,也牽涉到字形的結構,所以《字通》將其當作一種形體標準,作爲分類要素屬字歸類。

(五)依形近部件結構取形歸類

以整字爲分類要素的取形歸類方式中,類下所收錄的文字有析分後得出與該「整字」結構相符的部件,例如「立字類」中的「端」、「靖」等字。但在這種取形歸類的情況下,若該文字本非源於「整字」之構形者,則歸入該「整字」類型的形體對應,必然無法具有形源的依據。但是就前述四項方法得知89類的取形歸類乃是以世俗通行之楷體爲分類屬字憑據,所以在整字要素的類型中,還有所謂以形近部件結構作爲分類的觀念。這是《字通》在89類中「整字」的構形分類要素中,所採取的歸類方法。這種分類方法在於以該「整字」作爲形體部件的類型標準,再前者的析分方式下,通行的楷體有很多是析分後得出近似於該「整字」形體的部件,而劃歸於該類,例如「冂字類」中的「侖」、「扁」等字。

(六)依文字結構組成模式取形歸類

這種依據文字結構組成模式的分類方法,與上一項「依形近部件結構取形歸類」的性質相近,都是屬於以「整字」爲分類要素的類型中,所收錄文字形體類推的方法。例如「品字類」中的「臨」、「梟」、「🔅(晶)」、「畾」、「參」、「🔅(厽)」、「絫」、「🔅(齊)」等字除了存在「品(品)」、「🔅(厽)」

〔註230〕詳參教育部國語推行委員會編:《國字標準字體教師手冊》中的〈國字筆畫名稱表〉(台北:教育部國語推行委員會,2008年6月)。

的形近部件的類推依據，同時在這種形近部件中也皆呈現「」的組成模式。這種依據文字結構組成模式的分類方法，在《字通》的「品字類」、「冠字類」、「牀字類」、「敊字類」中，皆可以找出這種形體類推的分類觀念。

以上概述了《字通》89 類構形析分之要素，並討論了其析分之類型，引用碑帖隸體與字書中的異體，作為各類中取形歸類的依據，然後彙整了這些考證材料，提出了五項 89 類取形歸類的方法，可以清楚地了解到《字通》卷首所云對「世俗筆勢」所作的形體歸納與類分，也建構出一套有別於前人的分類構形體系，而這種以楷體構形為依歸的分類體系，也可能成為後來明代梅膺祚《字彙》214 部首分類觀念的先驅。

第二節　形體推源系統

許慎〈說文敘〉中談到其編纂的用意在使「前人所以垂後，後人所以識古。」〔註 231〕他透過對小篆構形系統的整理，讓當時通行的隸體有部首之依歸，且能循篆推本造字結構之意義。但是由隸轉楷，對於楷字構形的理解與東漢許慎時同樣面臨了「馬頭人為長」、「人持十為斗」的臆解現象，所以《字通》雖然打破 540 部首的文字繫屬方式，重新以楷體構形來歸整文字，但是其為了照顧到文字形音義結構的正確認識，所以設置 605 個篆文字頭，來推溯楷體的形體來源。

本節旨在分析《字通》中繫屬於篆文字頭下的楷字，其形體結構之組成來源與篆文字頭的關係。這當中《字通》將這些楷字推本回溯於篆文字頭的注釋方式有兩種，其實乃是《字通》推溯楷字形體源流的方法，一為「從此」之字；二為「如此作」之字。筆者發現以這兩個類型為綱，又各可細分出幾種形態能用來呈現楷字推本溯源的構形關係，而透過這些推源方式，讓楷字的分類找到結構來源依據，形成一個形體推源的系統。這個方式其實正可以釐清《四庫提要》中對《字通》「其分部不用《說文》門類，而分以隸書之點畫，既乖古法，既據隸書分部，乃仍以篆文大書，隸書夾註，於體例亦頗不協」〔註 232〕的疑問與誤解。

〔註 231〕〔漢〕許慎撰、〔宋〕徐鉉校訂：《說文解字》，頁 316。

〔註 232〕〔清〕紀昀等：《四庫全書總目提要》（台北：臺灣商務印書館，1968 年），頁 1。

　　李從周站在推本《說文》的立場，一方面要析分楷體構形，一方面又要能推本這些楷體的形源，所以創造出依楷體構形分類，並以篆文字頭作爲楷字形體推源的雙重形式，且該推源方式具有系統性，本節將針對這些推源的材料，進行歸納與論證，透過還原每個繫屬楷字之《說文》結構，析理出李從周在《字通》此書中所開創出來的推源系統。

一、从此者

　　《字通》云「从此」者，是說明從屬之楷字具有可推本於篆文字頭形符或聲符結構的關係，亦即《字通》中云「从此」的繫屬楷字與該篆文字頭還原於《說文》之結構說解皆具有直接或間接的構形關聯，該篆文字頭皆爲「从此」的從屬字本身組成的偏旁之一，甚至在《說文》五百四十部的部首系統，該篆文字頭便是從屬字的部首，具有形義的關聯性。這種關聯性又可以分作「从篆文義符」與「从篆文聲符」兩個類型，這兩種類型又各有省變，另外《字通》有以《說文》之古文作爲篆文字頭下繫屬楷字，乃欲明許愼解字有从古文之體的形態，茲以「从篆文義符」、「从篆文義符之省」、「从篆文聲符」、「从篆文聲符之省」、「从古文之體」五種推源形態，歸納《字通》中「从此」之楷字，並還原該字之《說文》說解，考證其構字之本源，並檢討其中存在推源不當或錯誤繫屬的缺失，目的在析證李從周所建立的形體推源系統。

（一）从篆文義符

　　一　一，於悉切。惟初太極，道立於一。元字从此。

　　世豪謹案：「一」篆下從屬「元」字，「元」《說文》：「兀始也。从一从兀。」推本《說文》取「一」之形，且本屬「一」部。

　　二　古文上。指事。時掌切。辛、旁、示、帝等字从此。

　　世豪謹案：「二」篆爲古文上字，下從屬「辛」、「旁」、「示」、「帝」四個字。

　　「辛」字《說文》：「辛辜也。从干、二，二，古文上字。凡辛之屬皆从辛，讀若愆，張林說。」推本《說文》从「干、二」之「二」形，「二」爲古文上字，知「辛」之構字乃取「二」之形。

「旁」字《說文》：「䧹溥也。从二，闕，方聲。」推本《說文》从「二」之形，「二」爲古文上字。

「示」字《說文》：「示天垂象見吉凶所以示人也。从二，三垂日月星也。」徐鍇《繫傳》在「示」字底下曰：「二，上字也。」〔註233〕推本《說文》从「二」之形。

「帝」字《說文》：「帝諦也。天王下之號也。从丄，朿聲。」推本《說文》从「丄」之形。在《說文》「帝」字之古文曰：「帝古文帝。古文諸丄字皆从一，篆文皆从二，二，古文上字。」徐鍇認爲古文上字作兩橫畫，上短下長，二字則兩畫齊等〔註234〕。而段玉裁則提出進一步的見解曰：「古文上作二，故帝下、旁下、示下皆云从古文上，可以證古文本作二，篆作丄。各本誤以丄爲古文，則不得不改篆文之上爲丄，而用上爲部首，使下文从二之字皆無所統。示次於二之恉亦晦矣！今正丄爲二，丄爲上，觀者勿怪可也。」〔註235〕這裏《字通》將「帝」字從屬於「二」篆之下，也是取作古文上之「二」形而來。

許慎以古文爲字頭，意爲以該形爲本源，作爲據形系聯之用，而《字通》以「二」爲字頭作爲「辛」、「旁」、「示」、「帝」之構形本源，是調整了宋代大小徐所訂《說文》之「丄」無法統繫文字的缺失，也早先於段玉裁之改定。

　　入，人汁切。内也。象从上俱下也。亡字从此。

世豪謹案：「入」篆下從屬「亡」字，「亡」《說文》：「亾逃也。从入从㇄。凡亡之屬皆从亡。」「亡」字另有楷定作「亾」和「亾」，《集韻》字頭並錄「亡、亾」注曰：「或作亾」〔註236〕。《廣韻》曰：「《說文》正作亾」，中間從「人」〔註237〕。《類篇》則曰：「亾，逃也。从入从㇄。凡亾之類皆从亾，或作亡。」

〔註233〕〔南唐〕徐鍇：《說文解字繫傳》（北京：中華書局，1987年10月），頁2。

〔註234〕詳見徐鍇《說文解字繫傳》曰：「古上爲二字，亦指事也，似丄字，但上畫微橫，書之則長，下畫而短上畫。二貳字則上下兩畫齊等也。」，頁2。

〔註235〕〔清〕段玉裁：《說文解字注》（台北：萬卷樓圖書股份有限公司，2002年8月），頁1。

〔註236〕〔宋〕丁度等：《集韻》，《萬有文庫薈要》（台北：臺灣商務印書館，1965年），頁212。

〔註237〕〔宋〕陳彭年等：《新校宋本廣韻》（台北：洪葉文化，2001年），頁175。

〔註238〕

分析字形結構，在宋代「凸」、「亡」、「凶」皆通行於字書，但亡字依《說文》當本从入，「亡」是隸變之體，《六書正譌》曰：「俗作亡，非。」〔註239〕《俗書刊誤》也認爲：「俗作亡非，此即无字凸失之凸，不可作有亡之亡。」〔註240〕在《隸辨》則對「亡」提出解釋，曰：「凸《說文》作凸，從入從乚，隸變如上。亦作凸、凸經典相承用此字。」〔註241〕《字通》之編纂主旨乃「依世俗筆勢，質之以《說文解字》」〔註242〕，所以取世俗通行的「亡」繫於「凸」篆之下，目的是推本《說文》从「入」之形。

「臥人類」中「人」篆繫屬「矢」字，曰：「人　注見上。矢字從此。」「矢」字《說文》：「𠂃弓弩矢也。从入。象鏑栝羽之形。古者夷牟初作矢。凡矢之屬皆从矢。」推本《說文》本爲「矢部」，而此處从「入」之形。

「人」篆因其楷體構行分類，又字分成「入字類」，並於「人」篆下繫屬「全」、「糴」二字，曰：「人　注見上。全、糴等字從此。」

「全」字爲「仝」之篆文，《說文》：「仝完也。从入从工。全篆文仝。从玉。純玉曰全。𤪌古文全。」段玉裁於「篆文全」下曰：「按篆當是籀之誤也。仝全皆从入，不必先古後篆也。今字皆从籀，而以仝爲同字。」〔註243〕推本《說文》从「入」之形。

「糴」字《說文》：「糴市穀也。从入从耀。」推本《說文》从「入」之形，此二字本皆屬「入部」。

大　大，徒蓋切。天大地大人亦大，故大象人形。奇、亦等字從此。

世豪謹案：「大」篆下繫屬「奇」、「亦」二字。「亦」字《說文》：「亦人

〔註238〕〔宋〕司馬光等：《類篇》（北京：中華書局，1984年），頁742。

〔註239〕〔元〕周伯琦：《六書正譌》（北京：北京圖書館出版社，2005年），頁53。

〔註240〕〔明〕焦竑：《俗書刊誤》，《文津閣四庫全書》（北京:商務印書館，2005年），頁546。

〔註241〕〔清〕顧藹吉：《隸辨》，《中國字書輯刊》（北京：中華書局，2003年），頁938～939。

〔註242〕見李從周《字通》卷前之語，《字通》，《中華漢語工具書庫》（合肥：安徽教育出版社，2002年），頁422。

〔註243〕〔清〕段玉裁：《說文解字注》，頁226。

之臂亦也。从大。象兩亦之形。凡亦之屬皆从亦。」推本《說文》从「大」之形。

「奇」字《說文》：「異也。一曰：『不耦。』从大从可。」「奇」字之楷體有二，《玉篇》將從大之「奇」屬「大部」注曰：「今作奇」〔註244〕；將從立之「竒」歸「可部」〔註245〕，《廣韻》二字皆錄，《集韻》則錄「竒」，作爲「倚」字的異體〔註246〕。《類篇》則以「奇」作字頭，注曰：「或作竒」〔註247〕，可見「奇」、「竒」二字宋代皆通行，《字通》取「奇」推本《說文》从「大」之形，而「竒」則另歸屬於「立字類」，屬於楷體歸類的體系，可以理解到《字通》存在著以楷體構形爲分類體系，另又以篆文字頭及繫屬楷字作爲推源系統的雙重形式。

「土字類」中以「大」篆繫屬「幸」、「戜」等字，曰：「大 注見上。幸、戜等字從此。」「幸」字《說文》楷定作「㚔」：「㚔所以驚人也。从大从羊。一曰：『大聲也。』凡㚔之屬皆从㚔。一曰：『讀若瓠。』一曰：『俗語以盜不止爲㚔』，㚔讀若籋。」推本《說文》本爲「㚔部」，此處從「大」之形。

「戜」字大徐《說文》楷字作「戴」：「大也。从大，戜聲。讀若《詩》『戜戜大猷』。」推本《說文》原屬「大部」，從「大」。

「上大字類」以「大」篆繫屬「奢」、「夷」、「奄」、「奞」等字，曰：「大 大，注見上。奢、夷、奄、奞等字從此。」「奢」字《說文》：「張也。从大，者聲。凡奢之屬皆从奢。」推本《說文》原爲「奢部」，此處從「大」。

「夷」字《說文》：「平也。从大从弓。東方之人也。」推本《說文》從「大」。

「奄」字《說文》：「覆也。大有餘也。又，欠也。从大从申。申，展也。」推本《說文》從「大」，「夷」、「奄」二字原屬「大部」。

「奞」字《說文》：「鳥張毛羽自奮也。从大从隹。凡奞之屬皆从奞。讀若睢。」推本《說文》原爲「奞部」，此處從「大」。

〔註244〕〔宋〕陳彭年等：《大廣益會玉篇》（台北：國字整理小組出版，國立中央圖書館發行，1976～1985年），頁301。

〔註245〕〔宋〕陳彭年等：《大廣益會玉篇》，頁148。

〔註246〕參見《集韻》，「平聲，五支，奇倚」，頁36；「上聲，四紙，」，頁313。

〔註247〕《類篇》，頁76。

「下大字類」則以「大」篆繫屬「美」、「奭」等字，曰：「大　大，注見上。美、奭等字从此。」「美」字《說文》：「美甘也。从羊从大。羊在六畜主給膳也。美與善同意。」徐鉉注曰：「羊大則美，故从大。」推本《說文》原屬「羊部」，此處从「大」。

亣　籀文大，改古文。他達切。立字从此。

世豪謹案：「亣」乃籀文「大」字，下繫屬「立」字，「立」《說文》：「立住也。从大立一之上。凡立之屬皆从立。」推本《說文》从「大」之形，此「大」乃籀文大形。

此處《字通》在篆文大字下再立籀文大字，作爲「立」字的推源依據，其目的與許慎將「大」、籀文「大」分作二部來繫屬文字的用意是相同的，但考察《玉篇》、《類篇》、《廣韻》、《集韻》宋代通行的字書及至後來的《四聲篇海》、《字彙》皆合作「大」一個字，沒有古文與籀文之形體分別，段玉裁在籀文大下注曰：「謂古文作大，籀文乃改作亣也。本是一字，而凡字偏旁或从古或从籀不一，許爲字書乃不得不析爲二部，猶人、儿本一字，必析爲二部也。顧野王《玉篇》乃用隸法合二部爲一部，遂使古籀之分不可攷矣。」〔註 248〕由此可知，《字通》分以大與籀文大二篆文字頭，用來分別統繫所从之字，是其推本溯源於《說文》觀念的展現，但是面對通行之楷體，「大」、「亣」已經不分，則《字通》皆歸入「上一點類」，則是源於其建立楷體構形體系的觀念，藉由這雙重形式，一方面能適應時宜之字形，一方面又能達到推本形源的效果，使人能辨別楷字的形體來源，可以避免像王安石據楷體臆造說解的情況產生〔註 249〕。

丶　丶，知庾切。有所絕丶而識之也。主、音等字从此。

世豪謹案：「丶」篆下繫屬「主、音」二字。「主」字《說文》：「主鐙中火主也。从𡈼。象形。从丶，丶亦聲。」而「音」字《說文》：「音相與語，唾而

〔註 248〕〔清〕段玉裁：《說文解字注》，頁 503。

〔註 249〕王安石解釋「立」字曰：「欲其以大覆下，以一承上，故言立。」「立」字依《說文》說解應是从大在一之上，大是人形，一表示地，作人站立在地上之形，不應作以大覆下，以一承上的解釋。參見張宗祥：《王安石字說輯》（福州：福建人民出版社，2005 年 1 月），頁 158。

不受也。从、从否，否亦聲。」二字本屬《說文》「、部」，推本《說文》從「、」之形。

　　𠫓　去，他骨切。不順忽出也。从倒子。充、育等字从此。

　　世豪謹案：「育」字《說文》：「𣫶養字使作善也。从去，肉聲。《虞書》曰：『教育子。』」本屬《說文》「去部」，推本《說文》從「去」之形。

　　立　立，力入切。住也。从大立一之上。端、靖等字从此。

　　世豪謹案：「端」字《說文》：「𗂒直也。从立，耑聲。」推本《說文》從「立」之形。

　　「靖」字《說文》：「𩏑立竫也。从立，青聲。一曰：『細皃。』」推本《說文》從「立」之形。「端」、「靖」二字本皆屬《說文》「立部」。

　　辛　辛，去虔切。辠也。从干二，二，古文上。妾、章、龍、童、音等字从此。

　　世豪謹案：「妾」字《說文》：「𡥁有辠女子給事之得接於君者。从辛从女。《春秋》云：『女爲人妾，妾不娉也。』」推本《說文》取「从辛」之形。

　　「童」字《說文》：「𧮫男有辠曰奴，奴曰童，女曰妾。从辛重省聲。」推本《說文》從「辛」之形。「妾」、「童」兩字本皆屬《說文》「辛部」。

　　宀　宀，武延切。交覆深屋也。象形。家、室等字从此。

　　世豪謹案：「家」字《說文》：「𠖔居也。从宀，豭省聲。」推本《說文》從「宀」之形。

　　「室」字《說文》：「𡩍實也。从宀从至，至，所止也。」推本《說文》從「宀」之形。「家」、「室」二字本皆屬《說文》「宀部」。

　　方　方，俯良切。併船也。象兩舟省總頭形。航、放等字从此。

　　世豪謹案：「航」字《說文》：「𣃟方舟也。从方，亢聲。《禮》：『天字造舟，諸矦維舟，大夫方舟，士特舟。』」推本《說文》從「方」之形，且本屬《說文》「方部」。

　　㫃　㫃，於幰切。旌旗之斿，㫃蹇之皃。从屮曲而下垂，㫃，相出入也。旌、旗等字从此。徐鉉曰：當作𠃉，相承多一畫。

世豪謹案：「旌」字《說文》：「𤉪游車載旌，析羽注旌首所以精進士卒。從㫃，生聲。」推本《說文》從「㫃」之形。

「旗」字《說文》：「𤽍熊旗五游，以象罰星，士卒以爲期。從㫃，其聲。《周禮》曰：『率都建旗。』」推本《說文》從「㫃」之形。「旌」、「旗」二字本皆屬《說文》「㫃部」。

戊，莫候切。中宮也。象六甲五龍相拘絞。成、戌等字從此。

世豪謹案：「戊」字《說文》：「𢦏中宮也。象六甲五龍相拘絞也。戊承丁。象人脅。凡戊之屬皆從戊。」

「成」字《說文》：「𢦏就也。從戊，丁聲。」推本《說文》取從「戊」之形，且本屬《說文》「戊部」。

「戌」字《說文》：「𢦏滅也。九月，陽气微，萬物畢成，陽下入地也。五行土生於戊，盛於戌。從戊含一。凡戌之屬皆從戌。」「戌」字爲《說文》「戌部」，此處推本《說文》取從「戊」之形。

「戊字類」以「𢦏」篆繫屬「成」、「戌」等字，曰：「𢦏 戊，注見上。成、戌等字從此。」「成」字已見於第 6「旁一點類」所繫。

「戌」字《說文》：「𢦏滅也。九月，陽气微，萬物畢成，陽下入地也。五行，土生於戊，盛於戌。從戊含一。凡戌之屬皆從戌。」推本《說文》原爲「戌部」，此處從戊含一之「戌」。

犬，苦泫切。狗之有懸蹄者。象形。戾、犮等字從此。

世豪謹案：「戾」字《說文》：「𡰥曲也。從犬出戶下，戾者，身曲戾也。」推本《說文》從「犬」。

「犮」字《說文》：「𤝥走犬皃。從犬而丿之，曳其足，則剌犮也。」推本《說文》從「犬」，「戾」、「犮」二字原皆屬《說文》「犬部」。

「𠂇字類」以「𤝥」篆繫屬「尨」、「犮」等字，曰：「𤝥 犬，注見上。尨、犮等字從此。」「尨」字《說文》：「𤜂犬之多毛者。從犬從彡。《詩》曰：『無使尨也吠。』」推本《說文》從「犬」。

「犮」字《說文》：「𤝥走犬皃。從犬而丿之，曳其足，則剌犮也。」推本《說文》從「犬」，「尨」、「犮」二字皆原屬「犬部」。

「下大字類」以「𤝥」篆繫屬「獎」、「突」等字，曰：「𤝥 犬，注見

上。獎、突等字从此。」「獎」字《說文》楷定作「獎」：「獎嗾犬厲之也。从犬，將省聲。」推本《說文》从「犬」。

「突」字《說文》：「突犬从穴中暫出也。从犬在穴中。一曰：『滑也。』」推本《說文》原屬「穴部」，此處从「犬」。

　　卜　卜，博木切。剝龜也。象灸龜之形。卟、貞、占、外等字从此。

世豪謹案：「卟」字《說文》：「卟卜以問疑也。从口卜。讀與稽同。《書》云：『卟疑。』」推本《說文》取從「卜」之形。

「貞」字《說文》：「貞卜問也。从卜貝。以爲贄。一曰：『鼎省聲。』京房說。」推本《說文》取從「卜」之形。

「占」字《說文》：「占視兆問也。从卜从口。」推本《說文》取從「卜」之形。「卟」、「貞」、「占」三字本皆屬《說文》「卜部」。

「外」字《說文》：「外遠也。卜尚平旦，今夕卜，於事外矣。外古文外。」查《說文》「外」之釋義與「卜」相關，考「卜」之古文作「卜」與「外」之古文「外」，形體相近，段玉裁在「古文卜」下注曰：「卜部曰卜，古文卜。」〔註250〕又「外」字下注曰：「當有『从夕卜』三字。」〔註251〕可知「外」與「卜」在形義上具有關聯，故《字通》於此乃推本《說文》从「卜」。

　　兔　兔，湯故切。獸名。象踞後其尾形。冤、逸等字从此。

世豪謹案：「冤」字《說文》：「冤屈也。从兔从冂，兔在冂下不得走，益屈折也。」推本《說文》取從「兔」之形。

「逸」字《說文》：「逸失也。从辵兔，兔謾訑善逃也。」推本《說文》取從「兔」之形。「冤」、「逸」二字本皆屬《說文》「兔部」。

　　八　八，博拔切。別也。象分別相背之形。兮、曾、酋、家等字从此。

世豪謹案：「八」字《說文》：「八別也。象分別相背之形。凡八之屬皆从八。」

〔註250〕〔清〕段玉裁：《說文解字注》，頁318。

〔註251〕〔清〕段玉裁：《說文解字注》，頁318。

「兮」字《說文》：「兮語所稽也。从丂八象气越亏也。凡兮之屬皆从兮。」推本《說文》「兮」原爲「兮部」，此處从「八」。

「曾」字《說文》：「曾詞之舒也。从八从曰，囟聲。」推本《說文》从「八」。

「家」字《說文》：「家从意也。从八，豕聲。」推本《說文》从「八」。

另外「)(」篆又於「中兩點類」繫屬「麦、詹、㒸、屑」等字，曰：「)(注見上。麦、詹、㒸、屑等字从此。」繫屬字推源从八之形的有「詹」字，《說文》：「詹多言也。从言从八从厃。」推本《說文》从「八」。

在「旁兩點類」中又以「八」篆繫屬「必」字，曰：「)(注見上。必字从此。」「)(」字《說文》：「)(別也。象分別相背之形。凡八之屬皆从八。」所繫之「必」字《說文》：「必分極也。从八弋，弋亦聲。」推本《說文》从「八」。

「兩畫類」中則以「八」篆繫屬「介」、「夰」等字，曰：「八 注見上。介、夰等字从此。」

「介」字《說文》：「介畫也。从八从人。人各有介。」推本《說文》从「八」，以上「曾」、「家」、「詹」、「必」、「介」五字原皆屬「八部」。

「夰」字《說文》：「夰放也。从大而八分也。凡夰之屬皆从夰。」推本《說文》原爲「夰部」，此處从八分之「八」。

　　干 干，古寒切。犯也。从反入。从一。羊、屰等字从此。

世豪謹案：「羊」字《說文》：「羊撳也。从干入一爲干，入二爲羊，讀若能，言稍甚也。」推本《說文》取从「干」之形。

「屰」字《說文》：「屰不順也。从干下屮屰之也。」推本《說文》取从「干」之形。「羊」、「屰」二字本皆屬《說文》「干部」。

　　水 水，式宪切。準也，北方之行。象眾水流中有微陽之氣。益字
　　　　从此。

世豪謹案：「益」字《說文》：「益饒也。从水皿，皿益之意也。」推本《說文》取从「水」篆體橫置作「水」之形。《干祿字書》、《五經文字》、《廣韻》、《集韻》、《類篇》皆作「益」，《四聲篇海》則將「益」作爲正字[註252]。《金

〔註252〕〔金〕韓孝彥、韓道昭：《改併五音類聚四聲篇海》，《續修四庫全書》（上海：上

石文字辨異》曰：「漢史晨奏銘有益於民。案此即益字。《說文》益从橫水，碑變作益。」〔註253〕可知「益」形應是隸變之體。《字通》取篆文橫水之形「三」，依據《說文》之解釋，可從「益」上之水形析之。在《汗簡》中有「三」解作水、「海」解作海、「飲」解作飲等〔註254〕，在《古文四聲韻》中有「水」、「水」二字，解作水，出於《古老子》，皆可見橫水之形體。宋代金石古文之學盛行，魏了翁在〈字通序〉曾云：「近世博通古文宜莫如夏文莊」〔註255〕，夏文莊乃夏竦，可以知道夏竦在宋代金石古文之學具有一定的影響力，李從周以「三」爲推源字頭，與《說文》水篆形有別，可能受到金石文字材料之影響，而以該形爲推源之字頭。

儿　儿，如鄰切。仁人也。古文奇字人。象形。髮、夌、夏、畟等字从此。

世豪謹案：「畟」字《說文》：「畟治稼畟畟進也。从田人从夊。《詩》曰：『畟畟良耜。』」推本《說文》从「人」。

壴　壴，中句切。陳樂立而上見也。从中。从豆。嘉、喜等字从此。

世豪謹案：「嘉」字《說文》：「嘉美也。从壴，加聲。」推本《說文》「嘉」本屬「壴部」取從「壴」之形。

「喜」字《說文》：「喜樂也。从壴从口。凡喜之屬皆从喜。」本爲《說文》「喜部」，與此處推本从「壴」之形。

「土字類」中以「壴」篆繫屬「鼓」、「尌」二字，曰：「壴　注見上。鼓、尌等字从此。」「鼓」字《說文》：「鼓郭也。春分之音，萬物郭皮甲而出，故謂之鼓。从壴，支象其手擊之也。《周禮》六鼓：靁鼓八面，靈鼓六面，路鼓四面，鼖鼓、皋鼓、晉鼓皆兩面。凡鼓之屬皆从鼓。」推本《說文》取從「壴」

海古籍出版社，1995 年），頁 260。

〔註253〕〔清〕邢澍：《金石文字辨異》（台北：藝文印書館，1971 年），《叢書集成續編》，頁 899～900。

〔註254〕〔宋〕郭忠恕：《汗簡》（北京：中華書局，1983 年 12 月），頁 61。

〔註255〕〔宋〕李從周：《字通》，《中華漢語工具書庫》（合肥：安徽教育出版社，2002 年），頁 421。

之形。

「尌」字《說文》：「𣪠立也。从壴从寸，持之也。讀若駐。」推本《說文》取從「壴」之形，且此二字本皆屬「壴部」。

交 交，古爻切。交脛也。从大。象交形。㸞、絞等字从此。

世豪謹案：「㸞」字《說文》：「𣂁衺也。从交，韋聲。」推本《說文》取從「交」之形。

「絞」字《說文》：「𦃾縊也。从交。从糸。」推本《說文》取從「交」之形。「㸞」、「絞」本皆屬「交部」。

六 六，力竹切。易之數，陰變於六，正於八。从入八，冥字从此。

世豪謹案：「冥」字《說文》：「�幽也。从日从六，冖聲。日數十，十六日而月始虧幽也。凡冥之屬皆从冥。」推本《說文》本屬「冥部」，此處取從「六」之形。

丌 丌，居之切。下基也，薦物之丌。象形。其、典、畀、巽等字从此。

世豪謹案：「其」字爲「箕」之籀文，《說文》：「箕簸也。从竹𠀠。象形。下其丌也。凡箕之屬皆从箕。𠀠古文箕省。𰃡亦古文箕。𰃟亦古文箕。𠔼籀文箕。𦋺籀文箕。」推本《說文》從「下其丌」之形。

「典」字《說文》：「𣠦五帝之書也。从冊在丌上，尊閣之也。莊都說：『典，大冊也。』𥴩古文典从竹。」推本《說文》從「在丌上」之形。

「畀」字《說文》：「𤰃相付與之，約在閣上也。从丌，由聲。」推本《說文》從「丌」之形。

「巽」字《說文》：「𢁼具也。从丌，𠨎聲。𢁨古文巽。𢁫篆文巽。」推本《說文》取從「丌」之形。「巽」字《說文》篆文字頭作「𢁫」，依其結構楷定應作「㢲」，《類篇》與《集韻》即以從丌之「㢲」爲字頭，而《玉篇》與《廣韻》則以「巽」爲字頭〔註256〕，《字通》將「巽」繫屬於「丌」篆之下，則可知其結構應從丌。「典」、「畀」、「巽」三字原皆屬《說文》「丌部」。

〔註256〕詳參《類篇》，頁174；《集韻》，頁551；《玉篇》，頁264；《廣韻》，頁399。

「下大字類」以「丌」篆繫屬「奠」字，曰：「丌 丌，注見上。奠字從此。」「奠」字《說文》：「奠置祭也。從酋。酋，酒也。下其丌也。《禮》有奠祭者。」推本《說文》原屬「丌部」。從「丌」。

𦥔 𠬞，拘竦切。竦手也。從𠂇從又。其、具、舁等字從此。

世豪謹案：「具」字《說文》：「具共置也。從廾從貝省。古以貝爲貨。」推本《說文》本屬「𠬞部」取從「𠬞」之形。

「舁」字《說文》：「舁共舉也。從臼從廾。凡舁之屬皆從舁。讀若余。」本爲「舁部」，此處推本取從「𠬞」之形。「𦥔」篆楷定依「從𠂇從又」作「𠬞」，隸變之後作「廾」，徐鉉注曰：「今變隸作廾」〔註257〕可證。

「下艹字類」中以「𠬞」篆繫屬「弇」、「弄」二字，曰：「𠬞 注見上。弇、弄等字從此。」《說文》：「𠬞竦手也。從𠂇從又。凡廾之屬皆從廾。𢁭楊雄說廾從兩手。」

「弇」字《說文》：「弇蓋也。從廾從合。」推本《說文》取從「廾」之形。

「弄」字《說文》：「弄玩也。從廾持玉。」推本《說文》取從「廾」之形，且此二字原皆屬「廾部」。

「下大字類」以「𠬞」篆繫屬「奐」、「羹」等字，曰：「𠬞 𠬞，注見上。奐、羹等字從此。」「奐」字《說文》：「奐取奐也。一曰：『大也。』從廾，夐省。」推本《說文》原屬「廾部」。從「廾」。

「羹」字《說文》：「羹瀆羹也。從舁從廾，廾亦聲。凡羹之屬皆從羹。」原爲「羹部」，徐鉉曰：「瀆讀爲煩瀆之瀆，一本注云舁，眾多也。兩手奉之，是煩瀆也。」推本《說文》從「廾」。

儿 注見上。兒、頁等字從此。

世豪謹案：「儿」字同見於第8「中兩點類」，《說文》：「儿仁人也。古文奇字人也。象形。孔子曰：『在人下，故詰屈。』凡儿之屬皆從儿。」下繫屬「兒」、「頁」二字。

「兒」字《說文》：「兒頌儀也。從人，白象人面形。凡兒之屬皆從兒。𩑶

〔註257〕〔漢〕許慎撰、〔宋〕徐鉉校訂：《說文解字》，頁59。

兒或从頁，豹省聲。豹籀文兒。从豹省。」推本《說文》本爲「兒部」，《說文》「兒部」在古文奇字人之「儿部」之後，依《說文》分部次第「以形之相近爲次」之「據形系聯」原則，此處取从「人」之形乃从古文奇字人之形，故《字通》將「兒」字推本於「儿」。

「頁」字《說文》：「頁頭也。从百从儿，古文䪴首如此。凡頁之屬皆从頁。百者，䪴首字也。」段玉裁注曰：「儿卽古文奇字人。」〔註258〕推本《說文》本爲「頁部」，此取从「儿」之形。

「下儿字類」中以「儿」篆繫屬「虎」、「禿」二字，曰：「儿 儿，注見上。虎、禿等字从此。」「虎」字《說文》：「虎山獸之君。从虍，虎足象人足。象形。凡虎之屬皆从虎。」推本《說文》原爲「虎部」，此處从其虎足象人足之形。

「禿」字《說文》：「禿無髮也。从人，上象禾粟之形，取其聲。凡禿之屬皆从禿。王育說：『蒼頡出見禿人伏禾中，因以制字。』未知其審。」推本《說文》原爲「禿部」，取从「人」之形，《字鑑》曰：「从儿从禾，儿，古人字。」〔註259〕故「禿」字所从之「人」乃古文奇字之「儿」。

二 二，而志切。地之數也。从偶。次、勻等字从此。

世豪謹案：「勻」字《說文》：「勻少也。从勹二。」推本《說文》取从「二」之形。

仌 仌，筆仌切。凍也。象水凝之形。凌、冷等字从此。

世豪謹案：「凌」字爲「冰」字或體，《說文》：「冰仌出也。从仌，朕聲。《詩》曰：『納于凌陰。』凌冰或从夌。」推本《說文》取从「仌」之形。

「冷」字《說文》：「冷寒也。从仌，令聲。」推本《說文》取从「仌」之形。「凌」、「冷」二字本皆屬《說文》「仌」部。

巛 巛，昌緣切。貫穿通流水也。深深巜水爲巛。邕、丣等字从此。

〔註258〕〔清〕段玉裁：《說文解字注》，頁420。

〔註259〕〔元〕李元仲：《字鑑》，《叢書集成簡編》（台北：臺灣商務印書館，1965年），頁89。

世豪謹案：《玉篇》與《類篇》皆以「巛」爲字頭〔註260〕，而《廣韻》字頭作「川」，以「巛」爲「坤」之古文〔註261〕，依《說文》應作「巛」，爲流水之形。

「邕」字《說文》：「邕四方有水自邕城池者。从川从邑。邕籀文邕。」段玉裁改作「从巛邑」。此處推本《說文》取從「巛」之形。

又「巛」在「中三點類」曰：「巛　注見上。巠、州等字從此。」「巛」《說文》：「巛貫穿通流水也。《虞書》曰：『濬く巜，距川。』言深く巜之水會爲川也。凡川之屬皆从川。」繫屬「巠」、「州」二字。

「巠」字《說文》：「巠水脈也。从川在一下。一，地也。壬省聲。一曰：『水冥巠也。』巠古文巠不省。」推本《說文》取從「川」之形。

「州」字《說文》：「州水中可居曰州，周遶其旁。从重川。昔堯遭洪水，民居水中高土，或曰九州。《詩》曰：『在河之州。』一曰：『州，疇也。』各疇其土而生之。州古文州。」推本《說文》取從「川」之形。「邕」、「巠」、「州」三字本皆屬《說文》「川部」。

「巛」在「下三點類」中同樣用作繫屬「㳟」、「侃」的篆文字頭，曰：「巛注見上。㳟、侃等字從此。」「㳟」字《說文》：「㳟水廣也。从川，亡聲。《易》曰：『包㳟用馮河。』」推本《說文》取從「川」之形。

「侃」字《說文》：「侃剛直也。从仁，仁，古文信；从川，取其不舍晝夜。《論語》曰：『子路侃侃如也。』」推本《說文》取從「川」之形。「㳟」、「侃」二字也同屬「川部」。

川（ 小，私兆切。物之微也。从八丨，見而八分之。貟、尚等字從此。

世豪謹案：「貟」字《說文》：「貟貝聲也。从小、貝。」推本《說文》取從「小」之形。

「尚」字《說文》：「尚際見之白也。从白，上下小見。」推本《說文》取從「上下小見」之形。

〔註260〕詳參《大廣益會玉篇》，頁285；《類篇》，頁420。
〔註261〕〔宋〕陳彭年等：《大宋重修廣韻》，頁120。

爪　爪，側絞切。亢也。覆手曰爪。象形。𡤩、癶等字从此。

世豪謹案：「𡤩」字《說文》：「𡤩近求也。从爪壬。壬，徼幸也。」推本《說文》本屬「王部」，此處取从「爪」之形。

「癶」字《說文》：「𦫳物落，上下相付也。从爪从又。凡癶之屬皆从癶。讀若《詩》〈摽有梅〉。」推本《說文》本屬「癶部」，此處取从「爪」之形。

「一丿類」中也以「爪」繫屬「爲」、「孚」二字，曰：「爪　注見上。爲、孚等字从此。」

「爲」字《說文》：「𤓯母猴也。其爲禽好爪。爪，母猴象也。下腹爲母猴形。王育曰：『爪。象形也。』」推本《說文》取从「爪」之形。

「孚」字《說文》：「𤓸卵孚也。从爪从子。一曰：『信也。』」推本《說文》取从「爪」之形，且此二字本皆屬「爪部」。

火　注見上。票、尞等字从此。

世豪謹案：「火」同見於第7「上兩點類」，《說文》：「火燬也。南方之行，炎而上。象形。凡火之屬皆从火。」下繫屬「票」、「尞」二字。

「票」依結構楷定作「奧」，《說文》：「奧火飛也。从火𨾊，與舉同意。」推本《說文》取从「火」之形。

「尞」字《說文》：「𡙇柴祭天也。从火从昚。昚，古文慎字。祭天所以慎也。」推本《說文》取从「火」之形。「票」、「尞」二字本皆屬「火部」。

「火」篆在「示字類」又用以繫屬「票」、「尉」二字，曰：「火　注見上。票、尉等字从此。今書同作示。」「票」字推本形源已見上述，又畫歸於「示字類乃因楷體構形體系之分類標準有別，前取「下三點」之形，此取「示」之形，但《字通》皆將「票」繫屬於「火」篆之下，可以見得其推源標準是一致的。

「尉」大徐《說文》楷字作「尉」：「𡱕从上案下也。从𡰥，又持火，以尉申繒也。」推本《說文》本也屬「火部」，取从「火」之形。

「下四點類下」中，「火」篆又繫屬「熙」、「然」、「庶」、「黑」四字，曰：「火　注見上。熙、然、庶、黑等字从此。」

「熙」字《說文》：「𤌍燥也。从火，巸聲。」推本《說文》取从「火」之形。

「然」字《說文》：「𤓇|燒也。从火，肰聲。」推本《說文》取從「火」之形。

以上二字本皆屬《說文》「火部」。

三　彡，所銜切。毛飾畫文也。象形。須、尋等字从此。

世豪謹案：「須」字《說文》：「𩓣面毛也。从頁从彡。凡須之屬皆从須。」徐鉉注曰：「此本須鬢之須，頁，首也；彡，毛飾也。」〔註262〕推本《說文》「須」本爲「須部」，此處取從「彡」之形。

朮　朮，匹刃切。分枲莖皮也。从屮八。象枲之皮莖也。麻、枲等
　　字从此。

世豪謹案：「枲」字《說文》：「𣏗麻也。从木，台聲。」推本《說文》本屬「木部」，取從「木」之形。

朩　朩，普活切。艸木盛朩朩然。象形。八聲。南、沛等字从此。

世豪謹案：「朩」字《玉篇》作「市」，段玉裁曰：「按《玉篇》作市，引《毛傳》蔽市小兒。玉裁謂《毛詩》蔽市字恐是用蔽厀之市字。經傳鈙多作芾、作茀可證也。」〔註263〕《類篇》、《廣韻》、《集韻》皆本《說文》楷定作「朩」。「朩」字《說文》：「艸木盛朩朩然。象形，八聲。凡朩之屬皆从朩。讀若輩。」在「朩部」之下「索」字《說文》曰：「𦻱艸有莖葉，可作繩索。从朩糸。杜林說：『朩亦朱木字。』」疑《字通》作「朩」乃取杜林說「朱木」之字。下繫屬「南」、「沛」二字。

「南」字《說文》：「𣕲艸木至南方，有枝任也。从朩，𢆉聲。」推本《說文》本屬「朩部」，取從「朩」之形。

「中一字類」中則以「朩」篆繫屬「南」、「索」、「𡥀」、「孛」四字，曰：「朩　注見上。南、索、𡥀、孛等字从此。」「南」字已見上之推本，「索」字《說文》：「𦻱艸有莖葉，可作繩索。从朩、糸。杜林說：『朩亦朱木字。』」推本《說文》取從「朩」之形。

〔註262〕〔漢〕許慎撰、〔宋〕徐鉉校訂：《說文解字》（北京：中華書局，1963年12月），
　　　　頁184。
〔註263〕〔清〕段玉裁：《說文解字注》，頁276。

「𡩡」字《說文》：「𡩡艸木𡩡孛之皃。从宋，畀聲。」推本《說文》取從「宋」之形。

「孛」字《說文》：「孛𡩡也。从宋；人色也。从子。《論語》曰：『色孛如也。』」推本《說文》取從「宋」之形，且「索」、「𡩡」、「孛」三字本皆屬「宋部」。

示 示，神至切。天垂象見吉凶，所以示人也。从二，三垂日月星也。祭、奈等字从此。

世豪謹案：「祭」字《說文》：「祭祭祀也。从示，以手持肉。」推本《說文》本屬「示部」，取從「示」之形。

禾 禾，戶戈切。嘉穀也。从木。从垂省。穎、稟等字从此。

世豪謹案：「穎」字《說文》：「穎禾末也。从禾，頃聲。《詩》曰：『禾穎穟穟。』」推本《說文》本屬「禾部」，取從「禾」之形。

「稟」字《說文》：「稟賜穀也。从㐭从禾。」推本《說文》本屬「㐭部」，此處取從「禾」之形。

「一丿類」中又以「禾」篆繫屬「科」、「程」二字，曰：「禾 注見上。科、程等字从此。」「科」字《說文》：「科程也。从禾从斗。斗者，量也。」推本《說文》取從「禾」之形。

「程」字《說文》：「程品也。十髮爲程，十程爲分，十分爲寸。从禾，呈聲。」推本《說文》取從「禾」之形，二字皆本屬「禾部」。

米 米，莫禮切。粟實也。象禾實之形。𥻆、𩰪等字从此。

世豪謹案：「𥻆」字《說文》：「𥻆以秬釀𥻆艸，芬芳攸服，以降神也。从凵，凵，器也。中象米。匕，所以扱之。《易》曰：『不喪匕𥻆。』凡𥻆之屬皆从𥻆。」推本《說文》本爲「𥻆部」，此處取從「中象米」之形。

「米」篆在「下四點類上」又用以繫屬「康」、「暴」二字，曰：「米 注見上。康、暴等字从此。」「米」《說文》：「米粟實也。象禾實之形。凡米之屬皆从米。」「康」字爲「穅」字之省體，《說文》：「穅穀皮也。从禾从米，庚聲。康穅或省。」推本《說文》本屬「禾部」，而「康」省「禾」，所以「康」取從「米」之形。

「暴」字《說文》：「㬥晞也。从日从出。从収从米。」推本《說文》本屬「日部」，此處取从「米」之形。

采　采，蒲莧切。辨別也。象獸指爪分別也。番、卷、奥、悉等字從此。

世豪謹案：「番」字《說文》：「番獸足謂之番。从釆，田。象其掌。」推本《說文》取从「釆」之形。

「悉」字《說文》：「恖詳盡也。从心从釆。」推本《說文》取从「釆」之形，且「番」、「悉」二字本皆屬《說文》「釆部」。

「釆」篆在「下四點類上」又用以繫屬「宷」字，曰：「釆　注見上。宷字從此。」「釆」《說文》：「釆辨別也。象獸指爪分別也。凡釆之屬皆从釆。讀若辨。」

「宷」字篆文爲「審」，《說文》：「宷悉也。知宷諦也。从宀从釆。審篆文宷从番。」徐鍇注曰：「宀，覆也。釆，別也。包覆而深別之。宷，悉也。」《隸辨》曰：「按《說文》作審从釆，古文釆作米，與粟米之米相類，碑從古文。」〔註264〕可知隸變之後，「釆」有混作「米」之情況，《字通》於此將「宷」繫屬於「釆」下，可以明其形源，推本取从「釆」之形。

「釆」篆在「一丿類」則繫屬「番」、「釋」二字，曰：「釆　注見上。番、釋等字從此。」「番」字已見「上四點類」所繫，是由於取楷體構形而分類之不同，而各有歸屬。但就推本形體來源的系統，則皆繫屬於「釆」篆之下。

「釋」字《說文》：「釋解也。从釆；釆，取其分別物也。从睪聲。」推本《說文》本屬「釆部」取从「釆」之形。

炎　炎，于廉切。火光上也。从重火。粦字從此。

世豪謹案：「粦」字《說文》：「粦兵死及牛馬之血爲粦。粦，鬼火也。从炎舛。」推本《說文》本屬「炎部」，取从「炎」之形。

㐅　㐅，古懷切。背呂也。象脅肋也。脊字從此。

世豪謹案：「㐅」字《玉篇》曰：「今作乖。」〔註265〕在「手」字下又錄

〔註264〕〔清〕顧藹吉：《隸辨》，頁466。

〔註265〕〔宋〕陳彭年等：《大廣益會玉篇》，頁220。

「亞」作為手之古文〔註266〕，分屬今「乖」與「手」之異體。《說文》楷字作「亞」，本為「亞部」，下繫「脊」字。

「脊」字《說文》：「🔲背呂也。从亞从肉。」推本《說文》本屬「亞部」，取從「亞」之形。

〔🔲〕　注見上。滕、泰等字從此。

世豪謹案：「🔲」字同見於第 7「上兩點類」、第 11「上三點類」與第 14「旁三點類」，《說文》：「🔲準也。北方之行。象眾水並流，中有微陽之气也。凡水之屬皆从水。」下繫屬「滕」、「泰」二字。

「滕」字《說文》：「🔲水超涌也。从水，朕聲。」推本《說文》取從「水」之形。

「泰」字《說文》：「🔲滑也。从廾从水，大聲。」推本《說文》取從「水」之形，且「滕」、「泰」本皆屬《說文》「水部」。

〔🔲〕　心，息林切。人心土藏。象形。博士說以為火藏。恭、慕等
　　　字從此。

世豪謹案：「恭」字《說文》：「🔲肅也。从心，共聲。」推本《說文》取從「心」之形。

「慕」字《玉篇》曰：「本作慕」，下從「心」形。《說文》：「🔲習也。从心，莫聲。」推本《說文》取從「心」之形，「恭」、「慕」二字本皆屬《說文》「心部」。

〔🔲〕　尾，亡匪切。微也。从倒，毛在尸後。屬字從此。隶、🔲等
　　　字從此。

世豪謹案：「尾」字楷定應作「屁」，徐鉉曰：「今隸變作尾。」下繫屬之「屬」字《說文》：「🔲連也。从尾，蜀聲。」推本《說文》本屬「尾部」，取從「尾」之形。

〔🔲〕　注見上。羕字從此。

世豪謹案：「🔲」字同見於第 1「上一點類」，《說文》：「🔲長也。象水坙

〔註266〕〔宋〕陳彭年等：《大廣益會玉篇》，頁 121。

理之長。《詩》曰：『江之永矣。』凡永之屬皆从永。」此用以繫屬「羕」字，「羕」《說文》：「羕水長也。从永，羊聲。《詩》曰：『江之羕矣。』」推本《說文》本屬「永部」，取从「永」之形。

　　　　ノ，房密切。右戾也。象左引之形。

　　　　ヽ，分勿切。左戾也。从反ノ。乂字、弗字从此二字。

　　世豪謹案：通常篆文字頭，作「从此」推源者，多是一個楷字推本於一個篆文字頭，一個篆文字頭或爲該楷字的義符，或爲該楷字的聲符，而在這個推本方式基準下，「ヽ」篆下云「乂字、弗字从此二字。」「乂」字《說文》：「乂芟艸也。从ノ从ヽ，相交。」「弗」字《說文》：「弗撟也。从ノ从ヽ。从韋省。」考察其結構，皆爲「从ノ从ヽ」，也就是在此處《字通》透過了兩個篆文字頭，繫屬了兩個楷字，「一畫類」的「ノ」篆與「ヽ」篆，此皆爲「乂」、「弗」二繫屬楷字的結構，在《字通》的推源系統中，此處是比較特殊的地方。

　　　　ノ，余制切。抴也，明也。象抴引之形。弋字从此。

　　世豪謹案：「弋」字《說文》：「弋橜也。象折木衺銳著形。从ノ。象物挂之也。」推本《說文》本屬「ノ部」，取从「ノ」之形。

　　　　乀，戈支切。流也。从反ノ，讀若移。也字从此。

　　世豪謹案：「也」字《說文》：「也女陰也。象形。也秦刻石也字。」原屬「乀部」故推本从「乀」。

　　　　乚，於謹切。匿也。象迟曲隱蔽形。凵、直等字从此。

　　世豪謹案：「凵」字《說文》：「凵逃也。从人从乚。凡亡之屬皆从亡。」推本《說文》本爲「亡部」，此處取从「乚」之形，「乚部」乃「亡部」之前一部依《說文》分部次第據形系聯，以形之相近爲次的原則考察之，可以推得「凵」字所从之「乚」爲「象迟曲隱蔽形」之「乚」，故《字通》推源「凵」之形旁將之繫屬於「乚」篆下。

　　「直」字《說文》：「直正見也。从乚从十从目。」推本《說文》本屬「乚部」，取从「乚」之形。

乚 乚，烏黠切。元鳥也。象形。孔、乳等字从此。

「乚」字《說文》：「乚玄鳥也。齊魯謂之乚。取其鳴自呼。象形。凡乚之屬皆从乚。」徐鉉注曰：「與此甲乙之乙相類，其形舉首下曲與甲乙字少異。」〔註267〕《玉篇》曰：「或作鳦。」〔註268〕段玉裁曰：「《山海經》說鳥獸多云其名自號。燕之鳴如云乞，燕、乞雙聲。莊子謂之鷾，鷾、鴯亦雙聲也。既得其聲而像其形，則爲乞燕篆，像其籋口布翄枝尾全體之形。乞篆像其于飛之形，故二篆皆曰像形也。乚象翄開首竦橫看之乃得，本與甲乙字異，俗人恐與甲乙亂，加鳥旁爲鳦則贅矣。」〔註 269〕《字通》此處依《說文》之「乚」形，下繫屬「孔」、「乳」二字。

「孔」字《說文》：「孔通也。从乚从子。乚，請子之候鳥也。乚至而得子，嘉美之也。古人名嘉字子孔。」推本《說文》取從「乚」之形。

「乳」字《說文》：「乳人及鳥生子曰乳，獸曰產。从孚从乚。乚者，玄鳥也。《明堂月令》：『玄鳥至之日，祠于高禖，以請子。』故乳从乚。請子必以乚至之日者，乚，春分來，秋分去，開生之候鳥，帝少昊司分之官也。」推本《說文》取從「乚」之形，且「孔」、「乳」二字本皆屬《說文》「乚部」。

乙 乙，於筆切。象春草木冤曲而出。乾、亂等字从此。史、尤、失、尺、瓦、局竝从此。楷隸不復推本矣。

世豪謹案：「乾」字《說文》：「乾上出也。从乙，乙，物之達也，倝聲。」推本《說文》取從「乙」之形。

「亂」字《說文》：「亂治也。从乙，乙，治之也；从𤔔。」推本《說文》取從「乙」之形，且「乾」、「亂」二字本屬《說文》「乙部」。

「曳」字《說文》：「曳束縛捽抴爲曳。从申从乙。」推本《說文》本屬「申部」，但此字下徐鉉注曰：「乙，屈也。」〔註270〕「乙」字爲象草木冤曲而出之義，段玉裁在「从申从乙」下注曰：「乙象艸木。从申从乙者，引之又冤曲之也。」故此處推源乃取從「乙」之形。

〔註267〕〔漢〕許慎撰、〔宋〕徐鉉校訂：《說文解字》，頁 246。

〔註268〕〔宋〕陳彭年等：《大廣益會玉篇》，頁 345。

〔註269〕〔清〕段玉裁：《說文解字注》，頁 590。

〔註270〕〔漢〕許慎撰、〔宋〕徐鉉校訂：《說文解字》，頁 311。

「尤」字《說文》：「[篆]異也。从乙，又聲。」推本《說文》本屬「乙部」，取從「乙」之形。

[篆]　系，乎計切。繫也。从系，ノ聲。緣、縣等字从此。

世豪謹案：「緣」字《說文》：「[篆]隨從也。从系，[字]聲。」徐鉉曰：「今俗从㕣。」楷字本應作「緣」，「肉」下从「言」。推本《說文》本屬「系部」，取從「系」之形。

「縣」字《說文》：「[篆]繫也。从系持県。」推本《說文》本屬「県部」，此處取從「系」之形。

[篆]　人，如鄰切。天地之性最貴者也。此籀文象臂脛之形。千、壬等字从此。

世豪謹案：「千」字《說文》：「[篆]十百也。从十从人。」《六書正譌》則作「从十，人聲。」〔註271〕《說文解字注》也作「从十，人聲。」〔註272〕作「人聲」之解，始見於《六書正譌》，但周伯琦與段玉裁並無考定說明，筆者考《正字通》則略有述及其結構，曰：「《說文》从十从人，篆作[篆]。《正譌》因之精蘊千數之大盈也，多不可勝紀。友求其元从十而倒之，復歸于一爲意。總要从十、ノ，指事。篆作[篆]，小篆譌作[篆]。按二說今不從。」以「十百」之義推之。从十从人似無法應合字義，故《六書正譌》與《說文解字注》改作「人聲」，可能從此而來。孔廣居在《說文疑疑》中也曰：「千當訓一，人聲，十百千皆數之成，故皆从一。」〔註273〕于省吾說：「孔謂千从人聲是對的，但是以數之成爲言也誤。千的造字本易系在人字的中部附加一個橫劃，作爲指事字的標誌，以別於人，而仍因人字以爲聲（千人疊韻）。」〔註274〕循此說回到《正字通》所錄從指事之說，其云「从十、ノ」可能較近於「千」字的

〔註271〕〔元〕周伯琦：《六書正譌》，頁41。

〔註272〕〔清〕段玉裁：《說文解字注》，頁89。

〔註273〕〔清〕孔廣居：《說文疑疑》，《叢書集成簡編》（臺北：臺灣商務印書館，1965年），頁22。

〔註274〕于省吾：〈釋古文字中附劃因聲指事字的一例〉，《甲骨文字釋林》（北京：中華書局，1979年），頁445～462。

造字本義，但是筆者就甲骨文的材料考之，「千」爲千〔註275〕，「𦍒」爲三千之合文，而甲骨文十作「┃」，七作「十」，所以推本「千」字知形源，應從「人」，《字通》推本《說文》本屬「十部」，但此處取從「人」之形，近於造字之本源。

「壬」字《說文》：「壬善也。从人、士。士，事也。一曰：『象物出地挺生也。』凡壬之屬皆从壬。」徐鉉注曰：「人在土上，壬然而立也。」〔註276〕此處推本《說文》取從「人」之形。

「人字類」中也以「𠆢」篆繫屬「負」、「色」二字，曰：「𠆢　注見上。負、色等字從此。」

「負」字《說文》：「負恃也。从人守貝，有所恃也。一曰：『受貸不償。』」推本《說文》本屬「貝部」，此處取從「人」之形。

「色」字《說文》：「色顏气也。从人从卪。凡色之屬皆从色。」推本《說文》本爲「色部」，此處取從「人」之形。

「臥人類」中「𠆢」篆繫屬「臥」字，曰：「𠆢　注見上。臥字從此。」「臥」字《說文》：「臥休也。从人、臣，取其伏也。凡臥之屬皆从臥。」推本《說文》本爲「臥部」，此處取從「人」之形。

「入字類」中「𠆢」篆繫屬「企」、「介」二字，曰：「𠆢　注見上。企、介等字從此。」「企」字《說文》：「企舉踵也。从人，止聲。」推本《說文》本屬「人部」，取從「人」之形。

「介」字《說文》：「介畫也。从八从人。人各有介。」推本《說文》本屬「八部」，此處取從「人」之形。

「旁几之類」中以「𠆢」篆繫屬「𣦵」字，曰：「𠆢　人，注見上。𣦵字從此。」「𣦵」字《說文》楷定作「死」：「死澌也，人所離也。从歺从人。凡死之屬皆从死。𣦸古文死如此。」推本《說文》原屬「死部」，此處取從「人」之形。

　　𣎳　禾，古兮切。木之曲頭止不能上也。稽、穡等字從此。

世豪謹案：「稽」字《說文》：「稽畱止也。从禾从尤，旨聲。凡稽之屬皆

〔註275〕詳參「禹鼎」、「盂鼎」，容庚：《金文編》（北京：中華書局，1985年），頁135。

〔註276〕〔漢〕許慎撰、〔宋〕徐鉉校訂：《說文解字》，頁169。

從稽。」推本《說文》取從「禾」之形。

「稽」字《說文》:「稽多小意而止也。从禾从支,只聲。一曰:『木也。』」推本《說文》取從「禾」之形,且二字本皆屬「禾部」。

毛,莫袍切。肩髮之屬及獸毛也。象形。氈、眊等字从此。

世豪謹案:「氈」字大徐《說文》楷字作「氈」:「氈撚毛也。从毛,亶聲。」推本《說文》本屬「毛部」,取從「毛」之形。

手,書九切。拳也。象形。看、失等字从此。

世豪謹案:「看」字《說文》:「看睎也。从手下目。」推本《說文》本屬「目部」,此處取從「手下目」之形,《六書正譌》曰:「睎也。从手翳目而望也。」〔註277〕

「失」字《說文》:「失縱也。从手,乙聲。」推本《說文》本屬「手部」,取從「手」之形。

夭,於兆切。屈也。从大。象形。喬、奔等字从此。

世豪謹案:「喬」字《說文》:「喬高而曲也。从夭。从高省。《詩》曰:『南有喬木。』」推本《說文》取從「夭」之形。

「奔」字《說文》:「奔走也。从夭,賁省聲。與走同意,俱从夭。」推本《說文》取從「夭」之形,且二字皆本屬《說文》「夭部」。另外在「上大字類」也以「夭」篆繫屬「奔」字,曰:「夭 夭,注見上。奔字从此。此處「奔」字著眼於上「大」之楷體構形,推本則皆繫於「夭」篆之下。

「土字類」中以「夭」篆繫屬「走」、「夲」二字,曰:「夭 注見上。走、夲等字从此。」「走」字《說文》:「走趨也。从夭、止。夭止者,屈也。凡走之屬皆从走。」徐鍇曰:「走則足屈,故从夭。」推本《說文》本為「走部」,此處取從「夭」之形。

「夲」字《說文》:「夲吉而免凶也。从屰从夭。夭,死之事。故死謂之不夲。」推本《說文》本屬「夭部」,取從「夭」之形。「夲」字《說文》楷定作「夲」乃今通行僥倖之幸本字,《隸辨》曰:「《說文》夲吉而免凶也,從屰從夭;夲讀若滔,從大從屰,碑盖譌夲為夲,今俗作幸。《五經文字》以為經

〔註277〕〔元〕周伯琦:《六書正譌》,頁36。

典相承隸省作幸，非是。」〔註 278〕「夭」、「夲」為兩個不同之字，但隸變後皆作「幸」，易混淆不清，所以《隸辨》嘗曰：「《說文》作夲，從大從羊，筆迹小異，亦作夲，變作幸，今俗以為僥夭字。亦作幸，與夲字異文相混。」〔註279〕故《字通》將「所以驚人」作「幸」，繫屬於「夰」篆之下，而將「吉而免凶」作「夲」，推源於「夭」篆，以辨明二字形體來源之差別。

十　十，是汁切。數之具也。一為東西，丨為南北。則四方中央備矣。博、協等字从此。

世豪謹案：「博」字《說文》：「慱大通也。从十从專。專，布也。」推本《說文》取从「十」之形。

「協」字《說文》楷定作「恊」：「恊材十人也。从十，力聲。」推本《說文》取从「十」之形，且此二字本皆屬「十部」。

匕　匕，呼跨切。變也。从倒人。眞、辰等字从此。

世豪謹案：「眞」字《說文》：「眞僊人變形而登天也。从匕从目从乚；八，所乘載也。𠤳古文眞。」推本《說文》本屬「匕部」，取从「匕」之形。

「辰」字《說文》：「辰震也。三月，陽气動，靁電振，民農時也。物皆生。从乙、匕。象芒達；厂，聲也。辰，房星，天時也。从二，二，古文上字。凡辰之屬皆从辰。𠨷古文辰。」徐鍇曰：「匕音化。乙，艸木萌初出曲卷也。」〔註 280〕此「匕」乃从到人之「匕」，推本《說文》本為「辰部」，此處取从「匕」之形。

比　比，卑履切。相與比敘也。从反人。𠤎、卓等字从此。

世豪謹案：「比」字《說文》：「比相與比敘也。从反人。匕，亦所以用比取飯，一名柶。凡比之屬皆从比。」

「𠤎」字《說文》：「𠤎相次也。从匕从十。鴇从此。」推本《說文》取从「匕」之形。

「卓」字《說文》：「卓高也。早匕為卓，匕卩為卬，皆同義。𠥱古文

〔註 278〕〔清〕顧藹吉：《隸辨》，頁 446～447。

〔註 279〕〔清〕顧藹吉：《隸辨》，頁 920。

〔註 280〕〔漢〕許慎撰、〔宋〕徐鉉校訂：《說文解字》，頁 311。

皁。」推本《說文》取從「匕」之形，此二字本皆屬「匕部」。

「厶字類」以「厈」篆繫屬「良」、「皂」等字，曰：「厈 注見上。良、皂等字從此。」

「皂」字《說文》：「<ruby>皂</ruby>穀之馨香也。象嘉穀在裹中之形。匕，所以扱之。或說皂，一粒也。凡皂之屬皆從皂。又讀若香。」推本《說文》原為「皂部」，此處從所以扱之之「匕」。

刀 刀，都勞切。兵也。象形。賴、絕、胣等字從此。

世豪謹案：「絕」字《說文》：「<ruby>絕</ruby>斷絲也。從糸從刀從卩。<ruby>絕</ruby>古文絕象不連體。」推本《說文》本屬「糸部」，此處取從「刀」之形。

午 午，疑古切。啎也。與矢同意。卸字從此。

世豪謹案：「午」字《說文》：「<ruby>午</ruby>啎也。五月，陰气午逆陽。冒地而出。此與矢同意。凡午之屬皆從午。」此曰「與矢同意」見段玉裁注曰：「矢之首與午相似，皆象貫之而出也。」〔註281〕

「卸」字《說文》：「<ruby>卸</ruby>舍車解馬也。從卩、止、午。讀若汝南人寫書之寫。」推本《說文》本屬「卩部」，徐鉉注曰：「午，馬也。故從午。」〔註282〕此處取從「午」之形。

屮 屮，丑列切。艸木初生也。象形。每字從此。

世豪謹案：「屮」字《說文》：「<ruby>屮</ruby>艸木初生也。象丨出形，有枝莖也。古文或以為艸字。讀若徹。凡屮之屬皆從屮。尹彤說。」

「每」字《說文》：「<ruby>每</ruby>艸盛上出也。從屮，母聲。」推本《說文》原屬「屮部」，取從「屮」之形。

亼 亼，秦入切。三合也。余、今等字從此。

世豪謹案：「今」字《說文》：「<ruby>今</ruby>是時也。從亼從フ。フ，古文及。」推本《說文》本屬「亼部」，取從「亼」之形。

彳 彳，丑亦切。小步也。象人脛三屬相連也。辵字從此，丑略

〔註281〕〔清〕段玉裁：《說文解字注》，頁753。

〔註282〕〔漢〕許慎撰、〔宋〕徐鉉校訂：《說文解字》，頁187。

切。

世豪謹案：「辵」字《說文》：「辵乍行乍止也。从彳从止。凡辵之屬皆从辵。讀若《春秋公羊傳》曰：『辵階而走。』」推本《說文》原爲「辵部」，此處從「彳」，「彳」段玉裁注曰：「彳者乍行止者乍止。」〔註283〕

士 士，鉏里切。事也。从一十。壯、吉等字从此。

世豪謹案：「壯」字《說文》：「壯大也。从士，爿聲。」推本《說文》原屬「士部」。從「士」。

「吉」字《說文》：「吉善也。从士口。」推本《說文》原屬「口部」，「吉」字隸變後「士」常譌變作「土」，如尹宙碑作「吉」、華山廟碑作「吉」等，《隸辨》曰：「《六經正誤》云吉凶之吉從士從口非從土也。吉上從土音，確諸碑書士爲土，故吉亦作吉，無從士者。」〔註284〕故《字通》雖將「吉」歸屬於「土字類」，但以「士」篆爲推溯形源之依據。從「士」。

屮 注見上。臺、寺、志等字从此。

世豪謹案：「屮」字同見於「上一點類」，《說文》：「屮出也。象艸過屮，枝莖益大，有所之。一者，地也。凡之之屬皆从之。」下所繫屬之「臺」字《說文》：「臺觀四方而高者。从至从之。从高省。與室、屋同意。」推本《說文》原屬「至部」，此處從「之」。

「山字類」以「屮」篆繫屬「蚩」、「先」、「坣」、「屰」等字，曰：「屮 注見上。蚩、先、坣、屰等字从此。」「先」字《說文》：「先前進也。从儿从之。凡先之屬皆从先。」推本《說文》原爲「先部」，此處從「之」。

「坣」字《說文》：「坣艸木妄生也。从之在土上。讀若皇。」徐鍇曰：「妄生謂非所宜生，傳曰門上生莠。从知在土上，土上益高非所宜也。」〔註285〕推本《說文》原屬「之部」。從「之」。

爻 爻，胡茅切。交也。象易六爻，交頭也。希、孝等字从此。

世豪謹案：「希」字不見《說文》，考《玉篇》「爻部」：「希，摩也。散也。」

〔註283〕〔清〕段玉裁：《說文解字注》，頁70。

〔註284〕〔清〕顧藹吉：《隸辨》，頁670。

〔註285〕〔漢〕許慎撰、〔宋〕徐鉉校訂：《說文解字》，頁127。

〔註286〕推本从「爻」。

山　出，尺律切。進也。象艸木益滋上。出，達也。賣、祟等字
　　从此。

世豪謹案：「賣」字《說文》：「𧵍出物貨也。从出从買。」推本《說文》
原屬「出部」，从「出」。

「祟」字《說文》：「祟神禍也。从示从出。」推本《說文》原屬「示部」，
此處从「出」。

「主字類」中以「山」篆繫屬「敖」字，曰：「山　注見上。敖字从此。」
「敖」字《說文》：「𣄠游也。从出从放。」本也屬「出部」，从「出」。

光　先，力竹切。菌先也。从屮，六聲。离、鼀等字从此。

世豪謹案：「鼀」字《說文》：「鼀先鼀，詹諸也。其鳴詹諸，其皮鼀鼀，
其行先先。从黽从先，先亦聲。」推本《說文》原屬「黽部」，此處从「先」。

生　生，所庚切。進也。象艸木生出土上。青字从此。

世豪謹案：「青」字《說文》：「青東方色也。木生火。从生、丹。丹青之
信言象然。凡青之屬皆从青。」推本《說文》原爲「青部」，此處从「生」。

𠂹　注見上。素字从此。

世豪謹案：「𠂹」字同見於第22「一丿類」《說文》：「𠂹艸木華葉𠂹。象
形。凡𠂹之屬皆从𠂹。」乃今通行之「垂」字，《玉篇》曰：「今作垂」〔註287〕，
段玉裁曰：「今字垂行而𠂹廢矣。」〔註288〕

「素」字《說文》：「素白緻繒也。从糸𠂹，取其澤也。凡素之屬皆从素。」
推本《說文》原爲「素部」，此處从「𠂹」。

丰　丰，古拜切。象艸生之亂也。耒字从此。

世豪謹案：「耒」字《說文》：「耒手耕曲木也。从木推丰。古者垂作耒相
以振民也。凡耒之屬皆从耒。」《說文》「丰部」下一部爲「耒部」，分部原則

〔註286〕〔宋〕陳彭年等：《大廣益會玉篇》，頁265。

〔註287〕〔宋〕陳彭年等：《大廣益會玉篇》，頁220。

〔註288〕〔清〕段玉裁：《說文解字注》，頁277。

以形之相近爲次，故推本《說文》，此處从「推丰」之「丰」。

窜　窜，蘇則切。窒也。从珏从収，窒宀中。塞字从此。

世豪謹案：「塞」字《說文》：「🀄隔也。从土从𡧱。」「𡧱」字爲「窜」字，故「塞」字推本《說文》，取从「𡧱」之形乃是从「窜」。王筠《說文句讀》則曰：「經典皆借塞。」〔註289〕可之「塞」、「窜」形體上有推源關係，在意義上則有假借關係。

𠦒　𠦒，北潘切。箕屬也。象形。棄、畢等字从此。

世豪謹案：「棄」字《說文》：「🀄棄除也。从廾推𠦒棄采也。官溥說：『似米而非米者，矢字。』」推本《說文》取从「𠦒」之形。

「畢」字《說文》：「🀄田罔也。从𠦒。象畢形。微也。或曰：『由聲。』」推本《說文》从「𠦒」之形，此二字原皆屬「𠦒部」。

屮　屮，七早切。百芔也。从二屮。草、茻之字从此。

世豪謹案：「茻」字《說文》楷定作「茻」：「🀄眾艸也。从四屮，凡茻之屬皆从茻，讀與冈同。」析其結構「从四屮」，則「茻部」次於「屮部」，依據形系聯，以形之相近爲次之原則推考，知「茻」字推本从「屮」。

「草」字《說文》：「🀄草斗，櫟實也。一曰：『象斗子。』从屮，早聲。」推本《說文》从「屮」。

丫　丫，見上。萑、乖、繭、茻等字从此。

世豪謹案：「丫」同見於第 7「上兩點類」，《說文》：「🀄羊角也。象形。凡丫之屬皆从丫。讀若乖。」

「萑」字《說文》：「🀄鴟屬。从隹从丫，有毛角。所鳴，其民有旤。凡萑之屬皆从萑。讀若和。」推本《說文》本爲「萑部」，此處从「丫」。

「茻」字《說文》：「🀄目不正也。从丫从目。凡茻之屬皆从茻。莧从此。讀若末。」推本《說文》本爲「茻部」，此處从「丫」。

「乖」字《說文》楷定作「𤫡」：「🀄戾也。从丫而兆。兆，古文別。」「乖」字《玉篇》有「🀄」，曰：「今作乖。」〔註290〕在《廣韻》也於「乖」

〔註289〕〔清〕王筠：《說文句讀》（北京：中華書局，1998 年 11 月），卷九，頁 167。

〔註290〕〔宋〕陳彭年等：《大廣益會玉篇》，頁 334。

下收錄「![圖]」〔註291〕，而《集韻》則以 ⁺⁺字頭的「![圖]」爲領頭字下列「茶」、「乖」二體，推本《說文》本屬「艹部」，从「艹」。

　　![圖]　冖，莫狄切。覆也。从一下垂。冠、䣛等字从此。

　　世豪謹案：「冠」字《說文》：「![圖]絭也。所以絭髮，弁冕之總名也。从冖从元，元亦聲。冠有法制。从寸。」推本《說文》取从「冖」之形。

　　「䣛」字《說文》：「![圖]奠爵酒也。从冖，託聲。《周書》曰：『王三宿三祭三䣛。』」推本《說文》取从「冖」之形，此二字本皆屬「冖部」。

　　「冂字類」則以「![圖]」篆繫屬「网」、「冃」二字，曰：「![圖]　注見上。网、冃等字从此。」「网」字《說文》：「![圖]庖犧所結繩以漁。从冂，下象网交文。凡网之屬皆从网。![圖]网或从亡。![圖]网或从糸。![圖]古文网。![圖]籀文网。」徐鉉注曰：「今經典變隸作罔。」可知隸變之形近於籀文「![圖]」。推本《說文》原爲「网部」，此處从「冂」。

　　「冃」字《說文》：「![圖]重覆也。从冂、一。凡冃之屬皆从冃。讀若艸苺之苺。」上述「网」字之籀文，段玉裁曰：「籀文从冃。」〔註292〕《說文》「冂部」下爲「冃部」，依分部以形相近爲次之原則，可知「冃」字「从冂、一」乃从「冂」而來，故此處繫屬於「![圖]」篆下，以明其形體本源。

　　![圖]　勹，布交切。裹也。象人曲形，有所包裹。冢、叕等字从此。

　　世豪謹案：「冢」字《說文》：「![圖]高墳也。从勹，豖聲。」推本《說文》取从「勹」之形。

　　「勹字類」中以「![圖]」篆繫屬「勻」、「匈」、「匊」、「亟」等字，曰：「![圖]勹，注見上。勻、匈、匊、亟等字从此。」「勻」字《說文》：「![圖]少也。从勹、二。」推本《說文》取从「勹」之形。

　　「匊」字《說文》：「![圖]在手曰匊。从勹、米。」推本《說文》取从「勹」之形。

　　「匈」字大徐《說文》楷字作「匈」：「![圖]聲也。从勹，凶聲。」推本《說文》取从「勹」之形。以上「冢」、「勻」、「匈」、「匊」三字原皆屬「勹部」。

〔註291〕〔宋〕陳彭年等：《大宋重修廣韻》，頁94。

〔註292〕〔清〕段玉裁：《說文解字注》，頁358。

　　□ 冂，古熒切。林外謂之冂。象遠界也。熒、帚等字从此。

　　世豪謹案：冂」《說文》：「冂邑外謂之郊，郊外謂之野，野外謂之林，林外謂之冂。象遠界也。凡冂之屬皆从冂。冋古文冂从口。象國邑。」

　　「熒」字《說文》：「熒屋下鐙燭之光。从焱、冂。」段玉裁曰：「鐙以膏助然之；燭以麻蒸然之，其光熒熒然。在屋之下，故其字从冖，冖者，覆也。」〔註293〕推本《說文》本屬「焱部」，此處取从「冂」之形。

　　「帚」字《說文》：「帚糞也。从又持巾埽冂內。古者少康初作箕、帚、秫酒。少康，杜康也，葬長垣。」推本《說文》本屬「巾部」，此處取从「冂」之形。

　　「中字類」以「冂」篆繫屬「央」字，曰：「冂　冂，注見上。央字从此。」「央」字《說文》：「央中央也。从大在冂之內。大，人也。央、旁同意。一曰：『久也。』」推本《說文》原屬「冂部」，从「冂」。

　　在「冂字類」中則曰：「冂　注見上。冋等字从此。」考上述「冂」之《說文》可知所繫屬之「冋」為「冂」之古文，故推本《說文》从「冂」。

　　壺　壺，戶吾切。昆吾圜器也。象形。从大。象其蓋也。壹、壼等字从此。

　　世豪謹案：「壹」字《說文》：「壹專壹也。从壺，吉聲。凡壹之屬皆从壹。」推本《說文》取从「壺」之形。

　　「壼」字《說文》：「壼壹壼也。从凶从壺。不得泄，凶也。《易》曰：『天地壹壼。』」推本《說文》取从「壺」之形，此二字並屬「壺部」。

　　用　用，余訟切。可施行也。从卜中。周、甯等字从此。

　　世豪謹案：「周」字《說文》：「周密也。从用、口。周古文周字从古文及。」古文及作「乃」，推本《說文》本屬「口部」，可知「周」字篆文「从用、口」，古文「从用、乃」皆具「用」形，故此處《字通》將其推源於「用」。

　　「甯」字《說文》：「甯所願也。从用，寧省聲。」推本《說文》本屬「用部」，取从「用」之形。

　　冊　冊，楚革切。符命也。象札一長一短中有二編之形也。侖、

<hr>

〔註293〕〔清〕段玉裁：《說文解字注》，頁495。

扁等字从此。

世豪謹案：「侖」字《說文》：「侖 思也。从亼从冊。侖 籀文侖。」段玉裁曰：「聚集簡冊必依其次第求其文理。」〔註294〕推本《說文》本屬「亼部」，此處取從「冊」之形。

「扁」字《說文》：「扁 署也。从戶、冊。戶冊者，署門戶之文也。」推本《說文》本屬「冊部」，取從「冊」之形。

丼　丼，子郢切。八家一丼。象構韓形。丹字从此。

世豪謹案：「丹」字《說文》：「丹 巴越之赤石也。象采丹丼，一象丹形。凡丹之屬皆从丹。丹 古文丹。彤 亦古文丹。」「丹」之篆文作「丹」、古文有作「彤」，與「丼」之篆文「丼」形體相近，此處推本《說文》，取從「象采丹丼」之形。

襾　襾，呼訝切。覆也。从冂，上下覆之。賈、覈等字从此。

世豪謹案：「覈」字《說文》：「覈 實也。考事，襾笮邀遮，其辭得實曰覈。从襾，敫聲。」推本《說文》本屬「襾部」，取從「襾」之形。

西　西，先稽切。鳥在巢上。象形。日在西方而鳥棲，故因以（𠄟）爲東西之西。垩、𡏳等字从此。

世豪謹案：「垩」字《說文》：「垩 姓也。从西，圭聲。」推本《說文》本屬「西部」，取從「西」之形。

卤　卤，徒聊切。艸木實垂卤卤然。象形。粟、栗等字从此。

世豪謹案：「粟」字大徐《說文》楷字作「粟」：「粟 嘉穀實也。从卤从米。孔子曰：『粟之爲言續也。』」推本《說文》取從「卤」之形。

「栗」字《說文》楷定作「栗」：「栗 木也。从木，其實下垂，故从卤。栗 古文栗从西从二卤。徐巡說：『木至西方戰栗。』」推本《說文》取從「卤」之形，此二字本皆屬「卤部」。

曲　曲，丘玉切。象器曲受物之形。𠰍字从此。

〔註294〕〔清〕段玉裁：《說文解字注》，頁225。

　　世豪謹案：「囨」字《集韻》曰：「隸作叀」〔註295〕，《說文》：「囨䰇曲也。從曲，玉聲。」推本《說文》原屬「曲部」，取從「曲」之形。

　　豐　豐，盧啓切。行禮之器。从豆。象形。禮、艷等字从此。

　　世豪謹案：「豊」字《說文》：「豐行禮之器也。从豆。象形。凡豊之屬皆從豊。讀與禮同。」《字鑑》曰：「《說文》作。從豆。象形，隸作豊。與豐盛字不同，凡禮、醴、體、艷之類諧聲者從豊。」〔註296〕可知「豊」、「豐」結構上雖皆爲從豆象形，但是音、義有別，故《字通》在「曲字類」，分立二篆作爲楷字推源之依據，「豊」下繫屬「禮」、「艷」二字。

　　「禮」字《說文》：「禮履也。所以事神致福也。從示從豊，豊亦聲。」《六書正譌》在「豊」字下注曰：「即古禮字，禮形於器，假借後人以其疑於豐字，禮字重於祭，故加示以別之。」此見解將「豊」、「禮」視爲古今之異體，王國維在〈釋禮〉中說：「案殷虛卜辭有豊字。其文曰：癸未卜貞醨豊。古玨、珏同字。卜辭珏字作玨、玨、玨三體。則豊即豐矣。又有㘡字及㘡字。㘡、㘡又一字。卜辭㘡字或作㘡，其證也。此二字即小篆字所從之曲。」〔註297〕此處王國維乃在證明祭祀物在凵中之形體，並舉「㘡」、「㘡」二字爲輔證。另外他又論證盛物之凵形說：「古凵、凵一字，卜辭出，或作㘡、或作㘡。知曲可作㘡、㘡矣。豐又其繁文。此諸字皆象二玉在器之形。古者行禮以玉，故《說文》曰：豐，行禮之器。其說古矣。惟許君不知玨字即珏字，故但以從豆象形解之。實則豐從珏在凵中，從豆乃會意字而非象形字也。盛玉以奉神人之器謂之曲若豐。推之而奉神人之酒醴亦謂之醴，又推之而奉神人之事通謂之禮。其初當皆用曲若豐二字。」〔註298〕由此可以了解到，「豊」字之結構，是「禮」自之形體來源，李孝定也說到：「先秦金文未見禮字。秦漢時器銘所見禮字與小篆同。」從《汗簡》與《古文四聲韻》兩部宋代流傳的古文字之編著，也可見無從示之禮字，如「㘡」（《汗簡》）、「㘡」（《古孝經》）

〔註295〕〔宋〕丁度等：《集韻》，頁654。

〔註296〕〔元〕李元仲：《字鑑》，《叢書集成簡編》（台北：臺灣商務印書館，1965年），頁50。

〔註297〕王國維：〈釋禮〉，《觀堂集林》（北京：中華書局，1991年），頁76。

〔註298〕王國維：〈釋禮〉，《觀堂集林》，頁76。

〔註299〕，石經中也有此類之例，如「豊」字見石經〈君奭〉「故殷禮陟配天」下注曰：「禮古文不从示。」〔註300〕故《字通》將「豊」篆作爲「禮」之形源，而推本《說文》將原屬「示部」的「禮」从「豊」之形，於古有徵。

「豑」字《說文》：「豑爵之次弟也。从豊从弟。《虞書》曰：『平豑東作。』」推本《說文》原屬「豊部」，取從「豊」之形。

　　豊　豊，敷戎切。豆之豐滿者也。从豆。象形。豔字从此。

世豪謹案：「豔」字大徐《說文》楷字作「豓」：「豓好而長也。从豐。豐，大也。盍聲。《春秋傳》曰：『美而豓。』」推本《說文》原屬「豐部」，取從「豐」之形。

　　弓　弓，胡感切。嘾也。艸木之花未發，函然象形。甬、氾等字从
　　　　此。

世豪謹案：「弓」字《說文》：「弓嘾也。艸木之華未發函然。象形。凡弓之屬皆从弓。讀若含。」

「甬」字《說文》：「甬艸木華甬甬然也。从弓，用聲。」推本《說文》原屬「弓部」，取從「弓」之形。

「巳字類」以「弓」篆繫屬「氾」、「皀」等字，曰：「弓　注見上。氾、皀等字从此。」「皀」字又作「粤」，《說文》：「木生條也。从弓，由聲。《商書》曰：『若顛木之有皀枿。』古文言由枿。古文言由枿。」推本《說文》原屬「弓部」，從「弓」。

　　卩　卩，子結切。瑞信也。象相合之形。丞字从此。

世豪謹案：「卩」字《說文》：「卩瑞信也。守國者用玉卩，守都鄙者用角卩，使山邦者用虎卩，士邦者用人卩，澤邦者用龍卩，門關者用符卩，貨賄用璽卩，道路用旌卩。象相合之形。凡卩之屬皆从卩。」「卩」字《龍龕手鏡》曰：「或作卩亦同。」〔註301〕知「卩」、「卩」皆爲「卩」。

「丞」字《說文》：「丞翊也。从卄从卩从山。山高，奉承之義。」推本

〔註299〕參見〔宋〕郭忠恕：《汗簡》，（北京：中華書局，1983年12月），頁12。

〔註300〕參見商承祚：《石刻篆文編》（北京：中華書局，1996年），卷五，頁13。

〔註301〕〔遼〕行均：《龍龕手鏡》（北京：中華書局，2006年），頁531。

《說文》原屬「廾部」，此處從「卩」。

「尸字類」中以「卩」篆繫屬「辟」、「叚」二字，曰：「卩　卩，注見上。辟、叚等字從此。」「辟」字《說文》：「辟法也。從卩從辛，節制其辠也；從口，用法者也。凡辟之屬皆從辟。」推本《說文》原爲「辟部」，此處取從「卩」之形。

「叚」字《說文》楷定作「叚」：「叚治也。從又從卩。卩，事之節也。」推本《說文》原屬「又部」，此處從「卩」。

「巳字類」以「巳」篆繫屬「肥」、「危」、「舉」、「卷」等字，曰：「巳　注見上。肥、危、舉、卷等字從此。」「肥」字《說文》：「肥多肉也。從肉從卩。」徐鉉注曰：「肉不可過多，故從卩。」〔註302〕推本《說文》原屬「肉部」，此處從「卩」。

「危」字又作「卮」，《說文》：「卮圜器也。一名觛。所以節飲食。象人，卩在其下也。《易》曰：『君子節飲食。』凡卮之屬皆從卮。」推本《說文》原爲「卮部」，此處從「卩」。

「卷」字《說文》：「卷厀曲也。從卩，龹聲。」推本《說文》原屬「卩部」，從「卩」。

　　子　子，卽里切。十一月陽氣動，萬物滋。人以爲稱。象形。李
　　陽冰曰：「在襁褓中足併也。」疑字從此。

世豪謹案：「疑」字《說文》：「疑惑也。從子、止、匕，矢聲。」徐鉉注曰：「止，不通也。矣，古矢字，反匕之，幼子多惑也。」〔註303〕此處推本《說文》原屬「子部」，取從「子」之形。

　　尸　尸，式脂切。陳也。象臥之形。居、室等字從此。

世豪謹案：「居」字《說文》：「居蹲也。從尸古者，居從古。踞俗居從足。」推本《說文》原屬「尸部」，取從「尸」之形。

　　几　几，居履切。距几也。象形。且字從此。

世豪謹案：「几」字《說文》：「几踞几也。象形。《周禮》五几：玉几、

〔註302〕〔漢〕許愼撰、〔宋〕徐鉉校訂：《說文解字》，頁90。

〔註303〕〔漢〕許愼撰、〔宋〕徐鉉校訂：《說文解字》，頁310。

雕几、肜几、鬃几、素几。凡几之屬皆从几。」「且」字《說文》：「⧄薦也。從几，足有二橫，一其下地也。凡且之屬皆从且。」推本《說文》原爲「且部」，此處取从「几」之形。

「下几字類」中以「⧄」篆繫屬「屍」、「凭」二字，曰：「⧄　几，注見上。屍、凭等字从此。」「屍」字《說文》：「⧄髀也。从尸下丌居几。」徐鉉注曰：「丌、几皆所以屍止也。」「尻」字《說文》：「⧄處也。从尸得几而止。《孝經》曰：『仲尼尻。』尻，謂閒居如此。」可知「屍」、「尻」與「几」具有形義關聯，故推本《說文》原屬「尸部」，此處取从「几」之形。

「凭」字《說文》：「⧄依几也。从几从任。《周書》：『凭玉几。』讀若馮。」推本《說文》原屬「几部」，取从「几」之形。

「旁几字類」中以「⧄」篆繫屬「屺」、「处」二字，曰：「⧄　几，注見上。屺、处等字从此。」「处」字《說文》：「⧄止也。得几而止。从几从夂。」推本《說文》原屬「几部」，取从「几」之形。

⧄　虱，几屦切。持也。象手有所虱據也。夙字从此。

世豪謹案：「虱」《說文》：「⧄持也。象手有所丮據也。凡丮之屬皆从丮。讀若戟。」

「夙」字《說文》楷定作「夗」：「⧄早敬也。从丮，持事；雖夕不休：早敬者也。⧄古文夙。从人囷。⧄亦古文夙。从人囷，宿从此。」「夙」爲俗字，徐鉉注曰：「今俗書作夙，誤。」《隸辨》則引《九經字樣》曰：「《說文》作夗。從虱从夕，《九經字樣》云夙，隸省。」[註304] 乃隸變之省體，其中「鄭季宣碑」作「⧄」，《隸續》云書夙作夗，可知隸變省去「几」中之手形。今《字通》推本《說文》，將「夙」繫屬於「⧄」篆之下，取从「丮」之形。

「旁几字類」則以「⧄」篆繫屬「巩」、「執」、「夙」等字，曰：「⧄　虱，注見上。巩、執、夙等字从此。」「夙」字另收於此，乃由於「夙」原作「夗」或「夗」，「几」形在旁故置於此類。

「巩」字《說文》楷定作「巩」：「⧄裹也。从丮，工聲。」推本《說文》原屬「丮部」，取从「丮」之形。

〔註304〕〔清〕顧藹吉：《隸辨》，頁652。

「執」字《說文》：「⬚捕罪人也。从丮从幸，幸亦聲。」推本《說文》原屬「丮部」，此處取从「丮」之形。

⬚　瓦，五寡切。土器已燒總名。象形。甇从此。

世豪謹案：「甇」字《說文》：「⬚大盆也。从瓦，尚聲。」推本《說文》原屬「瓦部」，取从「瓦」之形。

⬚　夕，詳亦切。莫也。从月半見。夗、外等字从此。

世豪謹案：「夗」字《說文》：「⬚轉臥也。从夕从㔾。臥有㔾也。」推本《說文》取从「夕」之形。

「外」字《說文》：「⬚遠也。卜尚平旦，今夕卜，於事外矣。」推本《說文》取从「夕」之形。

⬚　月，魚厥切。闕也。太陰之精。象形。望字从此。

世豪謹案：「⬚」字《說文》：「⬚闕也。大陰之精。象形。凡月之屬皆从月。」

「望」字《說文》楷定作「朢」：「⬚月滿與日相朢，以朝君也。从月从臣从壬。壬，朝廷也。」推本《說文》原屬「壬部」，此處取从「月」之形。

「月字類」以「⬚」篆繫屬「期」、「朏」、「霸」、「朔」等字，曰：「⬚　注見上。期、朏、霸、朔等字从此。」「期」字《說文》：「⬚會也。从月，其聲。⬚古文期从日丌。」推本《說文》从「月」。

「朏」字《說文》：「⬚月未盛之明。从月、出。《周書》曰：『丙午朏。』」推本《說文》从「月」。

「霸」字《說文》：「⬚月始生，霸然也。承大月，二日；承小月，三日。从月，䨣聲。《周書》曰：『哉生霸。』⬚古文霸。」推本《說文》从「月」。

「朔」字《說文》：「⬚月一日始蘇也。从月，屰聲。」推本《說文》从「月」，以上四字原皆屬「月部」。

⬚　肉，如六切。胾肉。象形。將、祭等字从此。

世豪謹案：「⬚」字《說文》：「⬚胾肉。象形。凡肉之屬皆从肉。」

「祭」字《說文》：「⬚祭祀也。从示，以手持肉。」推本《說文》原屬「示部」，此處取从「以手持肉」之「肉」。

「月字類」則以「⊙」篆繫屬「脂」、「膏」等字，曰:「⊙ 注見上。脂、膏之字從此。」「脂」字《說文》:「⊙戴角者脂，無角者膏。從肉，旨聲。」推本《說文》從「肉」。

「膏」字《說文》:「⊙肥也。從肉，高聲。」推本《說文》從「肉」，以上二字原皆屬「肉部」。

⊙ 夊，楚危切。行遲曳夊，夊象人兩脛有所躧也。及、舛等字從此。

世豪謹案:「舛」字《說文》:「⊙對臥也。從夊中相背。凡舛之屬皆從舛。」推本《說文》原為「舛部」，此處取從「夊」之形。

「夊字類」中以「⊙」篆繫屬「夋」、「致」等字，曰:「⊙ 夊，注見上。夋、致等字從此。」「夋」字《說文》:「⊙行夋夋也。一曰:『倨也。』從夊，允聲。」推本《說文》從「夊」。

「致」字《說文》:「⊙送詣也。從夊從至。」推本《說文》從「夊」。「夋」、「致」二字皆原屬「夊部」。

⊙ 歺，五割切。列骨之殘也。從半冎。殊、殛等字從此。

世豪謹案:「殊」字《說文》:「⊙死也。從歺，朱聲。漢令曰:『蠻夷長有罪，當殊之。』」推本《說文》取從「歺」之形。

「殛」字《說文》:「⊙殊也。從歺，亟聲。《虞書》曰:『殛鯀于羽山。』」推本《說文》取從「歺」之形，且二字皆原屬「歺部」。

⊙ 夂，陟侈切。從後至也。象人兩脛後有致之者。夆、各等字從此。

世豪謹案:「夆」字《說文》:「⊙服也從夂、午，相承不敢竝也。」推本《說文》原屬「夂部」，取從「夂」。

「各」字《說文》:「⊙異辭也。從口、夂。夂者，有行而止之，不相聽也。」推本《說文》原屬「口部」，此處取從「夂者，有行而止之」之「夂」。

⊙ 攴，普卜切。小擊也。從又，卜聲。攸、敕、變、故等字從此。

世豪謹案:「攸」字《說文》:「⊙行水也。從攴從人，水省。」推本《說

文》取从「攴」。

「敄」字《說文》：「彊也。从攴，矛聲。」推本《說文》取从「攴」。

「變」字《說文》：「更也。从攴，䜌聲。」推本《說文》取从「攴」。

「故」字《說文》：「使爲之也。从攴，古聲。」推本《說文》取从「攴」，此似字皆原屬「攴部」。

又，注見上。隻、蒦、雙字从此。

世豪謹案：「又」字同見於第 6「旁一點類」，《說文》：「手也。象形。三指者，手之𠛱多略不過三也。凡又之屬皆从又。」

「隻」字《說文》：「鳥一枚也。从又持隹。持一隹曰隻，二隹曰雙。」推本《說文》原屬「隹部」，此處从「又」。

「蒦」字《說文》：「規蒦，商也。从又持萑。一曰：『視遽皃。』一曰：『蒦，度也。』」推本《說文》原屬「萑部」，此處从「又」。

「雙」字《說文》：「隹二枚也。从雔，又持之。」推本《說文》原屬「雔部」，此處从「又」。

「𠂇字類」以「」篆繫屬「灰」、「厷」、「尤」、「右」等字，曰：「 又，注見上。灰、厷、尤、右等字从此。」「灰」字《說文》：「死火餘㶳也。从火从又。又，手也。火既滅，可以執持。」推本《說文》原屬「火部」，此處从「又」。

「厷」字《說文》：「臂上也。从又。从古文。古文厷。象形。厷或从肉。」推本《說文》从「又」。

「右」字《說文》：「助也。从口从又。」推本《說文》从「右」，「厷」、「右」原屬「又部」。

「彐字類」中以「」篆繫屬「尋」、「帚」等字，曰：「 注見上。尋、帚等字从此。」「尋」字《說文》楷定作「㝷」：「繹理也。从工从口从又从寸。工、口，亂也。又、寸，分理之。彡聲。此與䥶同意。度，人之兩臂爲尋，八尺也。」推本《說文》原屬「寸部」，此處从「又」。

「帚」字《說文》：「糞也。从又持巾埽冂內。古者少康初作箕、帚、秫酒。少康，杜康也，葬長垣。」推本《說文》原屬「巾部」，此處从又持巾之「又」。

𠂇，臧可切。𠂇手也。象形。卑、陸等字从此。

世豪謹案：「卑」字《說文》：「賤也。執事也。从𠂇、甲。」徐鍇曰：「右重而左卑，故在甲下。」推本《說文》原屬「𠂇部」，此處从「𠂇」。

文，無分切。錯畫也。象交文。𢽾、虔等字从此。

世豪謹案：「𢽾」字《說文》：「微畫也。从文，𠩺聲。」推本《說文》原屬「文部」，从「文」。

上諱。尞字从此。

世豪謹案：「眘」注云：「上諱」，乃避南宋孝宗趙眘之諱，「眘」乃「愼」之古文，《說文》：「謹也。从心，眞聲。古文。」屬「心部」。

「尞」字《說文》：「柴祭天也。从火从眘。眘，古文愼字。祭天所以愼也。」推本《說文》原屬「火部」，此處从愼之古文「眘」。

𠬜，普班切。引也。从反収。樊字从此。

世豪謹案：「樊」字《說文》：「鷙不行也。从𠬜从棥，棥亦聲。」推本《說文》原屬「𠬜部」从「𠬜」。

夨，阻力切。傾頭也。从大。象形。吳、奊等字从此。

世豪謹案：「吳」字《說文》：「姓也。亦郡也。一曰：『吳，大言也。』从夨、口。」推本《說文》从「夨」。

「奊」字《說文》：「頭衺、骫奊態也。从夨，圭聲。」推本《說文》从「夨」，此二字元皆从「夨部」。

夫，甫無切。丈夫也。从大，一以象簪也。規字从此。

世豪謹案：「規」字《說文》：「有法度也。从夫从見。」推本《說文》原屬「夫部」从「夫」。

夰，古老切。放也。从大而八分之。昦字从此，今書作昊。

世豪謹案：「昦」字《說文》楷定作「昦」：「春爲昦天，元气昦昦。从日、夰，夰亦聲。」推本《說文》原屬「夰部」从「夰」。

夲，土刀切。進趣也。从大从十。奏字从此。

世豪謹案：「本」字《說文》楷字作「夲」。《集韻》作「夲」〔註305〕、《龍龕手鏡》作「夲」〔註306〕皆以「夲」爲字頭，另《玉篇》及《龍龕手鏡》皆有：「羍」，乃當時通行之異體。〔註307〕

所繫之「奏」字《說文》：「鬸奏進也。从夲从廾从屮。屮，上進之義。」推本《說文》原屬「夲部」从「夲」。

來，落埃切。周所受瑞麥來牟。象芒刺之形。麥、嗇等字从此。

世豪謹案：「麥」字《說文》：「麥芒穀，秋穜厚薶，故謂之麥。麥，金也。金王而生，火王而死。从來，有穗者；从夂。凡麥之屬皆从麥。」

「嗇」字大徐《說文》楷字作「嗇」：「嗇愛瀒也。从來从㐭。來者，㐭而藏之，故田夫謂之嗇夫。凡嗇之屬皆嗇。㘞古文嗇从田。」

朿，卽里切。止也。从市盛而一橫止之也。秭、肺等字从此。

世豪謹案：「朿」又作「㞢」。「肺」字爲《說文》「胏」之或體：「胏食所遺也。从肉，仕聲。《易》曰：『噬乾胏。』䏽揚雄說：『胏从㞢。』」故此處推本从「㞢」。

帀，子荅切。周也。从反之而帀也。師、衛等字从此。

世豪謹案：「師」字《說文》：「師二千五百人爲師。从帀从𠂤。𠂤，四帀，眾意也。」推本《說文》原屬「帀部」。从「帀」。

「衛」字《說文》：「衞宿衞也。从韋、帀。从行。行，列衞也。」推本《說文》原屬「行部」，此處从「帀」。

屰，宜戟切。从干从屮。欮字从此。

世豪謹案：「欮」字《說文》：「欮屰气也。从疒从屰从欠。㿈瘚或省疒。」爲「瘚」之省體，見《玉篇》疒部「瘚」下注曰：「欮同。」〔註308〕另於欠部立「欮」爲字頭，曰：「掘也。」〔註309〕《廣韻》入聲，十月也有「欮」，曰：

〔註305〕〔宋〕丁度等：《集韻》，頁193。

〔註306〕〔遼〕行均：《龍龕手鏡》，頁26。

〔註307〕參見《玉篇》「本部」，頁156；《龍龕手鏡》「人部」，頁26。

〔註308〕〔宋〕陳彭年等：《大廣益會玉篇》，頁175。

〔註309〕〔宋〕陳彭年等：《大廣益會玉篇》，頁152。

「發也。」〔註 310〕《四聲篇海》如《廣韻》之說〔註 311〕，可知宋時「欬」乃通行之字，以省「疒」之形，《字通》於此推本《說文》从「欠」。

中，陟弓切。咊也。从口丨上下通。史、啻等字从此。

世豪謹案：「史」字《說文》：「記事者也。从又持中。中，正也。凡史之屬皆从史。」推本《說文》原爲「史部」，此處从「中」。

「啻」字《說文》：「快也。从言从中。」或曰爲「意」之古文，見《字彙》口部〔註 312〕。《重定直音篇》曰：「億，快也。」通「億」〔註 313〕，此說本《隸續》而來。《隸辨》舉「魯峻碑」之「啻」，曰：「碑盖以啻爲意，《說文》云啻，快也。」又曰：「陳度碑：貨殖孔□意則屢中。《隸續》云以意爲億。」〔註 314〕推本《說文》原爲「言部」，此處从「中」。

臾，求位切。古文蕢。貴、𠔁等字从此。

世豪謹案：「𠔁」字《說文》楷定作「𡋯」又作「𠟭」：「𡋯商，小塊也。从𠂤从臾。」推本《說文》原屬「𠂤部」，此處从「臾」。

口，苦后切。人所以言食也。象形。言、舌等字从此。

世豪謹案：「言」字《說文》：「直言曰言，論難曰語。从口，䇂聲。凡言之屬皆从言。」推本《說文》原爲「言部」，此處从「口」。

「舌」字《說文》：「塞口也。从口，𠯑省聲。古文从甘。」推本《說文》原屬「口部」，从「口」。

囗，雨歸切。回也。象回帀之形。員、肙、舍、足等字从此。

世豪謹案：「舍」字《說文》：「市居曰舍。从亼、屮。象屋也。囗象築也。」推本《說文》原屬「亼部」，此處从象築之「囗」。

〔註 310〕〔宋〕陳彭年等：《大宋重修廣韻》，頁 478。

〔註 311〕〔金〕韓孝彥、韓道昭：《改併五音類聚四聲篇海》，頁 99。

〔註 312〕〔明〕梅膺祚：《字彙》，《中華漢語工具書書庫》（合肥：安徽教育出版社，2002 年），頁 23。

〔註 313〕〔明〕章黼：《重訂直音篇》，《續修四庫全書》（上海：上海古籍出版社，1995 年），頁 91。

〔註 314〕〔清〕顧藹吉：《隸辨》，頁 750。

凵　凵，丘犯切。張口也。象形。口字从此。

世豪謹案：「口」字《說文》：「⊟人所以言食也。象形。凡口之屬皆从口。」推本《說文》原爲「口部」，此處从張口之「凵」。

厶　厶，息夷切。姦衺也。韓非曰：「倉頡作字，自營爲厶。」公、
　　鬼等字从此。

世豪謹案：「公」字《說文》：「㕣平分也。从八从厶。八猶背也。韓非曰：『背厶爲公。』」推本《說文》原屬「八部」，此處从「厶」。

「鬼」字《說文》：「鬼人所歸爲鬼。从人。象鬼頭。鬼陰气賊害。从厶。凡鬼之屬皆从鬼。」推本《說文》原屬「鬼部」，此處从「厶」。

冎　冎，古瓦切。剔人肉置其骨也。象形。別字从此。

世豪謹案：「別」字《說文》楷定作「冎刂」：「刐分解也。从冎从刀。」推本《說文》原屬「冎部」，从「冎」。

品　品，披飲切。衆庶也。从三口。臨、喿等字从此。

世豪謹案：「喿」字《說文》：「喿鳥羣鳴也。从品在木上。」推本《說文》原屬「品部」，从「品」。

晶　晶。省也。曑、曑等字从此。

世豪謹案：「曑」字《說文》楷定作「曑」：「曑萬物之精，上爲列星。从晶，生聲。一曰：『象形。从口，古口復注中，故與日同。』㽻古文星。曐曑或省。」今通行之「星」乃从「曐」之省體。推本《說文》从「晶」。

「曑」字《說文》楷定作「曑」：「曑商星也。从晶，㐱聲。」推本《說文》从「晶」，「曑」、「曑」二字原屬「晶部」。

厽　厽，力宄切。絫坺土爲牆壁。象形。絫字从此。

世豪謹案：「絫」字《說文》：「絫增也。从厽从糸。絫，十黍之重也。」推本《說文》原屬「厽部」。从「厽」。

日　日，人質切。實也。太陽之精不虧。从口一。象形。昌、旦
　　等字从此。

世豪謹案：「日」字《說文》：「日實也。太陽之精不虧。从口一。象形。

凡日之屬皆從日。⊖古文象形。」

「昌」字《說文》：「昌美言也。從日從曰。一曰：『日光也。』《詩》曰：『東方昌矣。』⿱日女籀文昌。」推本《說文》原屬「日部」。從「日」。

「旦」字《說文》：「旦明也。從日見一上。一，地也。凡旦之屬皆從旦。」推本《說文》原爲「旦部」，此處從「日」。

「中日字類」以「⊖」篆繫屬「冥」、「莫」等字，曰：「⊖ 日，注見上。冥、莫等字從此。」「冥」字《說文》：「冥幽也。從日從六，冖聲。日數十。十六日而月始虧幽也。凡冥之屬皆從冥。」推本《說文》原爲「冥部」，此處從「日」。

「莫」字《說文》：「莫日且冥也。從日在茻中。」推本《說文》原屬「茻部」，此處從日在茻中之「日」。

「下日字類」則以「⊖」篆繫屬「普」、「晉」等字，曰：「⊖ 日，注見上。普、晉等字從此。」「普」字《說文》楷定作「普」：「普日無色也。從日從並。」徐鍇曰：「日無光則遠近皆同，故從並。」〔註315〕推本《說文》從「日」。

「晉」字《說文》楷定作「晉」：「晉進也。日出萬物進。從日從臸。《易》曰：『明出地上，晉。』」徐鉉注曰：「臸，到也。」〔註316〕推本《說文》從「日」，「普」、「晉」二字原屬「日部」。

凵 曰，王伐切。詞也。從口，乙聲。亦象口气出。曷字從此。

世豪謹案：「曰」字《說文》：「凵詞也。從口，乙聲。亦象口气出也。凡曰之屬皆從曰。」

「曷」字《說文》：「曷何也。從曰，匃聲。」推本《說文》原屬「曰部」。從「曰」。

「下日字類」則以「凵」篆繫屬「曾」、「替」等字，曰：「凵 曰，注見上。曾、替等字從此。」「曾」字《說文》：「曾詞之舒也。從八從曰，囗聲。」推本《說文》原屬「八部」，曰義作「詞」，曾義云「詞之舒」，此處從「曰」。

「替」字《說文》楷定作「朁」：「朁曾也。從曰，兓聲。《詩》曰：『朁不畏明。』」推本《說文》原屬「曰部」，從「曰」。

〔註315〕〔漢〕許慎撰、〔宋〕徐鉉校訂：《說文解字》，頁139。

〔註316〕〔漢〕許慎撰、〔宋〕徐鉉校訂：《說文解字》，頁138。

冃　冃，莫報切。小兒蠻夷頭衣也。从冂，二其飾。曼、最、冒、
　　勖等字从此。

　　世豪謹案：「冃」字《說文》：「冃小兒蠻夷頭衣也。从冂；二，其飾也。
凡冃之屬皆从冃。」

　　「最」字《說文》：「最犯而取也。从冃从取。」推本《說文》从「冃」。

　　「冒」字《說文》：「冒冢而前也。从冃从目。」推本《說文》从「冃」，。

　　「冃字類」以「冃」篆繫屬「冑」字，曰：「冃　注見上。冑字从此。」
「冑」字《說文》：「兜鍪也。从冃，由聲。」推本《說文》从「冃」，「最」、
「冒」、「冑」三字原皆屬「冃部」

囚　囚，似由切。繫也。从人在口中。盈字从此。

　　世豪謹案：「盈」字《說文》：「盈仁也。从皿，以食囚也。官溥說。」推
本《說文》原屬「皿部」，此處从食囚之「囚」。

臼　臼，居玉切。叉手也。从𦥑从𦥑。晨字从此。

　　世豪謹案：「臼」字《說文》：「臼叉手也。从𦥑、𦥑。凡臼之屬皆从臼。」

　　「晨」字《說文》：「晨早昧爽也。从臼从辰。辰，時也。辰亦聲。𠂔夕爲
𡖇，臼辰爲晨，皆同意。凡晨之屬皆从晨。」原屬「晨部」次於「臼部」，依
分部據形系聯，以形相近爲次之原則，可知「晨」推本《說文》从「臼」。

　　「中田字類」以「臼」篆繫屬「申」、「奄」等字，曰：「臼　注見上。申、
奄等字从此。」「申」字《說文》：「申神也。七月，陰气成，體自申束。从臼，
自持也。吏臣餔時聽事，申旦政也。凡申之屬皆从申。」推本《說文》原爲
「申部」，此處从「臼」。

甘　甘，注見上。香、旨等字从此。

　　世豪謹案：「甘」字同見於第61「上日字類」，《說文》：「甘美也。从口含
一。一，道也。凡甘之屬皆从甘。」

　　「香」字《說文》：「香芳也。从黍从甘。《春秋傳》曰：『黍稷馨香。』
凡香之屬皆从香。」推本《說文》原爲「香部」，此處从「甘」。

　　「旨」字《說文》：「旨美也。从甘，匕聲。凡旨之屬皆从旨。」推本《說
文》原爲「旨部」，此處从「甘」。

　　　　自　與自同。皆、魯、者、習等字从此。

　　世豪謹案：「自」字《說文》：「自此亦自字也。省自者，詞言之气。从鼻出，與口相助也。凡自之屬皆从自。」《隸辨》認爲是隸變之省體，在「白」字下注曰：「白《說文》作自，亦自字也，隸省如上。」〔註317〕詞言气之「自」易與西方色之「白」相混，所从之字也因隸變而造成謁混，《隸辨》又曰：「與黑白之白無別，亦作白。從白之字百或變作百；皆作皆；魯作魯；著作者；智作智；皆謁從日。冐作冐謁從口，柏、伯、迫等字皆從白，非從白也。」〔註318〕故《字通》以「自」爲篆，乃欲明「皆」、「魯」、「者」、「習」推源之屬。

　　「皆」字《說文》：「皆俱詞也。从比从白。」推本《說文》从「白」。

　　「魯」字《說文》：「魯鈍詞也。从白，鰲省聲。《論語》曰：『參也魯。』」推本《說文》从「白」。

　　「者」字《說文》：「者別事詞也。从白，米聲。米，古文旅字。」推本《說文》从「白」。

　　「習」字《說文》：「習數飛也。从羽从白。凡習之屬皆从習。」推本《說文》从「白」，以上四字原皆屬「白部」。

　　　　白　白，傍陌切。西方之色也。陰用事物色白。从二从入合二，二，
　　　　　　陰數也。皋、帛等字从此。

　　世豪謹案：「皋」字《說文》：「皋气皋白之進也。从夲从白。《禮》：『祝曰皋，登謌曰奏。』故皋奏皆从夲。《周禮》曰：『詔來鼓皋舞。』皋，告之也。」推本《說文》原屬「夲部」，此處从「白」。

　　　　自　自，疾二切。鼻也。象形。鼻、臭等字从此。

　　世豪謹案：「鼻」字《說文》：「鼻宮不見也。闕。」推本《說文》原屬「自部」，从「自」。

　　「臭」字《說文》：「臭禽走，臭而知其迹者，犬也。从犬从自。」推本《說文》原屬「犬部」，此處从「自」。

〔註317〕〔清〕顧藹吉：《隸辨》，頁829。

〔註318〕〔清〕顧藹吉：《隸辨》，頁829。

泉，疾緣切。水原也。象水流出成川形。原字从此。

世豪謹案：「原」字爲《說文》「厵」之篆文：「厵水泉本也。从灥出厂下。原篆文从泉。」推本《說文》原屬三泉之「灥部」，「灥」乃據「泉」而系聯，故「厵」从「泉」。

西，它念切。舌皃。从谷省聲。佀字从此。

世豪謹案：「佀」字爲《說文》「㚊」之古文：「㚊早敬也。从丮，持事；雖夕不休：早敬者也。㚊古文夙从人囧。佀亦古文夙。从人西，宿从此。」此處古文部从「夕」，而推本从「西」。

百，書九切。頭也。象形。古文作𦣻。頁、面等字从此。

世豪謹案：「頁」字《說文》：「頁頭也。从𦣻从儿。古文䭫首如此。凡頁之屬皆从頁。𦣻者，䭫首字也。」推本《說文》原爲「頁部」，此處从「百」。

「面」字《說文》：「面顏前也。从𦣻。象人面形。凡面之屬皆从面。」「頁」字爲人之首，「面」字爲人之顏，原爲「面部」，此處推本形源从「百」。

舟，注見上。俞、朝、朕、服等字从此。

世豪謹案：「舟」字同見於第 62「中日字類」，《說文》：「舟船也。古者，共鼓、貨狄，刳木爲舟，剡木爲楫，以濟不通。象形。凡舟之屬皆从舟。」

「俞」字《說文》：「俞空中木爲舟也。从亼从舟从巜。巜，水也。」推本《說文》从「舟」。

「朕」字《說文》楷定作「朕」：「朕我也。闕。」推本《說文》从「舟」。

「服」字《說文》：「服用也。一曰：『車右騑，所以舟旋。从舟，𠬝聲。』朋古文服从人。」推本《說文》从「舟」。

丹，都寒切。巴越之赤石也。象采丹井之象丹形。青、朥等字从此。《漢書·賈誼傳》：「股紛分其離此䵾兮。」顏師古注：「音班。从丹。」《說文》所不載而呂忱《字林》有之，姑附於此。

世豪謹案：「青」字《說文》：「青東方色也。木生火。从生、丹。丹青之信言象然。凡青之屬皆从青。」推本《說文》原爲「青部」，而「青部」乃次於「丹部」，據形系聯，以形之相近爲次，故从「丹」。

「臒」字大徐《說文》楷字作「臒」：「臒善丹也。从丹，蒦聲。《周書》曰：『惟其敦丹臒。』讀若雀。」推本《說文》原屬「丹部」。从「丹」。

「股」字《字通》云《說文》不載，但見於《字林》，筆者考今《字林》所輯無有「股」字〔註319〕，見《玉篇》：「古班字，賦也。」〔註320〕錄於「丹部」，又《字彙》於「殳部」曰：「古班字。」〔註321〕故推本从「丹」。可知宋時《玉篇》丹部有錄「股」字，清代任大椿《字林考逸》便引用李從周《字通》此條材料，輯補已經散佚的《字林》收字之內容。〔註322〕故《字通》於此所云「《字林》有之」可補今《字林》輯佚之缺。

目　目，莫六切。人眼。象形。睘、眔等字从此。

世豪謹案：「睘」字大徐《說文》楷字作「睘」：「睘目驚視也。从目，袁聲。《詩》曰：『獨行睘睘。』」推本《說文》从「目」。

「眔」字《說文》：「眔目相及也。从目。从隶省。」推本《說文》从「目」，「睘」、「眔」二字原皆屬「目部」。

网　网，文兩切。庖犧所結繩以漁。象网交文。罷、羅、置等字从此。

世豪謹案：「罷」字《說文》：「罷遣有辠也。从网、能。言有賢能而入网，而貫遣之。《周禮》曰：『議能之辟。』」推本《說文》从「网」。

「羅」字《說文》：「羅以絲罟鳥也。从网从維。古者芒氏初作羅。」推本《說文》从「网」。

「置」字《說文》：「置赦也。从网、直。」徐鍇曰：「从直，與罷同義。」〔註323〕推本《說文》从「网」，「罷」、「羅」、「置」三字原皆屬「网部」。

囧　囧，俱永切。窗牖麗廔闓明。象形。明字从此。

世豪謹案：「明」字《說文》楷定作「朙」：「朙照也。从月从囧。凡朙之

〔註319〕參見〔晉〕呂忱：《字林》，《叢書集成續編》（台北：新文豐出版公司，1989 年）。

〔註320〕〔宋〕陳彭年等：《大廣益會玉篇》，頁 47。

〔註321〕〔明〕梅膺祚：《字彙》，頁 79。

〔註322〕〔清〕任大椿：《字林考逸》，《叢書集成續編》（上海：上海書店，1995 年），頁 976。

〔註323〕〔漢〕許慎撰、〔宋〕徐鉉校訂：《說文解字》，頁 158。

屬皆从冊。」《說文》原爲「明部」，下一部乃爲「囧部」，具形義之關聯，此處推本从「囧」。

　　田　田，徒年切。陳也。象四口，十，阡陌之制。里、畟等字从此。

　　世豪謹案：「田」字《說文》：「田陳也。樹穀曰田。象四口。十，阡陌之制也。凡田之屬皆从田。」

　　「里」字《說文》：「里居也。从田从土。凡里之屬皆从里。」《說文》原屬「里部」，次下之部爲「田部」，具形義之關聯，此處推本从「田」。

　　「畟」字《說文》：「畟治稼畟畟進也。从田、人。从夊。《詩》曰：『畟畟良耜。』」推本《說文》原屬「夊部」，此處从「田」。

　　「中田字類」以「田」篆繫屬「畺」、「黃」等字，曰：「田　注見上。畺、黃等字从此。」「黃」字《說文》：「黃地之色也。从田从炗，炗亦聲。炗，古文光。凡黃之屬皆从黃。」推本《說文》原爲「黃部」，此處从「田」。

　　「下田字類」以「田」篆繫屬「苗」、「奮」等字，曰：「田　注見上。苗、奮等字从此。」「苗」字《說文》：「苗艸生於田者。从艸从田。」推本《說文》原屬「艸部」，此處从艸生於田者之「田」。

　　「奮」字《說文》：「奮翬也。从奞在田上。《詩》曰：『不能奮飛。』」推本《說文》原屬「奞部」，此處从奞在田上之「田」。

　　田　由，分勿切。鬼頭也。象形。徐鉉曰：面髮鬃之皃。禺、畢、畏等字从此。

　　世豪謹案：「禺」字《說文》：「禺母猴屬，頭似鬼。从由从内。」推本《說文》从「由」。

　　「畏」字《說文》：「畏惡也。从由，虎省。鬼頭而虎爪，可畏也。畏古文省。」推本《說文》从「由」，「禺」、「畏」二字原皆屬「由部」。

　　⊠　囶。胃字从此。

　　世豪謹案：「胃」字《說文》：「胃穀府也。从肉；囶。象形。」推本《說文》原屬「肉部」，此處从「囶」。

　　甲　甲，古狎切。東方之孟。从木戴孚甲之象。一曰：「象人頭。」卑字从此。

世豪謹案：「甲」字《說文》：「甲東方之孟，陽气萌動。从木戴孚甲之象。一曰人頭宜爲甲，甲象人頭。凡甲之屬皆从甲。」

「卑」字《說文》：「卑賤也。執事也。从𠂇、甲。」徐鍇曰：「右重而左卑，故在甲下。」〔註324〕推本《說文》原屬「𠂇部」，此處从「甲」。

「下田字類」以「甲」篆繫屬「戒」、「𣅵」等字，曰：「甲　注見上。戒、𣅵等字从此。隸从古文作戎、早。」

「戒」字今楷字作「戎」《說文》：「戎兵也。从戈从甲。」推本《說文》原屬「戈部」，此處从「甲」。

「𣅵」字今楷字作「早」《說文》：「𣅵晨也。从日在甲上。」推本《說文》源屬「日部」，此處从日在甲上之「甲」。

　　毌　母，古玩切。穿物持之也。从一橫貫。象寶貨之形。貫字从
　　　　此。

世豪謹案：「毌」字《說文》：「毌穿物持之也。从一橫貫。象寶貨之形。凡毌之屬皆从毌。讀若冠。」

「貫」字《說文》：「貫錢貝之貫。从毌、貝。」推本《說文》原屬「毌部」。从「毌」。

「中田字類」以「毌」篆繫屬「虜」字，曰：「毌　注見上。虜字从此。

「虜」字《說文》：「虜獲也。从毌从力，虍聲。」推本《說文》原屬「毌部」，从「毌」。

　　甼　闕。單字从此。

世豪謹案：「甼」篆不見《說文》，「單」字《說文》：「單大也。从吅、甼，吅亦聲。闕。」段玉裁曰：「當云甼闕，謂甼形，未聞也。」〔註325〕《碑別字新編》「甲」字下引〈魏富平伯于簒墓誌〉有「甼」，〔註326〕推本《說文》原屬「吅部」，此處从「甼」。

　　叀　叀，職沿切。小謹也。从幺省中財見也。惠、憙字从此。

〔註324〕〔漢〕許慎撰、〔宋〕徐鉉校訂：《說文解字》，頁65。

〔註325〕〔清〕段玉裁：《說文解字注》，頁63。

〔註326〕詳參秦公：《碑別字新編》（北京：文物出版社，1985年）。

世豪謹案：「叀」篆《說文》楷定作「叀」，曰：「叀專小謹也。从幺省；屮，財見也；屮亦聲。凡叀之屬皆从叀。」

「惠」字《說文》：「惠仁也。从心从叀。」推本《說文》从「叀」。

「疐」字《說文》：「疐礙不行也。从叀，引而止之也。叀者，如叀馬之鼻。从此與牽同意。」推本《說文》从「叀」，「惠」、「疐」二字原皆屬「叀部」。

甾　甾，側持切。東楚名缶曰甾。象形。𠪚、畚等字从此。

世豪謹案：「𠪚」字《說文》：「𠪚㽄也。从甾，虍聲。讀若盧同。𤮯篆文𠪚。𤬪籀文𠪚。」推本《說文》从「甾」。

「畚」字《說文》楷定作「𠫸」：「𠫸䢅屬，蒲器也，所以盛穜。从甾，弁聲。」推本《說文》从「甾」，此二字原皆屬「甾部」。

由　闕。《說文》「𢎘」，𠂢木更生條。徐鉉曰：「後人通用。」粤、胄等字从此。

世豪謹案：「由」篆不見於《說文》，但《說文》中从「由」者如「苗」：「苗蓨也。从艸，由聲。」、「迪」：「迪道也。从辵，由聲。」、「笛」：「笛七孔筩也。从竹，由聲。羌笛三孔。」等字皆具「由」偏旁，且經典之文，也多見「由」字，如《詩經．大雅．假樂》：「不愆不忘，率由舊章。」〔註 327〕、《論語．泰伯》：「民可使由之，不可使知之。」〔註 328〕、《孟子．離婁上》：「舍正路而不由，哀哉。」〔註 329〕或《禮記．經解》：「是故隆禮由禮謂之有方之士，不隆禮不由禮謂之無方之民。」〔註 330〕等，《字通》引徐鉉曰：「後人通用」言與「用」字通，筆者考之《說文》見徐鍇在「𢎘」字下之注曰：「《說文》無由字，今《尚書》只作由枿，蓋古文省ㄢ，而後人因省之通用爲音由等字。从ㄢ上象枝條華圅之形。」〔註 331〕這裡引述徐鍇對「由」字義之解釋，作从ㄢ上象枝條華圅之形，而徐鉉則認爲：「孔安國注《尚書》直訓由作用也。

〔註 327〕〔清〕阮元編：《毛詩正義》，頁 540。

〔註 328〕〔清〕阮元編：《論語注疏》，頁 2487。

〔註 329〕〔清〕阮元編：《孟子注疏》，頁 2721。

〔註 330〕〔清〕阮元編：《禮記正義》，頁 1609。

〔註 331〕〔漢〕許愼撰、〔宋〕徐鉉校訂：《說文解字》，頁 142。

用枡之語不通。」「由」之形義於此已有補述。

　　《玉篇零卷》用部錄「**主**」字，曰：「餘同反，《考工記》：繫擊其所縣而由，其虡鳴。鄭玄曰：猶若也。毛諸詩：右招我由房，傳曰：由，用也。……《廣雅》：由，行也；由，助也。《說文》以從由爲**荅**字，在言部，今爲由字。《說文》以由東楚謂缶也，音側治反，在由部。」〔註332〕另見《金石文字辨異》「繇」字下曰：「漢王君石路碑又從涂口繇平字……西漢書繇此名重朝廷與由同，漢碑多用此繇字。」又於「繇」字下曰：「漢李翕西狹頌曰常繇道字……與由同，漢碑多用此繇字。」「猶」字下曰：「古者由猶義得通用也。」〔註333〕可以知道「由」字與「繇」、「繇」、「猶」視爲異體，通用，故段玉裁在《說文解字注》中「繇」字下補「**由**」篆，曰：「**由**或繇字。古由通用一字也。各本無此篆，全書由聲之字皆無根柢，今補。按《詩》、《書》、《論語》及他經傳皆用此字，其象形會意今不可知，或當从田，有路可入也。」〔註334〕段氏未見南宋李從周《字通》已經鑒於有从「**由**」之字，但無「**由**」之篆，而立「**由**」篆作繫屬文字之推源所用。

　　「甹」字《說文》：「**甹**亟詞也。从丂从由。或曰甹，俠也。三輔謂輕財者爲甹。」徐鉉此處也有解釋从「由」之義，曰：「由，用也。任俠用气也。」〔註335〕推本《說文》原屬「丂部」，此處从「由」。

　　里　里，良己切。居也。从田从土。釐、廛等字从此。

　　世豪謹案：「釐」字《說文》：「**釐**家福也。从里，𠩺聲。」推本《說文》原屬「里部」，从「里」。

　　「廛」字《說文》：「**廛**一畞半，一家之居。从广、里、八、土。」推本《說文》原屬「广部」，此處从广里八土之「里」。

　　柬　柬，古限切。分別之也。从束从八。闌、湅等字从此。

　　世豪謹案：「闌」字《說文》：「**闌**門遮也。从門，柬聲。」推本《說文》从「柬」聲。

〔註332〕〔南朝梁〕顧野王：《原本玉篇殘卷》（北京：中華書局，2004年），頁323。

〔註333〕〔清〕邢澍：《金石文字辨異》，頁327。

〔註334〕〔清〕段玉裁：《說文解字注》，頁649。

〔註335〕〔漢〕許慎撰、〔宋〕徐鉉校訂：《說文解字》，頁101。

𪐗 黑，呼北切。火所熏之色也。从炎上出𡆧。熏字从此。

世豪謹案：「熏」字《說文》：「𤋱火煙上出也。从屮从黑。屮黑，熏黑也。」推本《說文》原屬「屮部」，但是「屮」義乃爲艸木初生之象，熏之「屮」則爲火煙上出之皃，於義有別，故《字通》推本《說文》从「黑」。

皀 注見上。鄉、食等字从此。

世豪謹案：「皀」字《說文》：「皀穀之馨香也。象嘉穀在裹中之形。匕，所以扱之。或說皀，一粒也。凡皀之屬皆从皀。又讀若香。」所繫屬之「食」字《說文》：「食一米也。从皀，亼聲。或說亼皀也。凡食之屬皆从食。」《說文》原爲「食部」，此處推本从「皀」。

㐆 㐆，於希切。歸也。从反身。殷字从此。

世豪謹案：「殷」字《說文》：「殷作樂之盛稱殷。从㐆。从殳。《易》曰：『殷薦之上帝。』」推本《說文》原屬「㐆部」，从「㐆」。

亾 亾，武方切。逃也。从入从乚。良、喪等字从此。

世豪謹案：「亾」字見上第74「亾字類」，《說文》：「亾逃也。从人从乚。凡亡之屬皆从亡。」

「喪」字《說文》楷定作「喪」：「喪亾也。从哭从亾。會意。亾亦聲。」推本《說文》原屬「哭部」，此處从「亾」。

「正字類」以「亾」篆繫屬「匃」、「乍」等字，曰：「亾 注見上。匃、乍等字从此。」「匃」字《說文》：「气也。逯安說：『亡人爲匃。』」推本《說文》从「亾」。

「乍」字《說文》楷定作「乍」：「乍止也。一曰：『亡也。』从亡从一。」推本《說文》从「亾」。

镸 長，直良切。久遠也。从兀从匕，亾聲。𠂆到亾也。秦金石刻作镸，筆迹小異。髟、肆等字从此。

世豪謹案：「髟」字《說文》：「髟長髮猋猋也。从長从彡。凡髟之屬皆从髟。」推本《說文》原爲「髟部」，而「長」《字通》舉秦金石刻作「镸」，左下部與《說文》篆形筆迹小異。考察泰山刻石有「長」字，作「長」之形，推考《字通》所云秦金石刻之體，應本於此。另外漢代印時中如〈桓長之印〉

作「」、〈長水校尉之印〉作「」、〈新西河左佰長〉作「」多類秦金石刻之形，此處《字通》引金石字形作爲「」篆形體來源之補證。

「肆」字《說文》楷定作「隸」：「極、陳也。从長，隶聲。或从髟。」「肆」之重文从「髟」，推本《說文》原屬「長部」，从「長」。

 正。是也。从止一以止。是、定等字从此。

世豪謹案：「是」字《說文》：「直也。从日、正。凡是之屬皆从是。籀文是从古文正。」古文正作「」，《說文》曰：「古文正从二，二，古上字。」此處「是」字推本《說文》，篆文从正，古文从古文正，且「是部」爲「正部」之次，依《說文》分部據形系聯，以形之相近爲次之原則，可知「是」之形源於「正」，故从「正」。

「定」字《說文》：「安也。从宀从正。」推本《說文》原屬「宀部」，此處从「正」。

 注見上。疏字从此。

世豪謹案：「」字同見於第 59「口字類」，《說文》：「足也。上象腓腸，下从止。《弟子職》曰：『問疋何止。』古文以爲《詩・大疋》字。亦以爲足字。或曰胥字。一曰疋，記也。凡疋之屬皆从疋。」

「疏」字《說文》：「門戶疏窻也。从疋，疋亦聲。囟象疏形。讀若疏。」推本《說文》原屬「疋部」，从「疋」。

 匹，譬吉切。四丈也。从八匚，八撰一匹，八亦聲。匚，胡禮切。甚字从此。

世豪謹案：「甚」字《說文》：「尤安樂也。从甘。从匹耦也。古文甚。」推本《說文》原屬「甘部」，但「甚」字篆古皆从「匹」，故此處从「匹」。

 注見上。肥、卮、罌、卷等字从此。

世豪謹案：「卩」字《說文》：「瑞信也。守國者用玉卩，守都鄙者用角卩，使山邦者用虎卩，士邦者用人卩，澤邦者用龍卩，門關者用符卩，貨賄用璽卩，道路用旌卩。象相合之形。凡卩之屬皆从卩。」所繫屬之「罌」字爲《說文》「朇」字或體：「升高也。从舁，囟聲。朇或从卩。」知从其从「卩」，故推本从「卩」。

旡 旡，居末切。食气逆不得息。从反旡。㒫、㱊等字从此。

世豪謹案：「旡」篆徐鉉注曰：「今變隸作旡。」〔註336〕「㒫」字《說文》楷定作「㒫」：「㒫 並惡驚詞也。从旡，咼聲。讀若楚人名多夥。」推本《說文》从「旡」。

「㱊」字《說文》楷定作「㱊」：「㱊 事有不善言也。《爾雅》：『㱊，薄也。』从旡，京聲。」推本《說文》从「旡」，此二字原皆屬「旡部」。

山 山，所閒切。宣也，有石而高。象形。崇、屵等字从此。

世豪謹案：「崇」字《說文》：「崇 嵬高也。从山，宗聲。」推本《說文》原屬「山部」。从「山」。

「屵」字《說文》：「屵 岸高也。从山、厂，厂亦聲。凡屵之屬皆从屵。」「山部」次為「屾部」，再次為「屵部」，乃據「山」形近相次，推本《說文》原為「屵部」，此處从「山」。

𠂤 𠂤，都回切。小𨸏也。象形。歸、官等字从此。

世豪謹案：「官」字《說文》：「官 史，事君也。从宀从𠂤。𠂤猶眾也。此與師同意。」推本《說文》原屬「𠂤部」。从「𠂤」。

臣 臣，植鄰切。牽也，事君也。象形。臥、宦等字从此。

世豪謹案：「宦」字《說文》：「宦 仕也。从宀从臣。」上述「官」字結構「从宀从𠂤」，義取「𠂤猶眾」而入「𠂤部」，不入「宀部」；此條之「宦」，結構也為「从宀从臣」，義為「仕也。」與「臣」之「事君」義相近，故《字通》於此推本《說文》不从「宀」而从「臣」。

匜 匜，與之切。頤也。象形。配、宦等字从此。

世豪謹案：「匜」字《說文》楷定作「匜」：「匜 頤也。象形。凡匜之屬皆从匜。𦣞篆文匜。𦣝籀文从首。」

「配」字《說文》：「配 廣匜也。从匜，巳聲。配古文配从戶。」徐鉉注曰：「以為階㽎之㽎。」〔註337〕推本《說文》原屬「匜部」，从「匜」。

〔註336〕〔漢〕許慎撰、〔宋〕徐鉉校訂：《說文解字》，頁181。

〔註337〕〔漢〕許慎撰、〔宋〕徐鉉校訂：《說文解字》，頁250。

彑 彑，居例切。豕之頭。象其銳而上見也。象、彖等字從此。

世豪謹案：「象」字《說文》：「象豕也。从彑从豕。讀若弛。」推本《說文》原屬「彑部」，从「彑」。

聿 聿，尼輒切。手之疌巧。从又持巾。肄、肅等字從此。

世豪謹案：「聿」篆楷定應作「聿」，《說文》：「聿手之疌巧也。从又持巾。凡聿之屬皆从聿。」

「肄」字《說文》：「肄習也。从聿，㣇聲。」推本《說文》从「聿」。

「肅」字《說文》：「肅持事振敬也。从聿在𣶒上，戰戰兢兢也。」推本《說文》从「聿」，此二字原皆屬「聿部」。

聿 聿，余律切。所以書也。从聿，一聲。書、筆等字從此。

世豪謹案：「書」字《說文》：「書箸也。从聿，者聲。」推本《說文》从「聿」。

「筆」字《說文》：「筆秦謂之筆。从聿从竹。」推本《說文》从「聿」，此二字原皆屬「聿部」。

隶 隶，徒耐切。及也。从又尾省，又持尾者。从後及之也。隸、隸等字從此。

世豪謹案：「隸」字《說文》：「隸及也。从隶，枲聲。《詩》曰：『隸天之未陰雨。』」推本《說文》从「隶」。

「隸」字《說文》：「隸附箸也。从隶，柰聲。隸篆文隸从古文之體。」徐鉉注曰：「未詳古文所出。」〔註338〕推本《說文》从「隶」，此二字原皆屬「隶部」。

幸 幸，尼輒切。所以驚人也。从大从羊。一曰：「大聲。」報、執等字從此。

世豪謹案：「幸」《說文》楷定作「㚔」。「報」字《說文》：「報當罪人也。从㚔从𠬝。𠬝，服罪也。」推本《說文》从「㚔」。

「執」字《說文》：「執捕罪人也。从丮从㚔，㚔亦聲。」推本《說文》

從「卒」，此二字原皆屬「隸部」。

敕，恥力切。誡也。舂地也曰敕。从攴，束聲。整字从此。

世豪謹案：「整」字《說文》：「整齊也。从攴从束从正，正亦聲。」析其結構「从攴从束」作「敕」，故推本从「敕」。

兟，所臻切。進也。从二先。贊字从此。

世豪謹案：「兟」字《說文》：「兟進也。从二先。贊从此。闕。」所從之「贊」字《說文》：「贊見也。从貝从兟。」徐鉉注曰：「兟音詵，進也。執贊而進有司贊相之。」〔註339〕推本《說文》原屬「貝部」，此處依《說文》「兟」字「贊从此」之說，从「兟」。

夫夫，薄旱切。並行也。从二夫。輦字从此。

世豪謹案：「輦」字《說文》：「輦輓車也。从車。从夫夫在車前引之。」推本《說文》原屬「車部」，此處依《說文》「夫夫」字「輦字从此」之說。从「夫夫」。

戍，傷遇切。守邊也。从人戈。幾、蔑等字从此。

世豪謹案：「幾」字《說文》：「幾微也。殆也。从丝从戍。戍，兵守也。丝而兵守者，危也。」推本《說文》原屬「丝部」，此處从兵守之「戍」。

「蔑」字《說文》：「蔑勞目無精也。从苜，人勞則蔑然；从戍。」推本《說文》原屬「苜部」，此處从「戍」。

戉，王伐切。斧也。从戈，乚聲。乚。从反丿。越、戚等字从此。

世豪謹案：「戚」字《說文》：「戚戉也。从戉，尗聲。」推本《說文》原屬「戉部」，从「戉」。

豕，施氏切。彘也。象毛足而有尾。豦、象、豢、豖等字从此。

世豪謹案：「豦」字《說文》：「豦鬥相丮不解也。从豕、虍。豕、虍之鬥，不解也。讀若蘮蒘草之蒘。司馬相如說：『豦，封豕之屬。』一曰：『虎兩足

〔註339〕〔漢〕許慎撰、〔宋〕徐鉉校訂：《說文解字》，頁130。

舉。』」推本《說文》从「豕」。

「豢」字《說文》:「𧰧以穀圈養豕也。从豕，龹聲。」推本《說文》从「豕」。

「豖」字《說文》:「𧱉豕絆足行豖豖。从豕繫二足。」推本《說文》从「豕」，以上三字原皆屬「豕部」。

「彖」字《說文》:「𧰲豕也。从彑从豕。讀若弛。」推本《說文》原屬「彑部」，此處从「豕」。

彑　彖，羊至切。脩豪獸。一曰:「河內名豕也。」从彑下象毛足。

　　彙字从此。

世豪謹案:「彖」《說文》楷定作「𢑑」，以下所繫之「彙」字同見於第 82「彑字類」之「彙」字，《說文》楷定作𧯖:「𧰶蟲，似豪豬者。从𢑑，胃省聲。」推本《說文》原屬「𢑑部」，从「𢑑」。

（二）从篆文義符之省

《字通》之推源系統中，屬於从篆文字頭之義符者，另有推源其義符之省一類，筆者已歸納如下，茲逐條討論考證之。

丫　芉，乖買切。羊角也。象形。羌、羞、養、善、苟等字从此。

世豪謹案:「苟」字《說文》:「𦭓自急敕也。从羊省。从包省。从口，口猶慎言也。从羊，羊與義、善、美同意。凡苟之屬皆从苟。」推本其構形从「羊」省，「羊」形源於「丫」無涉，故此處輾轉推源於「丫」。

尾　尾，亡匪切。微也。从倒毛在尸後。屬字从此。隸、𡲳等字从此。

世豪謹案:尾字所繫屬之「隸」字《說文》:「𣜩及也。从又从屔省。又，持屔者。从後及之也。凡隸之屬皆从隸。」推本《說文》原為「隸部」，此處从「屔」之省。

豸　豸，池尒切。獸長脊行。豸豸然欲有所司。去殼形，廌字从此。

世豪謹案:「廌」字《說文》:「𢊈解廌，獸也。似山牛，一角。古者決訟，令觸不直。象形。从豸省。凡廌之屬皆从廌。」推本《說文》原為「廌部」，

此處从「豸」之省。

《《，古外切。水流澮澮也。倍洫謂之《《，按攸。从水省，俞。

從水省，疑亦く、《《之字。

世豪謹案：《字通》在「兩畫類」之「《《」篆下舉「攸」、「俞」二字，云从水省，疑「く」、「《《」之字，此意爲「攸」从水省之形，乃或从「く」；「俞」字从水省之形，乃或从「《《」。

「攸」字《說文》：「攸行水也。从攴从人，水省。攸秦刻石繹山文攸字如此。」疑从「く」。《說文》「攸」篆文作「攸」，許慎另舉繹山刻石「攸」，旁作水流之形，與「攸」字行水之義相近，而篆文之形義見徐鍇曰：「攴入水所杖也。」［註340］皆與水義有關，《字通》疑爲「く」、「《《」之字，《說文》「く」：「水小流也。《周禮》：『匠人爲溝洫，梠廣五寸，二梠爲耦；一耦之伐，廣尺、深尺，謂之く。』倍く謂之遂；倍遂曰溝；倍溝曰洫；倍洫曰《《。凡く之屬皆从く。」可知「く」義作水小流，「《《」義作水流澮澮與「攸」作行水之義相近，覆考二字之篆文，攴旁作「水」與く之篆形「乁」皆爲水流之形，故《字通》疑「攸」爲推源自「く」。

「《《」《說文》：「《《水流澮澮也。方百里爲《《，廣二尋，深二仞。凡《《之屬皆从《《。」篆文作「《《」義爲水流之兒，而「俞」字《說文》：「空中木爲舟也。从亼从舟从《《。《《，水也。」推本《說文》知其形源應从「《《」而來。

則何皆云「从水省」，考「水」之篆文作「水」言眾水並流之兒，故「乁」、「《《」《字通》以爲从水而省，故「攸」、「俞」二字推本从「水」之省。

老，盧浩切。考也。从人毛匕。壽、孝等字从此，轉注。

世豪謹案：「壽」字《說文》：「壽久也。从老省，疇聲。」推本《說文》从「老」省。

「孝」字《說文》：「孝善事父母者。从老省。从子，子承老也。」推本《說文》从「老」省，此二字原皆屬「老部」。

舂，書容切。擣粟也。从収持杵臨臼上，午、杵省也。秦字从此省。

［註340］〔漢〕許慎撰、〔宋〕徐鉉校訂：《說文解字》，頁68。

世豪謹案：「秦」字《說文》：「🔣伯益之後所封國，地宜禾。从禾，舂省。一曰：『秦，禾名。』」推本《說文》原屬「禾部」，此處从「舂」省。

🔣　丵，仕角切。叢生草也。象丵嶽相竝出也。業字从此省。

世豪謹案：「丵」字《說文》：「🔣箴縷所紩衣。从㡀，丵省。凡黹之屬皆从黹。」徐鉉注曰：「丵，眾多也。言箴縷之工不一也。」〔註341〕推本《說文》原為「黹部」，此處从「丵」省。

🔣　橐，胡本切。橐也。从束，圂聲。櫜、囊等字从此。

世豪謹案：「櫜」字《說文》：「🔣車上大橐。从橐省，咎聲。《詩》曰：『載櫜弓矢。』」推本《說文》從「橐」省。

「囊」字《說文》：「🔣橐也。从橐省，石聲。」推本《說文》從「橐」省，此二字原皆屬「橐部」。

🔣　爨，七亂切。齊謂之炊爨。𦥑象持甑，冂為竈口，𠬞推林內火。

爨、釁等字从此省。

世豪謹案：「釁」字《說文》：「🔣所以枝鬲者。从爨省，鬲省。」推本《說文》從「爨」省。

「釁」字《說文》：「🔣血祭也。象祭竈也。从爨省。从酉。酉，所以祭也。从分，分亦聲。」推本《說文》從「爨」省，此二字原皆屬「爨部」。

🔣　注見上。蚩、先、圭、屵等字从此。

世豪謹案：「🔣」篆楷定作「之」，「屵」字《說文》：「🔣岸上見也。从屵。从之省。讀若躍。」推本《說文》原屬「屵部」，此處从「之」省。

（三）輾轉从義符之源

在「从此」的推源系統中，有一部分的楷字，還原於《說文》之釋字，並無法直接推本於該楷字所屬之篆文字頭，而是從該楷字構形組成之義符或聲符，再輾轉推源於該篆文字頭，另有一類則是輾轉推源該篆文字頭的古文之體，透過這種推源方式的楷字為數甚夥，故此處分別將輾轉从義符者、聲符者與輾轉从古文之體者，分置於从義符、从義符省與从聲符、从聲符省以及从古文體

〔註341〕〔漢〕許慎撰、〔宋〕徐鉉校訂：《說文解字》，頁161。

之後討論之。

　　ヲ　又，于救切。手也。象形。三指者，手之列多，略不過三也。

　　　九、甫等字从此。

　　世豪謹案：「甫」字又作「甫」，《說文》：「甫男子美稱也。从用父，父亦聲。」查《說文》似與「ヲ」篆無涉，考其推本於「又」之原因有二：其一，就字形而言，考「甫」之構形「从用父，父亦聲。」「父」字《說文》：「矩也。家長率教者。从又舉杖。」其字从「又」，「甫」之篆體从「父」，「父」篆形則源於「又」，故輾轉推源於「又」。其二，就語言用字而言，《段注》「父」字下曰：「經傳亦借父爲甫」〔註342〕，經傳中有以「父」字作「甫」字之用，所以「甫」、「父」之形義具有關聯性，可爲推本之資。

　　羊　羊，乖買切。羊角也。象形。羌、羞、養、善、苟等字从此。

　　世豪謹案：「羌」字《說文》：「羌西戎牧羊人也。从人从羊，羊亦聲。」推本《說文》从「羊」。「羊」篆爲《說文》「羊部」作羊角之形，「羊」字《說文》：「祥也。从羊象頭角足尾之形。孔子曰：『牛羊之字以形舉也。』」可知「羊」推本取形自「羊」而來。「羌」屬「羊部」从「羊」，「羊」又源於「羊」形，《字通》以「羊」爲「羌」字之形源，故輾轉推源於「羊」，並繫屬於下。

　　「羞」字《說文》：「羞進獻也。从羊，羊所進也；从丑，丑亦聲。」推本《說文》从「羊」，輾轉推源於「羊」。

　　「善」字《說文》：「善吉也。从誩从羊，此與義美同意。善篆文善从言。」推本《說文》从「羊」，輾轉推源於「羊」。

　　川　注見上。夋、詹、裔、屑等字从此。

　　世豪謹案：「夋」字《說文》：「夋越也。从夊从允。允，高也。一曰：『夋倢也。』」从「夊」與「八」形無涉。从「允」《說文》：「从儿，六聲。」考「六」《說文》：「《易》之數，陰變於六，正於八。从入从八。」知从「八」，故此處輾轉推源於「八」。

　　儿　儿，如鄰切。仁人也。古文奇字人。象形。夐、夋、夏、夏等字从此。

　　　字从此。

〔註342〕〔清〕段玉裁：《說文解字注》，頁116。

世豪謹案：「夏」字《說文》：「中國之人也。从夊从頁从臼，臼，兩手；夊，兩足也。」考其字具有人義，分析所从之「頁」，《說文》：「頭也。从𦣻从儿。古文䭫首如此。」知「頁」从「儿」，故推本「夏」字从義符「頁」之源而繫屬於「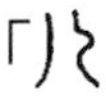」篆之下。

　朩，匹刃切。分枲莖皮也。从屮八。象枲之皮莖也。㡀、枲等字从此。

世豪謹案：「㡀」字《說文》：「與𣏟同。人所治，在屋下。从广从𣏟。凡㡀之屬皆从㡀。」釋云「與𣏟同」之「𣏟」字《說文》：「葩之總名也。𣏟之爲言微也，微纖爲功。象形。凡𣏟之屬皆从𣏟。」「㡀」、「𣏟」二部次於「朩部」，依《說文》據形系聯，分部以形之相近爲次，可以推知「㡀」、「𣏟」二部之形皆源於「朩」。故此處推本「㡀」字从義符「𣏟」之源而繫屬於「」篆之下。

　注見上。熙、然、庶、黑等字从此。魚、燕等字亦如此作。象其尾也。

世豪謹案：「黑」字《說文》：「火所熏之色也。从炎，上出囪。囪，古窻字。凡黑之屬皆从黑。」可知具有「火」義从「炎」，則「炎」《說文》：「火光上也。从重火。凡炎之屬皆从炎。」原爲「炎部」，則「火部」次爲「炎部」再爲「黑部」，形之相近以爲次，知「黑」推本从「炎」，乃源於「火」而來，故此處輾轉推源於「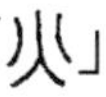」篆之下。

　乙，於筆切。象春草木冤曲而出。乾、亂等字从此。臾、尤、失、尺、瓦、局竝从此。楷隸不復推本矣。

世豪謹案：「局」字《說文》：「促也。从口在尺下，復局之。一曰：『博，所以行棊。』象形。」考其結構爲「从口在尺下」，則「尺」字《說文》：「十寸也。人手卻十分動脈爲寸口。十寸爲尺。尺，所以指尺䂓榘事也。从尸从乙。乙，所識也。周制，寸、尺、咫、尋、常、仞諸度量，皆以人之體爲法。凡尺之屬皆从尺。」可知此處乃推本「局」字从「尺」之源「乙」，而繫屬於「」篆之下。

　刀，都勞切。兵也。象形。賴、絕、肥等字从此。

世豪謹案：「胭」字《說文》：「🔲小臭易斷也。从肉。从絕省。」分析其結構「从肉。从絕省」可知「絕」字《說文》：「斷絲也。从糸从刀从卩。」構形从「刀」，有以刀斷絲之義，故輾轉推源於「刀」篆之下。

🔲 土，它古切。地之吐生萬物者也。二象地之下地之中物出形也。徒、堯等字从此。

世豪謹案：「堯」字《說文》：「🔲高也。从垚在兀上，高遠也。」析分「堯」之結構「从垚在兀上」，考「垚」《說文》：「🔲土高也。从三土。凡垚之屬皆从垚。」次於「土部」，而「堯」字原屬「垚部」，故知「堯」之形源乃輾轉推本於「土」。

🔲 注見上。莽、葬等字从此。

世豪謹案：「艸」字《說文》：「🔲百卉也。从二屮。凡艸之屬皆从艸。」所繫屬之「莽」字《說文》：「🔲南昌謂犬善逐菟艸中為莽。从犬从茻，茻亦聲。」原屬「茻部」，則「茻」《說文》：「🔲眾艸也。从四屮，凡茻之屬皆从茻，讀與冈同。」次於「艸部」，依據形系聯，以形之相近為次之原則推考，知「茻」字推本从「艸」，故此處「莽」字輾轉推源从「艸」。

「葬」字《說文》：「🔲藏也。从死在茻中；一其中，所以薦之。《易》曰：『古之葬者，厚衣之以薪。』」原也屬「茻部」，形源於「艸」，故推本於「艸」篆之下。

在「下大字類」也以「艸」篆繫屬「莫」字，曰：「艸，注見上。莫字从此。」察「莫」字《說文》：「🔲日且冥也。从日在茻中。」本也屬「茻部」，此處輾轉推源於「艸」。

🔲 勹，布交切。裹也。象人曲形，有所包裹。軍、冢等字从此。

世豪謹案：「軍」字《說文》：「🔲圜圍也。四千人為軍。从車。从包省。軍，兵車也。」析其結構「从包省」，考「包」字《說文》：「🔲象人裹妊，巳在中。象子未成形也。元气起於子。子，人所生也。男左行三十，女右行二十，俱立於巳，為夫婦。裹妊於巳，巳為子，十月而生。男起巳至寅，女起巳至申。故男季始寅，女季始申也。凡包之屬皆从包。」原為部首，次於「勹部」，知形源於「勹」，故此處將「軍」輾轉推本从「勹」。

另「勹」篆又云：「瞢、翬、夢等字从此。」所繫屬之「瞢」字《說文》：
「瞢目不明也。从苜从旬。旬，目數搖也。」析分「旬」字，《說文》：「旬目
搖也。从目，匀省聲。眴旬或从旬。」可知其從「匀」省聲，或从「旬」，則
「匀」、「旬」皆从「勹」，故此處將「瞢」字輾轉推源於「勹」。

　　⋀　注見上。吉、毫等字从此。

世豪謹案：「⋀」字《說文》：「⋀覆也。从一下垂也。凡冂之屬皆从冂。」
所繫屬之「吉」字《說文》：「吉幬帳之象。从冃；屮，其飾也。」析其結構「从
冃」，考「冃」字《說文》：「冃重覆也。从冂、一。凡冃之屬皆从冃。讀若艸
莓之莓。」可知从「冂」，故此處將「吉」字輾轉推源於「冂」。

「毫」字《說文》：「毫京兆杜陵亭也。从高省，乇聲。」析其結構「从
高省，乇聲」，考「高」字《說文》：「高崇也。象臺觀高之形。从冂、口。與
倉、舍同意。凡高之屬皆从高。」可知「高」从「冂」，故此處將「毫」字輾
轉推源於「冂」。

　　九　九，舉友切。陽之變也。象其屈曲究盡之形。厹字从此。离、
　　禺等字从此。

世豪謹案：「离」字《說文》：「离山神，獸也。从禽頭。从厹从屮。歐陽
喬說：『离，猛獸也。』」徐鉉曰：「从屮義無所取，疑象形。」故《字通》此
處推本从「厹」，而「厹」字乃形源於「九」，所以此處輾轉推本从「九」。

「禺」字《說文》：「禺母猴屬。頭似鬼。从由从内。」考「厹」又作「内」
之形，《隸辨》曰：「厹及蹂字。《說文》作𨸏，從九。象形。亦作𫝀、内；或
作内、𠕁，离、禽、禹、萬、离等字從之。」〔註343〕故「禺」推本从「厹」，
此處輾轉推源於「九」。

　　卩　卩，則候切。卩也。闕。卿字从此。

世豪謹案：「卿」字《說文》：「卿章也。六卿：天官冢宰、地官司徒、春
官宗伯、夏官司馬、秋官司寇、冬官司空。从卯，皀聲。」析分「卯」字《說
文》：「事之制也。从卩、卩。凡卯之屬皆从卯。闕。」知其从「卩」，故此處
輾轉推源於「卩」。

_____

〔註343〕〔清〕顧藹吉：《隸辨》，頁954。

田 注見上。畺、黃等字从此。

世豪謹案:「田」字《說文》:「田陳也。樹穀曰田。象四口。十,阡陌之制也。凡田之屬皆从田。」所繫屬之「畺」字《說文》:「畺界也。从畕;三,其界畫也。」析分其結構「从畕;三,其界畫也」之「畕」,《說文》:「畕比田也。从二田。凡畕之屬皆从畕。」知从「田」,故輾轉推源於「田」。

臼 注見上。申、奄等字从此。

世豪謹案:「臼」字《說文》:「臼叉手也。从ヒ、ヨ。凡臼之屬皆从臼。」所繫屬之「奄」字《說文》:「奄覆也。大有餘也。又,欠也。从大从申。申,展也。」析分其結構从「申」,「申」字《說文》:「申神也。七月,陰气成,體自申束。从臼,自持也。吏臣餔時聽事,申旦政也。凡申之屬皆从申。」从「臼」,故輾轉推源从「臼」。

東 注見上。重、量等字从此。

世豪謹案:「東」字《說文》:「東動也。从木。官溥說:『从日在木中。』凡東之屬皆从東。」所繫屬之「量」字《說文》:「量稱輕重也。从重省,曏省聲。」析分从「重」省之「重」字《說文》:「重厚也。从壬,東聲。凡重之屬皆从重。」知从「東」聲,故輾轉推源从「東」。

互 互,居例切。豕之頭。象其銳而上見也。象、豪等字从此。

世豪謹案:「豪」字《說文》作「毫」:「毫蟲,似豪豬者。从希,胄省聲。」析分其結構从「希」,《說文》:「希脩豪獸。一曰河內名豕也。从互,下象毛足。凡希之屬皆从希。讀若弟。」知从「互」,故輾轉推源於「互」。

(四)从篆文聲符

《字通》推源系統中,在「从此」之類,除了上述从篆文之義符之類,另一主要的推源依據,乃从篆文之聲符,茲歸納考證如下:

云 云,王分切。古文雲,省雨。象雲回轉形。魂字从此。

世豪謹案:「魂」字《說文》:「魂陽气也。从鬼,云聲。」段玉裁注曰:「鬼之必鬼下云上者,陽气沄沄而上之象也。」[註344] 推本《說文》原屬「鬼

〔註344〕〔清〕段玉裁:《說文解字注》,頁439。

部」，此處从「云」聲。

　　否，他候切。相與語唾而不受也。从否从丶，否亦聲。倍、
　　部等字从此。

　　世豪謹案：「否」又作「音」。「倍」字《說文》：「倍反也。从人，音聲。」
推本《說文》原屬「人部」，此處从「音」聲。

　　「部」字《說文》：「部天水狄部。从邑，音聲。」推本《說文》原屬「邑
部」，此處从「音」聲。

　　方，俯良切。併船也。象兩舟省總頭形。斻、放等字从此。

　　世豪謹案：「放」字《說文》：「放逐也。从攴，方聲。凡放之屬皆从放。」
推本《說文》原爲《說文》「放部」，此處从「方」聲。

　　又，于救切。手也。象形。三指者，手之列多，略不過三也。
　　九、甫等字从此。

　　世豪謹案：「旁一點類」與「十字類」皆以「又」篆繫屬「尢」，「尢」字
又作「尤」，《說文》：「尢異也。从乙，又聲。」推本《說文》原屬「乙部」，
此處从「又」聲。

　　二，而志切。地之數也。从偶一。次、匀等字从此。

　　世豪謹案：「次」字《說文》：「次不前，不精也。从欠，二聲。次古文次。」
推本《說文》原屬「欠部」，此處从「二」聲。

　　叉，側巧切。手足甲也。从又，象叉形。蚤字从此。

　　世豪謹案：「蚤」字爲「蟊」字或體，《說文》：「蟊齧人跳蟲。从蚰，叉聲。
叉，古爪字。蟊或从虫。」推本《說文》原屬「蚰部」，此處从「叉」聲。

　　彡，所銜切。毛飾畫文也。象形。須、尋等字从此。

　　世豪謹案：「尋」字《說文》楷定作「𢒫」：「𢒫繹理也。从工从口从又从
寸。工、口，亂也。又、寸，分理之，彡聲。此與𤔲同意。度，人之兩臂爲尋，
八尺也。」推本《說文》原屬「寸部」，此處从「彡」聲。

　　木，普活切。艸木盛，木木然。象形。八聲。南、沛等字从此，
　　與木字異。

世豪謹案：「木」又作「市」《說文》：「㞢艸木盛㞢㞢然。象形，八聲。凡㞢之屬皆从㞢。讀若輩。」

「沛」字《說文》：「⿰水㞢水出遼東番汗塞外，西南入海。从水，市聲。」推本《說文》原屬「水部」，此處从「市」聲。

「市字類」以「㞢」篆繫屬「柿」、「肺」等字，曰：「㞢 木，注見上。柿、肺等字从此。」

「柿」字《說文》：「⿰木㞢削木札樸也。从木，市聲。陳楚謂櫝爲柿。」推本《說文》原屬「木部」，此處从「市」聲。

「肺」字《說文》：「⿰肉㞢金藏也。从肉，市聲。」推本《說文》原屬「肉部」，此處从「市」聲。

朮　注見上。述字从此。

世豪謹案：「朮」字《說文》：「朮稷之黏者。从禾朮。象形。秫或省禾。」爲「秫」之重文。

「述」字《說文》：「⿺辵朮循也。从辵，朮聲。⿺辵秫籀文从秫。」推本《說文》原屬「辵部」，此處从「朮」聲。

示　示，神至切。天垂象見吉凶，所以示人也。从二，三垂日月星也。祭、奈等字从此。

世豪謹案：「奈」字《說文》：「⿱木示果也。从木，示聲。」推本《說文》原屬「木部」，此處从「示」聲。

米　米，莫禮切。粟實也。象禾實之形。毉、糵等字从此。

世豪謹案：「糵」字《說文》：「⿰鬲米䭈也。从鬲，米聲。」推本《說文》原屬「鬲部」，此處从「米」聲。

乙　乙，於筆切。象春草木冤曲而出。乾、亂等字从此。史、尤、失、尺、瓦、局竝从此。

世豪謹案：「失」字《說文》：「⿰手乙縱也。从手，乙聲。」推本《說文》原屬「手部」，此處从「乙」聲。

厂　注見上。厖、厎等字从此。

世豪謹案：「丿」字同見於第 21「一畫類」，《說文》：「丿右戾也。象左引之形。凡丿之屬皆从丿。」

「虒」字《說文》：「原委虒，虎之有角者也。从虎，厂聲。」推本《說文》原屬「虎部」，此處从「厂」聲。

「㑊」字《說文》：「㑊歁也。从次，厂聲。讀若移。」推本《說文》原屬「次部」，此處應改「厂」从「厂」聲。

乇乇，陟格切。艸葉也。从巫穗，上貫一，下有根。象形。託、
宅等字从此。

世豪謹案：「託」字《說文》：「訐寄也。从言，乇聲。」推本《說文》原屬「言部」，此處从「乇」聲。

「宅」字《說文》：「宅所託也。从宀，乇聲。」推本《說文》原屬「宀部」，此處从「乇」聲。

毛毛，莫袍切。肩髮之屬及獸毛也。象形。氈、眊等字从此。

世豪謹案：「眊」字《說文》：「眊目少精也。从目，毛聲。《虞書》耄字从此。」推本《說文》原屬「目部」，此處从「毛」聲。

土土，它古切。地之吐生萬物者也。二象地之下，地之中物出
形也。徒、堯等字从此。

世豪謹案：「徒」字《說文》：「社步行也。从辵，土聲。」楷定作「辻」，《佩觽》作「徙」在〈辨證〉中曰：「隸變作徒，按《說文》步行也。从辵从土，不从彳。」[註345] 由於「徒」經隸變，通行作「徒」，如《干祿字書》「徙徒」即云「上通下正。」[註346] 以「徒」為正體，故《字通》依楷體歸類，又要達到推溯形源的要求，於「徒」之體上可歸納出「土」形，而推本《說文》又有所據，故此處从「土」聲。

止注見上。臺、寺、志等字从此。

〔註345〕〔宋〕郭忠恕：《佩觽》，《叢書集成簡編》（台北：臺灣商務印書館，1965 年），
　　　　頁 48。

〔註346〕〔唐〕顏元孫：《干祿字書》，《叢書集成簡編》（台北：臺灣商務印書館，1965 年），
　　　　頁 6。

世豪謹案：「屮」字《說文》：「屮出也。象艸過屮，枝莖益大，有所之。一者，地也。凡之之屬皆从之。」

「寺」字《說文》：「𡗗廷也。有法度者也。从寸，之聲。」推本《說文》原屬「寸部」，此處从「之」聲。

「志」字《說文》：「𢖽意也。从心，之聲。」推本《說文》原屬「心部」，此處从「之」聲。

「山字類」以「屮」篆繫屬「蚩」、「先」、「𡴋」、「严」等字，曰：「屮　注見上。蚩、先、𡴋、严等字从此。」

「蚩」字《說文》：「𧒹蟲也。从虫，之聲。」推本《說文》原屬「虫部」，此處从「之」聲。

岢　屮，苦江切。幬帳之象。从冂，屮其飾也。殼字从此。

世豪謹案：「殼」字《說文》：「𣪠从上擊下也。一曰：『素也。』从殳，㱿聲。」推本《說文》原屬「殳部」，此處从「㱿」聲。

谷　谷，其虐切。口上阿也。从口，上象其理。卻、郤等字从此。

世豪謹案：「卻」字《說文》：「卻節欲也。从卩，谷聲。」推本《說文》原屬「卩部」，此處从「谷」聲。

「郤」字《說文》：「郤晉大夫叔虎邑也。从邑，谷聲。」推本《說文》原屬「邑部」，此處从「谷」聲。

才　才，昨哀切。艸木之初也。从丨，上貫一將生枝葉。一，地也。
戈字从此。

世豪謹案：「才」字《說文》：「才艸木之初也。从丨上貫一，將生枝葉。一，地也。凡才之屬皆从才。」

「𢦏」字《說文》楷定作「𢦏」：「𢦏傷也。从戈，才聲。」推本《說文》原屬「戈部」，此處从「才」聲。

「ナ字類」以「才」篆繫屬「存」、「在」等字，曰：「才　才，注見上。存、在等字从此。」

「存」字《說文》：「𤔍恤問也。从子，才聲。」推本《說文》原屬「子部」，此處从「才」聲。

「在」字《說文》:「𡉈存也。从土，才聲。」推本《說文》原屬「土部」，此處从「才」聲。

崔　雀，卽約切。依人小鳥也。从小隹。截字从此。

世豪謹案:「截」字《說文》:「𢧵斷也。从戈，雀聲。」推本《說文》原屬「戈部」，此處从「雀」聲。

𐤟　主，乎光切。艸木妄生也。从之在土上，讀若皇。枉、往等字
　　从此。

世豪謹案:「主」楷定作「㞷」字《說文》:「㞷艸木妄生也。从之在土上。讀若皇。」

「枉」字《說文》:「𣝳衺曲也。从木，㞷聲。」推本《說文》原屬「木部」，此處从「㞷」聲。

「往」字《說文》:「𢔎之也。从彳，㞷聲。」推本《說文》原屬「彳部」，此處从「㞷」聲。

朿　朿，七賜切。木芒也。象形。責字从此。

世豪謹案:「責」字《說文》:「𧵩求也。从貝，朿聲。」推本《說文》原屬「貝部」，此處从「朿」聲。

𠬪　叜，尼宏切。亂也。从爻工巳卪。襄、囊等字从此。

世豪謹案:「襄」字《說文》:「襄漢令:解衣耕謂之襄。从衣，叜聲。𧝜古文襄。」推本《說文》原屬「衣部」，此處从「叜」聲。

𠀮　世，舒制切。三十年爲一世。从卅而曳長之。枼字从此。

世豪謹案:「世」楷定作「丗」。「枼」字《說文》:「枼楄也。枼，薄也。从木，丗聲。」推本《說文》原屬「木部」，此處从「丗」聲。

芔　芔，許偉切。艸之總名也。賁、奔等字从此。

世豪謹案:「賁」字《說文》:「𧶽飾也。从貝，卉聲。」推本《說文》原屬「貝部」，此處从「卉」聲。

「奔」字《說文》:「𡙂疾也。从夭，卉聲。拜从此。」推本《說文》原屬「夭部」，此處从「卉」聲。

开 开，古賢切。象二十對搆上平也。形、幵等字从此。

世豪謹案：「形」字《說文》：「形象形也。从彡，开聲。」推本《說文》原屬「彡部」，此處从「开」聲。

「幵」字《說文》：「幵相從也。从从，开聲。一曰：『从持二為幵。』」推本《說文》原屬「从部」，此處从「开」聲。

九 九，舉友切。陽之變也。象其屈曲究盡之形。厹字从此。离、禺等字从此。

世豪謹案：「九」字《說文》：「九陽之變也。象其屈曲究盡之形。凡九之屬皆从九。」「冂字類」與「上儿字類」中同以「九」篆繫屬「厹」字。「厹」字《說文》：「厹獸足蹂地也。象形，九聲。《尔疋》曰：『狐貍貛貉醜，其足蹞，其迹厹。』凡厹之屬皆从厹。」推本《說文》原為「厹部」，此處从「九」聲。

「下儿字類」以「九」篆繫屬「尻」字，曰：「九 九，注見上。尻字从此。」「尻」字《說文》：「尻脾也。从尸，九聲。」推本《說文》原屬「尸部」，此處从「九」聲。

奉「旁几字類」以「九」篆繫屬「軌」字，曰：「九 九，注見上。軌字从此。」「軌」字《說文》楷定作「軌」：「軌車徹也。从車，九聲。」推本《說文》原屬「車部」，此處从「九」聲。

襾 襾，呼訝切。覆也。从冂，上下覆之。賈、覈等字从此。

世豪謹案：「賈」字《說文》：「賈賈市也。从貝，襾聲。一曰：『坐賣售也。』」推本《說文》原屬「貝部」，此處从「襾」聲。

西 西，先稽切。鳥在巢上。象形。日在西方而鳥棲，故因以為東西之西。堊、壐等字从此。

世豪謹案：「堊」字《說文》：「堊塞也。《尚書》曰：『鯀堊洪水。』从土，西聲。」推本《說文》原屬「土部」，此處从「西」聲。

亞 亞，衣駕切。象人局背之形。惡字从此，俗書安西。

世豪謹案：「惡」字《說文》：「惡過也。从心，亞聲。」推本《說文》原屬「心部」，此處从「亞」聲。

[篆] 弓，胡感切。嘾也。艸木之花未發，圅然象形。甬、氾等字从
　此。

世豪謹案：「氾」字篆文作「[篆]」，聲符「巳」乃艸木之花未發之「弓」，《說
文》：「[篆]濫也。从水，巳聲。」推本《說文》原屬「水部」，此處从「巳」聲。

[篆] 注見上。聲、磬等字从此。

世豪謹案：「殸」字同見於第28「土字類」，《說文》：「[篆]樂石也。从石、
殸。象縣虡之形。殳，擊之也。古者母句氏作磬。[篆]籀文省。[篆]古文从巠。」
「聲」字《說文》：「[篆]音也。从耳，殸聲。殸，籀文磬。」推本《說文》
原屬「耳部」，此處从「殸」聲。

[篆] 凡，符嚴切。最揖也。从二从[篆]。象形。風字从此。徐鉉曰：
　「乃、凡二字左旁不當引筆下垂。」

世豪謹案：「凡」字《說文》：「[篆]最括也。从二，二，偶也。从[篆]，[篆]，
古文及。」

「風」字《說文》：「[篆]八風也。東方曰明庶風，東南曰清明風，南方曰
景風，西南曰涼風，西方曰閶闔風，西北曰不周風，北方曰廣莫風，東北曰
融風。風動蟲生，故蟲八日而化。从虫，凡聲。凡風之屬皆从風。」推本《說
文》原為「風部」，此處从「凡」聲。

「旁几字類」則以「[篆]」篆繫屬「軓」字，曰：「[篆] 凡，注見上。軓字
从此。」「軓」字《說文》：「[篆]車軾前也。从車，凡聲。周禮曰：『立當前軓。』」
推本《說文》原屬「車部」，此處从「凡」聲。

[篆] 儿，注見上。鳧字从此。

世豪謹案：「儿」字同見於第45「上儿字類」，《說文》：「[篆]鳥之短羽飛
儿几也。象形。凡儿之屬皆从儿。讀若殊。」

「鳧」字《說文》：「[篆]舒鳧，鶩也。从鳥，几聲。」推本《說文》原屬
「儿部」。从「儿」聲。

「上儿字類」之「[篆]」篆繫屬「殳」字曰：「[篆] 儿，市朱切。鳥之短羽
飛儿几也。象形。殳字从此。」

「殳」字《說文》：「[篆]以杸殊人也。《禮》：『殳以積竹，八觚，長丈二

尺，建於兵車，車旅賁以先驅。』从又，几聲。凡殳之屬皆从殳。」推本《說文》原爲「殳部」，此處从「几」聲。

几　几，注見上。岐、処等字从此。

世豪謹案：「几」字同見於第 45「上几字類」與第 46「下几字類」，《說文》：「踞几也。象形。《周禮》五几：玉几、雕几、彤几、鬃几、素几。凡几之屬皆从几。」

「岐」字《說文》：「岐山也。或曰弱水之所出。从山，几聲。」推本《說文》原屬「山部」，此處从「几」聲。

丸　丸，胡官切。圜傾側而轉者。从反仄。紈、骩等字从此。

世豪謹案：「紈」字《說文》：「紈素也。从糸，丸聲。」推本《說文》原屬「糸部」，此處从「丸」聲。

「骩」字《說文》：「骩骨耑骩奧也。从骨，丸聲。」推本《說文》原屬「骨部」，此處从「丸」聲。

丩　丩，居求切。相糾繚也。象形。句字从此。

世豪謹案：「句」字《說文》：「句曲也。从口，丩聲。凡句之屬皆从句。」推本《說文》原爲「句部」，此處从「丩」聲。

勺　勺，之若切。挹取也。象形，中有實。釣、約等字从此。

世豪謹案：「釣」字《說文》：「釣鉤魚也。从金，勺聲。」推本《說文》原屬「金部」，此處从「勺」聲。

「約」字《說文》：「約纏束也。从糸，勺聲。」推本《說文》原屬「糸部」，此處从「勺」聲。

刅　刅，楚良切。傷也。从刀从一。梁、刱等字从此。

世豪謹案：「梁」字《說文》：「梁水橋也。从木从水，刅聲。」推本《說文》原屬「木部」，此處从「刅」聲。

「刱」字《說文》：「刱造法刱業也。从井，刅聲。讀若創。」推本《說文》原屬「井部」，此處从「刅」聲。

丣　註見上。畱、桺等字从此。

世豪謹案：「丣」字乃古文「酉」字，同見於第39「丣字類」，《說文》：「丣就也。八月黍成，可爲酎酒。象古文酉之形。凡酉之屬皆从酉。」

「畱」字《說文》：「畱止也。从田，丣聲。」推本《說文》原屬「田部」，此處從「丣」聲。

「桺」字《說文》：「桺小楊也。从木，丣聲。丣，古文酉。」推本《說文》原屬「木部」，此處從「丣」聲。

久　久，舉友切。从後灸之。象人兩脛後有距也。羑、灸等字从此。

世豪謹案：「羑」字《說文》：「羑進善也。从羊，久聲。文王拘羑里，在湯陰。」推本《說文》原屬「羊部」，此處從「久」聲。

「灸」字《說文》：「灸灼也。从火，久聲。」推本《說文》原屬「火部」，此處從「久」聲。

＄　注見上。布字从此。

世豪謹案：「＄」字乃「父」字，同見於第7「上兩點類」，《說文》：「＄矩也。家長率教者。从又舉杖。」「布」字《說文》：「布枲織也。从巾，父聲。」推本《說文》原屬「巾部」，此處從「父」聲。

文　文，無分切。錯畫也。象交文。斖、虔等字从此。

世豪謹案：「虔」字《說文》：「虔虎行皃。从虍，文聲。讀若矜。」推本《說文》原屬「虍部」，此處從「文」聲。

堇　堇，巨巾切。黏土也。从黃省。从土。鶤字从此。

世豪謹案：「鶤」字《說文》：「鶤鳥也。从鳥，堇聲。雛鶤或从隹。雞古文鶤。雞古文鶤。雞古文鶤。」推本《說文》原屬「鳥部」，此處從「堇」聲。

夾　夾，古洽切。持也。从大俠二人。挾、狹等字从此。

世豪謹案：「挾」字《說文》：「挾俾持也。从手，夾聲。」推本《說文》原屬「手部」，此處從「夾」聲。

「狹」字《說文》無此字，《玉篇》以爲同「狎」字，曰：「今爲闊狹。」

〔註347〕《廣韻》則於「狹」字下置「陝」、「陿」二字，曰：「並上同。」「陝」字《說文》：「隘也。从𨸏，夾聲。」「陝」、「陝」二字皆屬《說文》「𨸏部」，楷體易混淆，《隸辨》曰：「攷《說文》陝縣之陝从兩入；狹隘之隘〔註348〕从兩人，變隸不分，以陝爲陝，別作狹以代陝，而專用陝爲陝縣字。」〔註349〕可知「狹」乃從兩人之「陝」的後起字，故此處推本《說文》从「夾」聲。

夾　夾，失冉切。盜竊懷物也。从有所持。宏農陝字从此。

世豪謹案：「陝」字《說文》：「陝弘農陝也。古虢國，王季之子所封也。从𨸏，夾聲。」推本《說文》原屬「𨸏部」，此處从「夾」聲。

朿　朿，卽里切。止也。从市盛而一橫止之也。秭、肺等字从此。

世豪謹案：「朿」又作「𣕚」。「秭」字《說文》：「秭五稯爲秭。从禾，𣕚聲。一曰：『數億至萬曰秭。』」推本《說文》原屬「禾部」，此處从「𣕚」聲。

臾　臾，求位切。古文蕢。貴、𧊧等字从此。

世豪謹案：「貴」字《說文》：「貴物不賤也。从貝，臾聲。臾，古文蕢。」推本《說文》原屬「貝部」，此處从「臾」聲。

囗　囗，雨歸切。回也。象回帀之形。員、肙、舍、足等字从此。

世豪謹案：「員」字《說文》：「員物數也。从貝，囗聲。凡員之屬皆从員。」推本《說文》原爲「員部」，此處从「囗」聲。

「肙」字《說文》：「肙小蟲也。从肉，囗聲。一曰：『空也。』」推本《說文》原屬「肉部」，此處从「囗」聲。

𠙴　厶，去魚切。厶，盧飯器也，以柳爲之。象形。去字从此。

世豪謹案：「𠙴」作「厶」又作「凵」。「去」字《說文》：「去人相違也。从大，凵聲。凡去之屬皆从去。」推本《說文》原爲「去部」，此處从「凵」聲。

乙　厶，古宏切。古文厷。御名字从此。強字从虫，御名聲。徐鍇

〔註347〕〔宋〕陳彭年等：《大廣益會玉篇》，頁335。

〔註348〕此處應爲陝隘之陝。

〔註349〕〔清〕顧藹吉：《隸辨》，頁778～779。

曰：「御名非聲。秦刻石从口，疑从籀文省。又雖字从虫，唯聲，卽是从口。」

世豪謹案：此處御名乃避清高宗乾隆之名諱，改「弘」作「御名」，「弘」字《說文》：「🈚弓聲也。从弓，厶聲。厶，古文肱字。」推本《說文》原屬「弓部」，此處从「厶」聲。

🈚　乚，居月切。鉤識也。从反亅。戉字从此。

世豪謹案：「戉」字《說文》：「🈚斧也。从戈，乚聲。《司馬法》曰：『夏執玄戉，殷執白戚，周左杖黃戉，右秉白髦。』凡戉之屬皆从戉。」推本《說文》原爲「戉部」，此處从「乚」聲。

🈚　㠯，羊止切。用也。从反巳。台、允等字从此。

世豪謹案：「㠯」《說文》：「🈚用也。从反巳。賈侍中說：『巳，意巳實也。象形。』

「台」字《說文》：「🈚說也。从口，㠯聲。」推本《說文》原屬「口部」，此處从「㠯」聲。

「允」字《說文》：「🈚信也。从儿，㠯聲。」推本《說文》原屬「儿部」，此處从「㠯」聲。

「巳字類」以「㠯」篆繫屬「弁」、「㭒」等字，曰：「㠯　注見上。弁、㭒等字从此。」「弁」字《說文》楷定作「异」：「🈚舉也。从廾，㠯聲。《虞書》曰：『岳曰：异哉！』」推本《說文》原屬「廾部」，此處从「㠯」聲。

「㭒」字《說文》：「🈚㭒酉也。从木，㠯聲。一曰：『徙土輂，齊人語也。』🈚或从里。」推本《說文》原屬「木部」，此處从「㠯」聲。

🈚　疋，所菹切。足也，上象腓腸，下从止。胥、楚等字从此。

世豪謹案：「胥」字《說文》：「🈚蟹醢也。从肉，疋聲。」推本《說文》原屬「肉部」，此處从「疋」聲。

「楚」字《說文》：「🈚叢木。一名荊也。从林，疋聲。」推本《說文》原屬「林部」，此處从「疋」聲。

🈚　品，披飲切。衆庶也。从三口。臨、喿等字从此。

世豪謹案：「臨」字《說文》：「🈚監臨也。从臥，品聲。」推本《說文》

原屬「臥部」，此處从「品」聲。

　　白，儉陌切。西方之色也。陰用事物色白。从二从入合二。二，
　　　　陰數也。皐、帛等字从此。

　　世豪謹案：「帛」字《說文》：「帛繪也。从巾，白聲。凡帛之屬皆从帛。」
推本《說文》原爲「帛部」，此處从「白」聲。

　　囟，思進切。頭會匘蓋也。象形。思、細等字从此。

　　世豪謹案：「思」字《說文》：「思容也。从心，囟聲。凡思之屬皆从思。」
推本《說文》原爲「思部」，此處从「囟」聲。

　　「細」字《說文》：「細微也。从糸，囟聲。」推本《說文》原屬「糸部」，
此處从「囟」聲。

　　由，分勿切。鬼頭也。象形。徐鉉曰：面髮髯之兒。禺、畢、
　　　　畏等字从此。

　　世豪謹案：「畢」字《說文》：「畢田罔也。从華。象畢形。微也。或曰：
『由聲。』」推本《說文》原屬「華部」，此處从「由」聲。

　　囱　注見上。曾、會等字从此。

　　世豪謹案：「囱」篆同見於第69「上田字類」爲「囪」之古文，《說文》：
「囪在牆曰牖，在屋曰囱。象形。凡囪之屬皆从囪。」

　　「曾」字《說文》：「曾詞之舒也。从八从曰，囱聲。」推本《說文》原
屬「八部」，此處从「囱」聲。

　　柬，古限切。分別之也。从束从八。闌、涷等字从此。

　　世豪謹案：「涷」字《說文》：「涷水。出發鳩山，入於河。从水，東聲。」
推本《說文》原屬「水部」，此處从「東」聲。

　　凷，苦對切。墣也。从土从凵。屈字从此。

　　世豪謹案：「屈」字《說文》：「屈行不便也。一曰：『極也。』从尸，凷
聲。」推本《說文》原屬「尸部」，此處从「凷」聲。

　　屮　闕。《說文》「屮」，艸木更生條。徐鉉曰：「後人通用。」粤、
　　　　胃等字从此。

世豪謹案：「胄」字《說文》：「胄胤也。从肉，由聲。」推本《說文》原屬「肉部」，此處从「由」聲。

束　注見上。重、量等字从此。

世豪謹案：「束」篆同見於第 70「中田字類」，《說文》：「束動也。从木。官溥說：『从日在木中。』凡東之屬皆从東。」

「重」字《說文》：「重厚也。从壬，東聲。凡重之屬皆从重。」推本《說文》原爲「重部」，此處从「東」聲。

艮　艮，古恨切。狠也。从匕目，匕目猶目不相下也。根、限等字从此。

世豪謹案：「根」字《說文》：「根木株也。从木，艮聲。」推本《說文》原屬「木部」，此處从「艮」聲。

「限」字《說文》：「限阻也。一曰門榍。从𨸏，艮聲。」推本《說文》原屬「𨸏部」，此處从「艮」聲。

皀　注見上。鄉、食等字从此。

世豪謹案：「皀」篆同見於第 64「白字類」，《說文》：「皀穀之馨香也。象嘉穀在裹中之形。匕，所以扱之。或說皀，一粒也。凡皀之屬皆从皀。又讀若香。」

「鄉」字大徐《說文》楷字作「鄉」：「鄉國離邑，民所封鄉也。嗇夫別治。封圻之內六鄉，六鄉治之。从𨜮，皀聲。」推本《說文》原屬「𨜮部」，此處从「皀」聲。

𣎴　注見上。郎、眼等字从此。

世豪謹案：「𣎴」篆同見於第 1「上一點類」，《說文》：「𣎴善也。从富省，亡聲。」

「郎」字《說文》：「郎魯亭也。从邑，良聲。」推本《說文》原屬「邑部」，此處从「良」聲。

「眼」字《說文》：「眼目病也。从目，良聲。」推本《說文》原屬「目部」，此處从「良」聲。

亡　亡，武方切。逃也。从入从乚。良、喪等字从此。

世豪謹案：「亾」又作「亡」。「良」字《說文》：「良善也。從富省，亡聲。」推本《說文》原屬「富部」，此處從「亡」聲。

巳，祥里切。巳也。四月陽气巳出陰气巳藏萬物，見成文章，故巳爲它象形。皍、圯、起、祀等字從此。

世豪謹案：「皍」字《說文》：「皍廣巸也。從臣，巳聲。」推本《說文》原屬「巸部」，此處從「巳」聲。

「圯」字《說文》：「圯東楚謂橋爲圯。從土，巳聲。」推本《說文》原屬「土部」，此處從「巳」聲。

「起」字《說文》：「起能立也。從走，巳聲。」推本《說文》原屬「走部」，此處從「巳」聲。

「祀」字《說文》：「祀祭無已也。從示，巳聲。」推本《說文》原屬「示部」，此處從「巳」聲。

己，有擬切。中宮也。象萬物辟藏詘形也。妃、圮、記、㠱等字從此。

世豪謹案：「妃」字《說文》：「妃匹也。從女，己聲。」推本《說文》原屬「女部」，此處從「己」聲。

「圮」字《說文》：「圮毀也。《虞書》曰：『方命圮族。』從土，己聲。」推本《說文》原屬「土部」，此處從「己」聲。

「記」字《說文》：「記疏也。從言，己聲。」推本《說文》原屬「言部」，此處從「己」聲。

自，都回切。小自也。象形。歸、官等字從此。

世豪謹案：「歸」字《說文》：「歸女嫁也。從止。從婦省，自聲。」推本《說文》原屬「止部」，此處從「自」聲。

臣，植鄰切。牽也。事君也。象屈服之形。臤、宦等字從此。

世豪謹案：「臤」字《說文》：「臤堅也。從又，臣聲。凡臤之屬皆從臤。讀若鏗鏘之鏗。古文以爲賢字。」推本《說文》原屬「臤部」，此處從「臣」聲。

臣，與之切。顊也。象形。皍、宦等字從此。

世豪謹案：「臣」又作「叵」。「宦」字《說文》：「㝕養也。室之東北隅，食所居。从宀，叵聲。」推本《說文》原屬「宀部」，此處从「叵」聲。

牵　牵，它達切。小羊也。从羊，大聲。讀若撻。達字从此。

世豪謹案：「達」字《說文》：「達行不相遇也。从辵，牵聲。《詩》曰：『挑兮達兮。』𨑶達或从大，或曰迭。」推本《說文》原屬「辵部」，此處从「牵」聲。

斄　斄，許其切。坏也。从攴从厂，厂之性坏，果熟有味亦坏，故謂之斄未聲。釐、斄等字从此。斄，莫交切。

世豪謹案：「釐」字《說文》：「釐家福也。从里，斄聲。」推本《說文》原屬「里部」，此處从「斄」聲。

猌　猌，魚僅切。犬張齗怒銀。从犬，來聲。憖字从此。

世豪謹案：「憖」字《說文》：「憖問也。謹敬也。从心，猌聲。一曰：『誽也。』一曰：『甘也。』《春秋傳》曰：『昊天不憖。』又曰：『兩君之士皆未憖。』」推本《說文》原屬「心部」，此處从「猌」聲。

雐　雐，荒乎切。鳥也。从隹，虍聲。虧字从此。

世豪謹案：「虧」字《說文》：「虧气損也。从亏，雐聲。」推本《說文》原屬「亏部」，此處从「雐」聲。

虘　虘，昨何切。虎不柔不信也。从虍，且聲。覰字从此。

世豪謹案：「覰」字《說文》：「覰拘覰，未致密也。从見，虘聲。」推本《說文》原屬「見部」，此處从「虘」聲。

豦　豦，許羈切。古陶器。从豆，虍聲。戲字从此。

世豪謹案：「戲」字《說文》：「戲三軍之偏也。一曰：『兵也。』从戈，豦聲。」推本《說文》原屬「戈部」，此處从「豦」聲。

膚　膚，落乎切。垂也。从甾，虍聲。讀若盧同。盧字从此。

世豪謹案：「盧」字《說文》：「盧飯器也。从皿，膚聲。」推本《說文》原屬「皿部」，此處从「膚」聲。

㑭 㑭，子林切。㑭㑭銳意也。从二兂。朁字从此。

世豪謹案：「㑭」字《說文》：「㑭㑭朁朁，銳意也。从二兂。」「朁」字《說文》：「朁曾也。从曰，㑭聲。《詩》曰：『朁不畏明。』」推本《說文》原屬「曰部」，此處从「㑭」聲。

戉 戉，王伐切。斧也。从戈，乚聲。乚，从反丿。越、戚等字从此。

世豪謹案：「越」字《說文》：「越度也。从走，戉聲。」推本《說文》原屬「走部」，此處从「戉」聲。

舟 注見上。俞、朝、朕、服等字从此。

世豪謹案：「朝」字《說文》楷定作「翰」：「翰旦也。从倝，舟聲。」推本《說文》原屬「倝部」，此處从「舟」聲。

屮 注見上。蚩字从此。

世豪謹案：「屮」字《說文》：「艸木初生也。象丨出形，有枝莖也。古文或以爲艸字。讀若徹。凡屮之屬皆从屮。尹彤說。」

「蚩」字《說文》：「蚩蟲曳行也。从虫，屮聲。讀若騁。」推本《說文》从「屮」聲。

（五）从篆文聲符之省

𠫓 𠫓，他骨切。不順忽出也。从倒子。充、育等字从此。

世豪謹案：「充」字《說文》：「充長也。高也。从儿育省聲。」推本《說文》原屬「𠫓部」，此處从「育」省聲。

辛 辛，去虔切。辠也。从干二，二，古文上。妾、章、龍、童、音等字从此。

世豪謹案：「龍」字《說文》：「龍鱗蟲之長，能幽能明；能細能巨；能短能長。春分而登天；秋分而潛淵。从肉飛之形，童省聲。」推本《說文》从「童」省聲，而「童」乃取「辛」之形，故可推本於「辛」。

彥 彥，魚變切。美士，有文人所言也。从彣，厂聲。產字从此省。

世豪謹案：「產」字《說文》：「產生也。从生，彥省聲。」推本《說文》

原屬「生部」，此處从「彥」省聲。

寒，胡安切。凍也。从人在宀下，艸薦覆之下有冰。騫、寒等字从此省。

世豪謹案：「騫」字《說文》：「馬腹縶也。从馬，寒省聲。」推本《說文》原屬「馬部」，此處从「寒」省聲。

「蹇」字《說文》：「跛也。从足，寒省聲。」推本《說文》原屬「足部」，此處从「寒」省聲。

亦，羊益切。人之臂亦也。从大象兩亦之形。夜字从此。

世豪謹案：「夜」字《說文》：「舍也。天下休舍也。从夕，亦省聲。」推本《說文》原屬「夕部」，此處从「亦」省聲。

耑，多官切。物初生之題，上象生形。段、豈等字从此省。

世豪謹案：「段」字《說文》：「椎物也。从殳，耑省聲。」推本《說文》原屬「殳部」，此處从「耑」省聲。

由上述之分析，可以了解到，在《字通》的推源系統中，以篆文字頭作為楷字構形之義符或聲符來源，有从篆文義符、从篆文聲符兩大類。从其義符者，可以推考篆文字頭與繫屬楷字的形義關係；从其聲符者，可以推究篆文字頭與繫屬楷字之形體關係，故可說从其形者，俱有其義；从其聲者，皆有其形。

（六）輾轉从聲符之源

羊，乖買切。羊角也。象形。羌、羞、養、善、苟等字从此。

世豪謹案：「養」字《說文》：「供養也。从食，羊聲。」推本《說文》从「羊」聲，「羊」形原本於「羊」，故輾轉推源於「羊」。

火，呼果切。燬也，南方之行，炎而上。象形。俖字从此。

世豪謹案：「俖」字《說文》楷定作「伕」：「送也。从人，芥聲。呂不韋曰：『有伕氏以伊尹俖女。』古文以為訓字。」此處繫屬於「火」篆下，考其結構「从人，芥聲」，應與聲符「芥」有關，「芥」字徐鉉曰：「芥不成字，

當从朕省。案勝字从朕聲，疑古者朕音俟，以證切。」〔註350〕此字不見於《說文》，但考《玉篇》於「火部」有此字，曰「火種也。」〔註351〕後世《五音類據四聲篇海》、《字彙》皆從《玉篇》之說，收此字於「火部」，但是在《正字通》則認爲是「燹」字的異體，其曰：「同夋，《管子・弟子職》註折即作折烲今作羕。《韻會》小補朕註引《管子》誤作烲又引《玉篇》云羕，士卷切，火種也。按羕非火種，蓋燭餘也。舊註音饌，訓火種非，篆作烲。」〔註352〕茲不論其字義，但之「羕」字應屬「火部」，故此處《字通》推本「俟」从聲符「羕」之源而將「俟」字繫屬於「火」篆下。

　　川　注見上。夋、詹、卨、屑等字从此。

　　世豪謹案：「屑」《說文》楷定爲「屑」中作兩點形，《說文》：「屑動作切切也。从尸，肖聲。」此處從屬於「川」篆之下，但考其形體來源，似與「八」無涉，分析其結構，應从「肖」聲而來，「肖」字《說文》：「振也。从肉，八聲。」所以「屑」字先推本於「肖」聲，再由「肖」之結構輾轉推源从「八」聲。

　　八　儿，如鄰切。仁人也。古文奇字人。象形。夔、夋、夏、夒等
　　　　字从此。

　　世豪謹案：「夔」字《說文》：「斂足也。鵲鵙醜其飛也。夔。从夊，兇聲。」分析聲符「兇」，《說文》：「擾恐也。从人在凶下。《春秋傳》曰：『曹人兇懼。』」知「兇」从「人」，故推本「夔」字从聲符「兇」之源而繫屬於「八」篆之下。

　　「夋」字《說文》：「行夋夋也。一曰：『倨也。』从夊，允聲。」分析聲符「允」，《說文》：「信也。从儿，已聲。」原即屬「儿部」。从「儿」，故推本「夋」字从聲符「允」之源而繫屬於「八」篆之下。

　　川　注見上。游从㫃，汓聲，古文作遊，汓从水从子，似由切。

　　世豪謹案：「水」字《說文》：「準也。北方之行。象眾水並流，中有微

〔註350〕〔漢〕許慎撰、〔宋〕徐鉉校訂：《說文解字》，頁209。

〔註351〕〔宋〕陳彭年等：《大廣益會玉篇》，頁305。

〔註352〕〔明〕張自烈：《正字通》，頁4。

陽之气也。凡水之屬皆从水。」所從之「游」字《說文》：「▨旌旗之流也。
从㫃，汓聲。▨古文游。」《字通》此處辨析「游」之聲符「汓」从水从子，
考「汓」字《說文》：「浮行水上也。从水从子。古或以汓爲沒。▨汓或从囚
聲。」原即屬「水部」，故推本「游」从聲符「汓」之源而繫屬於「▨」篆之
下。

　　▨　絲，息茲切。蠶所吐也。从二糸。顯、隰等字从此。

　　世豪謹案：「顯」字《說文》：「▨頭明飾也。从頁，㬎聲。」徐鉉曰：「㬎，
古以爲顯字，故从㬎聲。」考「㬎」字《說文》：「▨眾微杪也。从日中視絲。
古文以爲顯字。或曰眾口皃。讀若唫唫。或以爲繭；繭者，絮中往往有小繭
也。」知「从日中視絲」且或以爲繭，與絲形義相近，於此《字通》推本「顯」
从聲符「㬎」，而視「絲」爲「㬎」之源，故繫屬於「▨」篆之下。

　　「隰」字《說文》：「▨阪下溼也。从𨸏，㬎聲。」此處之推考如上，乃从
聲符「㬎」，輾轉推求其源从「絲」。

　　▨　刀，都勞切。兵也。象形。賴、絀、胊等字从此。

　　世豪謹案：「賴」字《說文》：「▨贏也。从貝，剌聲。」分析聲符「剌」，
《說文》：「戾也。从束从刀。刀者，剌之也。」知其从「刀」，故輾轉推源於
「刀」篆之下。

　　▨　亼，秦入切。三合也。余、今等字从此。徐鉉曰：疑只象形。

　　世豪謹案：「余」字《說文》：「▨語之舒也。从八，舍省聲。」考「余」
字所从，此處應析分「舍省聲」，「舍」字《說文》：「▨市居曰舍。从亼、屮。
象屋也。口象築也。」知推本从「亼」，故繫屬於「亼」篆之下。

　　▨　注見上。參字从此。

　　世豪謹案：「彡」字《說文》：「▨毛飾畫文也。象形。凡彡之屬皆从彡。」
所屬之「參」字《說文》楷定作「曑」：「商星也。从晶，㐱聲。」考「參」字
所从應析分其聲符「㐱」，「㐱」字《說文》有二篆，其一爲「▨」，《說文》：
「▨新生羽而飛也。从几从彡。」，其二爲「▨」，《說文》：「▨稠髮也。从彡
从人。《詩》曰：『㐱髮如雲。』」察「參」字篆作「▨」，其形應爲新生羽而
飛之「㐱」，此「㐱」从「彡」，故知「參」字輾轉推源於「彡」。

　　尣 尣，力竹切。菌尣也。从屮，六聲。睦、竈等字从此。

　　世豪謹案：「睦」字爲「睦」之古文，《說文》：「睦目順也。从目，坴聲。一曰：『敬和也。』睦古文睦。」推本《說文》應从「坴」聲而來，「坴」《說文》：「坴土塊坴坴也。从土，尣聲。讀若逐。一曰：『坴梁。』」於此可知「睦」繫屬於「尣」篆之下，乃輾轉推本从「尣」。

　　筆者考之《六書故》認爲「囧」乃「日」之譌形，非从「囧」，〔註353〕而《六書本義》則曰：「睦。从�省，尣聲，俗作宿非。」〔註354〕段玉裁曰：「按此从古文目，尣聲也。各本作，則从囧非字意也。」則據此之說，「睦」字結構从「目」或从「囧」尚有異說，而从「尣」則無別，故《字通》將「睦」字推源於「尣」篆，較能避免另一偏旁之形源不確定之問題。

　　毆 毆，尼宏切。亂也。从爻工巳卩。襄、囊等字从此。

　　世豪謹案：「囊」字《說文》：「囊橐也。从橐省，襄省聲。」析其結構「从橐省，襄省聲」中之「襄」，《說文》：「襄漢令：解衣耕謂之襄。从衣，毆聲。」可知此處推本「囊」字「襄省聲」之「襄」乃从「毆」聲，故繫屬於「毆」篆之下。

　　宀 注見上。崇、尚等字从此。

　　世豪謹案：「宀」字《說文》：「宀交覆深屋也。象形。凡宀之屬皆从宀。」所繫屬之「崇」字《說文》：「崇嵬高也。从山，宗聲。」析分其聲符「宗」，《說文》：「宗尊祖廟也。从宀从示。」可知从「宀」，故此處將「崇」字輾轉推源於「宀」。

　　「尚」字《說文》：「尚曾也。庶幾也。从八，向聲。」析分其聲符「向」，《說文》：「向北出牖也。从宀从口。《詩》曰：『塞向墐戶。』」知其从「宀」，故此處將「尚」字輾轉推源於「宀」。

　　勹 注見上。晉、擧、夢等字从此。

〔註353〕〔元〕戴侗：《六書故》，《中華漢語工具書書庫》（合肥：安徽教育出版社，2002年），頁20。

〔註354〕〔明〕趙撝謙：《六書本義》，《文津閣四庫全書》（北京：商務印書館，2005年），頁158。

世豪謹案：「翬」字《說文》：「🐦大飛也。从羽，軍聲。一曰：『伊、雒而南，雉五采皆備曰翬。』《詩》曰：『如翬斯飛。』」析分其聲符「軍」，《說文》：「🚗圜圍也。四千人爲軍。从車。从包省。軍，兵車也。」知从「包」省，則「包」形源於「勹」，故此處輾轉推本从「勹」。

「夢」字《說文》：「🌿不明也。从夕，瞢省聲。」析分其結構「从夕，瞢省聲」可知「瞢」《說文》：「🌿目不明也。从苜从旬。旬，目數搖也。」其中「旬」字，《說文》：「🔵目搖也。从目，勻省聲。🔵旬或从旬。」从「勻」省聲，或从「旬」乃从「勹」而來，可知《字通》將「瞢」推源於「勹」，而將「夢」也輾轉推本从「勹」。

🔵 九，注見上。染、尣等字从此。

世豪謹案：「染」字《說文》：「🌊以繒染爲色。从水，杂聲。」徐鍇曰：「《說文》無『杂』字，裴光遠云：『从木，木者所以染，栀茜之屬也；从九，九者染之數也。』未知其審。」可知《說文》雖無「杂」字，但考徐鍇引裴光遠之說，可以知「染」字推求聲符「杂」形源於「九」，故此處輾轉推本从「九」。

🔵 肉，如六切。胾肉。象形。將、祭等字从此。

世豪謹案：「將」字《說文》：「🔵帥也。从寸，酱省聲。」析分「酱」字《說文》楷定作「醬」：「🔵鹽也。从肉从酉，酒以和醬也，爿聲。」知从「肉」，故此處輾轉推源於「肉」。

🔵 屮，臧可切。屮手也。象形。卑、陸等字从此。

世豪謹案：「陸」字《說文》：「🔵敗城皀曰陸。从皀，圥聲。」徐鉉注曰：「《說文》無圥字，蓋二屮也，眾力屮之，故从二屮。」[註355]析分其聲符「圥」从二「屮」，「屮」字形源於「屮」，故此處輾轉推本从「屮」。

🔵 冃，莫報切。小兒蠻夷頭衣也。从冂，二其飾。曼、最、冒、勖等字从此。

世豪謹案：「曼」字《說文》：「🔵引也。从又，冒聲。」析分其聲符「冒」，

〔註355〕〔漢〕許慎撰、〔宋〕徐鉉校訂：《說文解字》，頁305。

《說文》：「⿰冃目冢而前也。从冃从目。」知从「冃」，故此處輾轉推源於「冃」。

⿲ 皿，美丙切。飲食之用器也。象形。寧、覽等字从此。

世豪謹案：「寧」字《說文》：「⿱宀心願詞也。从丂，寍聲。」析分其聲符「寍」字《說文》：「⿱宀皿安也。从宀，心在皿上。人之飲食器，所以安人。」知其从「皿」，故輾轉推源於「皿」。

「覽」字《說文》：「⿱監見觀也。从見、監，監亦聲。」析分其聲符「監」字《說文》：「⿱臥皿臨下也。从臥，䘓省聲。」得「䘓省聲」，考「䘓」字《說文》：「⿰血召羊凝血也。从血，召聲。」知其从「血」，「血」字《說文》：「⿱皿血祭所薦牲血也。从皿，一象血形。凡血之屬皆从血。」故輾轉推源於「皿」。

用 注見上。尃、勇等字从此。

世豪謹案：「用」字《說文》：「用可施行也。从卜从中。衞宏說。凡用之屬皆从用。」所繫屬之「尃」字《說文》：「⿰甫寸布也。从寸，甫聲。」析分其聲符「甫」，《說文》：「甫男子美稱也。从用、父，父亦聲。」从「用」，故輾轉推源於「用」。

「勇」字《說文》：「⿰甬力气也。从力，甬聲。」析分其聲符「甬」，《說文》：「甬艸木華甬甬然也。从㔾，用聲。」从「用」聲，故輾轉推源於「用」。

（七）從古文之體

⿱亼中 古文終，職戎切。牢字从此。取其四周帀也。

世豪謹案：古文終字所繫屬之「牢」字《說文》：「⿱冬牛閑養牛馬圈也。从牛冬省，取其四周帀也。」推本《說文》從「冬」省，但是所取之形爲冬之省形，其篆文字頭爲古文終，疑不符合云「从此」的從屬楷字應能推本篆文字頭之要求，故覆考「冬」字《說文》：「四時盡也。从仌从夂，夂，古文終字。」乃知「牢」字从「冬」省，冬省「仌」作「夂」，「夂」《說文》曰：「古文終字」，「終」字古文作「夂」，可證「牢」字推本《說文》從古文終作「夂」之體。

㷛 古文光，古黃切。黃字从此。

世豪謹案：「㷛」爲「光」之古文，《說文》：「⿱火儿明也。从火在人上，光明

意也。🔣古文。🔣古文。」以此作爲「黃」之形源，乃由於「黃」字《說文》：
「🔣地之色也。从田从𡆥，𡆥亦聲。𡆥，古文光。凡黃之屬皆从黃。🔣古文
黃。」「黃」字篆文作「🔣」，但依其結構則具「𡆥」形，見其古文「🔣」下
確從古文𡆥形，故《字通》將黃繫屬於古文𡆥下，乃推源从古文光作「𡆥」
之體。

🔣 充，與𠫓同。疏、流等字从此。

世豪謹案：「充」字見上第1「上一點類」爲「𠫓」或體，《說文》：「🔣不
順忽出也。从到子。《易》曰：『突如其來如。』不孝子突出，不容於內也。
凡𠫓之屬皆从𠫓。🔣或从到古文子，即《易》突字。」「子」字之古文作「🔣」，
反倒則成「🔣」之形。《字通》以「𠫓」之古文「充」作爲「疏」、「流」等
字推本之形源。

「疏」字《說文》：「🔣通也。从充从疋，疋亦聲。」推本《說文》本屬
「𠫓部」。从「𠫓」古文「充」之體。

《說文》以「🔣」爲字頭，篆文作「流」，《說文》：「🔣水行也。从𣱲充。
充，突忽也。🔣篆文从水。」段玉裁注曰：「充之本義謂不順忽出也。引申爲
突忽，故流从之。」〔註356〕此處从「充」之體。

🔣 古文及，其立切。今、凡等字从此。

世豪謹案：「🔣」篆爲古文「及」字《說文》：「🔣逮也。从又从人。🔣古
文及，秦刻石及如此。🔣亦古文及。🔣亦古文及。」所繫屬之「今」字《說
文》：「🔣是時也。从亼从𠃌。𠃌，古文及。」此處推本「今」字从古文及作
「🔣」之體。

「凡」字《說文》：「🔣最括也。从二，二，偶也。从𠂆，𠂆，古文及。」
此處推本「凡」字从古文及作「🔣」之體。

🔣 古文下。兩字从此。

世豪謹案：「兩」字《說文》：「🔣登也。从門、一。一，古文下字。讀若
軍𨺅之𨺅。」推本《說文》本屬「門部」，此處从古文下作「一」之體。

〔註356〕〔清〕段玉裁：《說文解字注》，頁573。

　　【米】　古文旅，力舉切。者字从此。

　　世豪謹案：「米」字《說文》：「米軍之五百人爲旅。从放从从。从从，俱也。㫃古文旅，古文以爲魯衛之魯。」所繫屬之「者」字《說文》：「𧰼別事詞也。从白，米聲。米，古文旅字。」推本《說文》乃从古文旅作「米」之體。

　　【殸】　注見上。聲、磬等字从此。

　　世豪謹案：「磬」字《說文》：「磬樂石也。从石、殸。象縣虡之形。殳，擊之也。古者母句氏作磬。磬籀文省。磬古文从巠。」考《說文》中从「殸」者，有「漀」：「从水，殸聲」、「聲」：「从耳，殸聲」、「轚」：「从車，殸聲。」、「謦」：「从言，殸聲」、「罄」：「从缶，殸聲」、「馨」：「从香，殸聲」皆从「殸」聲。此處乃將「磬」推本从其籀文「磬」之體。

　　【兒】　注見上。冬字从此。

　　世豪謹案：「兒」字乃古文終字，《說文》：「終絿絲也。从糸，冬聲。」所繫屬之「冬」字《說文》：「𡖂四時盡也。从仌从夊。夊，古文終字。」推本《說文》乃从古文終作「兒」之體。

　　【囧】　注見上。曾、會等字从此。

　　世豪謹案：「囧」字爲「囱」之古文，《說文》：「囱在牆曰牖，在屋曰囱。象形。凡囱之屬皆从囱。」所繫屬之「曾」字《說文》：「曾詞之舒也。从八从曰，囧聲。」从「囧」聲，故推本从古文囱作「囧」之體。

（八）輾轉从古文之體

　　【弋】　弋，與職切。㡬也。象折木衺銳箸形。从丿象物挂之也。戈、弌等字从此。

　　世豪謹案：「弋」字爲《說文》「一」之古文作「弌」，與「弋」、「弍」形體相近，楷體作「弋」，故推本古體从「弋」。

　　【火】　注見上。熙、然、庶、黑等字从此。魚、燕等字亦如此作。象其尾也。

　　世豪謹案：「庶」字《說文》：「庶屋下眾也。从广炗，炗，古文光字。」分析所从之「炗」，乃「光」之古文，《說文》：「炗明也。从火在人上，光明

意也。灮古文。炗古文。」原即屬「火部」，故此處推本「庶」从古文「光」之體，並推求「炗」之形源於「火」，而繫屬於「火」篆之下。

囘　回，户恢切。宣、垣等字从此。

世豪謹案：「囘」乃回字古文，《說文》：「回轉也。从口，中象回轉形。囘古文。」所繫屬之「宣」字《說文》：「宣天子宣室也。从宀，亘聲。」「亘」今楷定作「亘」，《說文》：「亘求亘也。从二从囘。囘，古文回。象亘回形。上下，所求物也。」知「宣」推本《說文》乃輾轉从古文回作「囘」之體。

「垣」字《說文》：「垣牆也。从土，亘聲。」推本《說文》从「亘」聲，而輾轉源於古文回之體。

囪　注見上。曾、會等字从此。

世豪謹案：「囪」字爲「囪」之古文，《說文》：「囪在牆曰牖，在屋曰囪。象形。凡囪之屬皆从囪。」所繫屬之「會」字《說文》：「會合也。从亼。从曾省。曾，益也。凡會之屬皆从會。」析其結構从「曾」省，「曾」字《說文》：「曾从八从曰，囪聲。」从「囪」聲，故輾轉推本从古文囪作「囪」之體。

𠀆　古文叀，職沿切。廄字从此。

世豪謹案：「廄」字《說文》：「廄馬舍也。从广，𣪘聲。《周禮》曰：『馬有二百十四匹爲廄，廄有僕夫。』」析其聲符「𣪘」，《說文》：「𣪘揉屈也。从殳从皀。皀，古文叀字。廄字从此。」許慎云廄字从此，故此處輾轉推本从古文叀作「皀」之體。

坴　坴，力竹切。土塊坴坴也。从土，六聲。埶、褻等字从此。

世豪謹案：「熱」字《說文》：「熱溫也。从火，埶聲。」考《說文》有从「埶」者，如新附字「勢」：「勢从力，埶聲。經典通用埶」、「鏊」：「鏊从金，埶聲。」、「輊」：「輊从車，埶聲。」、「槷」：「槷从木，埶聲。」，但無「埶」字，此處《字通》推本从「埶」，輾轉推源於「坴」。

「褻」字《說文》：「褻私服。从衣，埶聲。《詩》曰：『是褻袢也。』」徐鉉曰：「从熱省，乃得聲。」此處徐鉉考曰从熱省，則《字通》輾轉推源於「坴」。

二、如此作者

　　《字通》云「如此作」者，則是每類所屬的楷字無法直接推本篆文字頭的義符或聲符結構，但是還原這些楷字的篆文構形，可知這些篆文皆有不成文的形符，如「牟」字上象其聲气從口出之貌，《說文》並未爲這些不成文的形符進行形體上的系聯，但是《字通》卻將這些不成文的形符析分出來，作爲楷字推源的依據之一。這種從篆文析分出不成文的形符的方式，有的獨自設立篆文字頭，有的則採與該篆文字頭具有形似之關係，可以歸納出共通的部件，並以這些共通的形似部件作爲楷字形體來源的推溯依據之一。

　　這種將篆文進一步析分出共通的形似部件的觀念與作法在傳統的文字學中並無他人有相似的見解，宋元明時代的文字學、六書學說，如鄭樵、戴侗等，尚只是在文字的形音義結構進行析分，對於篆文還是將其視作一個完整且具有形音義關係的結構，並未單獨拆解每個篆文之間相同或相近的部件，但是李從周首先將篆文中拆分出部件，這些部件在《說文》文字形義的結構中，只能是不成文的形符，不過就形體的比較上則是相近甚至是相同的，可以說當代二十世紀才逐漸發展出來的楷書字體部件觀念，於一千多年前的南宋時代，李從周已經於《字通》中的楷體與篆體的推源系統中以篆文部件作爲楷體部件的形體推溯的依據了。這可以視爲最早的分析部件實驗，也可以當作最原始的部件觀念，但是由於傳統文字學並未著墨於這個形體學上的觀點，直到現代學界也尚未完全認同漢字是否能析分出無形音義的部件，所以李從周的「如此作」一類，可以看作一個尚未有人探討的學術觀點，就其材料進行考證與討論。

　　這種以不成文形符和析分出共同部件的類形又可分作兩種，第一種是該篆文與篆文之間可析分出形似相類的部件，但意義上並無關聯；另一種則是該析分出來的不成文之形符部件，從《說文》的解釋中可以尋得意義相類的說解，故以下可分作「形似相類」與「意義相類」兩種，筆者茲歸納如下，並逐條研究述論之。

（一）形似相類

　　入，人汁切。內也。象从上俱下也。衣、文、交、高等字亦如此作。

　　世豪謹案：在「入」篆下，《字通》將「衣」、「文」、「交」、「高」等字，

歸屬「如此作」一類，從《字通》八十九類的楷體分類構形體系的畫分，此四字皆屬於「上一點類」的構形分類；從《說文》形體推源系統的溯源，「衣」字《說文》：「㐆依也。上曰衣，下曰裳。象覆二人之形。凡衣之屬皆从衣。」、「文」字《說文》：「文錯畫也。象交文。凡文之屬皆从文。」、「交」字《說文》：「交交脛也。从大。象交形。凡交之屬皆从交。」、「高」字《說文》：「高崇也。象臺觀高之形。从冂口，與倉、舍同意。凡高之屬皆从高。」並無形音義的結構關係。但是就「衣」、「文」、「交」、「高」的篆文來看，「衣」作「㐆」、「文」作「文」、「交」作「交」、「高」作「高」皆可析分出「亠」、「人」的篆文部件，此部件形近於「入」字之篆文「入」，所以《字通》在入字下注曰此四字「亦如此作」，其義云「衣」、「文」、「交」、「高」四字之篆文所析分出的「亠」、「人」亦如「入」之作，故推本於「入」篆之下。

　　卜　卜，博木切。剝龜也。象炙龜之形。卤字亦如此作，義異。

　　世豪謹案：「卤」字《說文》：「卤艸木實垂卤卤然。象形。凡卤之屬皆从卤。讀若調。㊢籀文三卤爲卤。」《字通》曰「亦如此作」者，乃該字無法推本形義，但是具形似部件者，「卤」字上作「卜」與「卜」形相近，故推本於「卜」篆之下。

　　二　二，而志切。地之數也。从偶。次、匀等字从此。於、太亦
　　　　　如此作。

　　世豪謹案：「於」字爲「烏」之古文省體，《說文》：「烏孝鳥也。象形。孔子曰：『烏，呼也。』取其助气，故以爲烏呼。凡烏之屬皆从烏。㊢古文烏。象形。㊢象古文烏省。」考其篆文，右下作「二」形，與二字之篆文「二」相近，故推本於「二」篆之下。

　　「太」字爲「泰」之古文，《說文》：「泰滑也。从廾从水，大聲。㊢古文泰。」考其篆文，下作「二」形，與二字之篆文「二」相近，故推本於「二」篆之下。

　　巛　巛，昌緣切。貫穿通流水也。深深巜水爲巛。邕、㐭等字从此。首、巤之字象髮謂之鬊，鬊卽巛也。

　　世豪謹案：「首」、「巤」二字，此處雖不云「如此作」，但筆者考其篆文，

知《字通》欲明从「巛」者應具流水爲川之義，如「邕」字，而篆文另有象「巛」者，則爲象髮之形，如「首」、「鬜」二字。

「首」字《說文》：「𩠐百同古文百也。巛象髮，謂之鬊，鬊卽巛也。凡𩠐之屬皆从𩠐。」考其篆文作「𩠐」，上三豎許慎解釋作象頭髮，謂之「鬊」，「鬊」字《說文》：「鬊髮也。从髟，春聲。」故《字通》析分篆文部件，可知象髮之「川」形近於流水之「巛」，義異而形近。

「鬜」字《說文》：「鬜毛鬜也。象髮在囟上及毛髮鬜鬜之形，此與籒文子字同。」考其篆文作「鬜」，又云與籒文子字同，籒文子字作「𡐫」，古文子字作「𡿺」，《說文》曰：「𡿺古文子从巛，象髮也。𡐫籒文子囟有髮，臂脛在几上也。」以上三篆皆可析分出象髮之「巛」，形近於流水之「巛」。

巛　闕。巢、离等字如此作。皆是象形。

世豪謹案：「巛」字《說文》沒有收錄，依《字通》析分篆文部件之觀念，推知此篆應從某些具此篆構形之字所析分而來，故此條下云「巢、离等字如此作」，則「巛」應可從「巢」、「离」二字之篆文中取形。

「巢」字《說文》：「巢鳥在木上曰巢，在穴曰窠。从木。象形。凡巢之屬皆从巢。」考其篆文作「巢」，上三豎象木上之鳥巢，形近於「巛」。

「离」字爲「离」字古文，《說文》：「离蟲也。从厹。象形。讀與偰同。离古文离。」考其古文之形則上也有三豎，與「巛」形近。故此處《字通》將「巢」、「离」推本於「巛」篆之下，其義應認爲「巛」具有與「巢」、「离」篆文上部形近之關係。

火　注見上。熙、然、庶、黑等字从此。魚、燕等字亦如此作。
　　象其尾也。

世豪謹案：「魚」字《說文》：「魚水蟲也。象形。魚尾與燕尾相似。凡魚之屬皆从魚。」考其篆文作「魚」，下部「火」象魚尾之形，形近於「火」。

「燕」字《說文》：「燕玄鳥也。籋口，布翄，枝尾。象形。凡燕之屬皆从燕。」魚字許慎云魚尾與燕尾相似，乃就兩字下部篆文之形而言，考燕字之篆文作「燕」，下部析分出枝尾之「火」與魚尾「火」相似，且皆形近於「火」，故推本於「火」篆之下。

十　十，是汁切。數之具也。一爲東西，｜爲南北。則四方中央
　　備矣。博、協等字从此。古文甲字、在字亦如此作。《說文》
　　所無更不登載，它倣此。

世豪謹案：「在」字《說文》：「才存也。从土，才聲。」考在之篆文作
「才」，析分此篆左旁之形，近似於「十」篆，故推本於「十」篆之下。

尸　闕。从反匕。吳字如此作，吳古文矢。

世豪謹案：「尸」篆《說文》並無收錄，此處云「从反匕」，以「吳」字爲
如此作。「吳」字見《說文》「毕」字：「毕未定也。从匕，吳聲。吳，古文矢
字。」但「矢」字《說文》：「弓弩矢也。从入。象鏑栝羽之形。古者夷牟初
作矢。凡矢之屬皆从矢。」下未錄矢之古文「吳」，此處《字通》析分毕字之
篆，取从反匕之「彐」，形近於「尸」，故推本於「尸」篆之下。

人　注見上。矢字从此，缶字亦如此作。

世豪謹案：「人」字《說文》：「人內也。象从上俱下也。凡入之屬皆从
入。」下云缶字亦如此作

「缶」字《說文》楷定作「缶」：「缶瓦器。所以盛酒漿。秦人鼓之以節
謌。象形。凡缶之屬皆从缶。」考其篆文作「缶」，可析分出「人」，形近於
「人」，故推本於「人」篆之下。

林　舟，而琰切。象毛舟舟也。衰衣字如此作，注云：象形，轉爲
　　盛衰之衰。

世豪謹案：此云衰衣之「衰」字《說文》：「衰艸雨衣。秦謂之草。从衣。
象形。衰古文衰。」考其篆文作「衰」、古文作「衰」，皆可析分出「林」，
形近於「林」，故推本於「林」篆之下。

儿　儿，市朱切。鳥之短羽飛儿儿也。象形。夋字从此。篆文朵、
　　孚字竝如此作。

世豪謹案：「朵」字《說文》：「朵樹木垂朵朵也。从木。象形。此與采同
意。」考其篆文作「朵」，上部可析分出「儿」，形近於「儿」，故推本於「儿」
篆之下。

己　闕。蜀字如此作。解云：「葵中蟲也。从虫，上四象蜀頭形，中象其身蜎蜎。」

世豪謹案：「己」篆《說文》沒有收錄，考「蜀」字《說文》：「蜀葵中蠋也。从虫，上目象蜀頭形，中象其身蜎蜎。《詩》曰：『蜎蜎者蜀。』」篆文作「蜀」，析分此篆，可得「己」形。象其其身蜎蜎，形近於「己」，故推本於「己」篆之下。

鬥　与，則候切。𠃏也。闕。㧖从反印，亦如此作。今書作抑，不之下筆。

世豪謹案：「与」楷字作「与」，《說文》缺構形之解釋。「㧖」字《說文》：「㧖按也。从反印。㧖俗从手。」考其篆文作「㧖」。从反印之形，析分其篆，可得「与」，形近於「与」，故推本於「与」篆之下。

大　夭，注見上。笑字如此作。

世豪謹案：「夭」字《說文》：「夭屈也。从大。象形。凡夭之屬皆从夭。」

「笑」字為《說文》新附字，徐鉉曰：「此字本闕。臣鉉等案孫愐《唐韻》引《說文》云：『喜也。从竹从犬。』而不述其義。今俗皆从犬，又案李陽冰刊定《說文》从竹从夭，義云：『竹得風，其體夭屈，如人之笑。』未知其審。私妙切。」考其篆文作「笑」，依徐鉉所引孫愐《唐韻》之釋形乃从竹从犬，而李陽冰則作从竹从夭，《字通》析分「笑」篆，可得「大」形，近似於「大」，故此處取李陽冰之說，將「笑」推本於「大」篆之下。

凵　闕。牟字如此作。《說文》：「牛鳴也。象其聲氣从口出。」

世豪謹案：「凵」篆《說文》沒有收錄，考「牟」字《說文》：「牟牛鳴也。从牛。象其聲气从口出。」篆文作「牟」，牛上之「凵」象其聲气从口出，形近於「凵」，故推本於「凵」篆之下。

月　闕。籀文叡字如此作。

世豪謹案：「月」篆《說文》沒有收錄，考「叡」字《說文》：「叡進取也。从受，古聲。叡籀文叡。叡古文叡。」為「叡」之籀文，其籀文可析分出「月」，形近於「月」，故推本於「月」篆之下。

目　目，莫六切。人眼。象形。𥃲、蜀亦如此作，義異。

世豪謹案：「蜀」字《說文》：「⿰ 葵中蠶也。从虫，上目象蜀頭形，中象其身蜎蜎。《詩》曰：『蜎蜎者蜀。』」考其篆文作「⿰」，可析分出「⿱」，許慎云上目象蜀頭形，形近於「目」，故推本於「目」篆之下。

ψ 注見上。蚩字从此。巂、离二字亦如此作。

世豪謹案：「屮」字《說文》：「屮艸木初生也。象丨出形，有枝莖也。古文或以爲艸字。讀若徹。凡屮之屬皆从屮。尹彤說。」

「巂」字《說文》：「巂周燕也。从隹，屮象其冠也。⿱聲。一曰：『蜀王望帝，婬其相妻，慙亡去，爲子巂鳥。故蜀人聞子巂鳴，皆起云望帝。』」考其篆文作「巂」，可析分出「⿱」，許慎云屮象其冠也，形近於「屮」，故推本於「屮」篆之下。

「离」字大徐《說文》楷字作「离」：「离山神，獸也。从禽頭。从厹从屮。歐陽喬說：『离，猛獸也。』」徐鉉注曰：「从屮亦無所取，疑象形。」〔註357〕故此處《字通》不云「从此」，而曰「如此作」，考其篆文作「离」，可析分出「⿱」，許慎云从禽頭之形，近似於「屮」，故推本於「屮」篆之下。

（二）意義相類

⿱ 兔，湯故切。獸名。象踞後其尾形。莧字亦如此作。

世豪謹案：「莧」字《說文》：「莧山羊細角者。从兔足，莧聲。凡莧之屬皆从莧。讀若丸。寬字从此。」《字通》此曰「亦如此作」意云「莧」篆文「莧」下之「⿱」形近「兔」篆下部「⿱」之形，且許慎云「从兔足」意義相類，故推本於「兔」篆之下。

⿱ 鳥，都了切。長尾禽總名也。象形。鳥之足似七。从七。鳥、
烏、焉亦如此作。

世豪謹案：「烏」字《說文》：「烏孝鳥也。象形。孔子曰：『烏盻呼也。』取其助氣，故爲烏呼。凡烏之屬皆从烏」考其篆文作「烏」形近於「鳥」，且許慎云烏義爲孝鳥，與鳥意義相類，故推本於「鳥」篆之下。

「焉」字《說文》：「焉雛也。象形。雖篆文焉。从隹昏。」考其篆文作

「雛」,《說文》以古文爲字頭作「鳥」,析分之則形近於「鳥」,且鳥字義爲「雛」,與鳥意義相類,故推本於「鳥」篆之下。

「焉」字《說文》:「焉焉鳥,黄色,出於江淮。象形。凡字:朋者,羽蟲之屬;烏者,日中之禽;焉者,知太歲之所在;燕者,請子之候,作巢避戊己,所貴者,故皆象形,焉亦是也。」考其篆文作「焉」,析分之則形近於「鳥」,且焉字義爲「焉鳥」,與鳥意義相類,故推本於「鳥」篆之下。

豸,池尒切。獸長脊行豸豸然欲有所司。去殺形。𧰼字亦如此作。

世豪謹案:「豸」《說文》篆文作「豸」,稍異於《字通》之「豸」。「𧰼」字又作「㓟」,《說文》:「𧰼如野牛而青。象形。與禽、离頭同。凡𧰼之屬皆从𧰼。古文从儿。」考其篆文作「𧰼」,析分之則形近於「豸」,且𧰼字如野牛而青,與豸字皆有獸義,意義相類,故推本於「豸」篆之下。

厂 尸、后、卮等字如此作,解云:象人之形。

世豪謹案:「后」字《說文》:「后繼體君也。象人之形。施令以告四方,故厂之。从一、口。發號者,君后也。凡后之屬皆从后。」考其篆文作「后」,析分之則形近於「厂」,且許慎云象人之形,施令以告四方,故厂之,意義相類,故推本於「厂」篆之下。

「卮」字《說文》:「卮圜器也。一名觛。所以節飲食。象人,卩在其下也。《易》曰:『君子節飲食。』凡卮之屬皆从卮。」考其篆文作「卮」,析分之則形近於「厂」,與「后」字皆有「人」之義,意義相類,故推本於「厂」篆之下。

十 十,是汁切。數之具也。一爲東西,丨爲南北,則四方中央備矣。博、協等字从此。古文甲字、在字亦如此作。《說文》所無更不登載,它倣此。

世豪謹案:「甲」字《說文》:「甲東方之孟,陽气萌動。从木戴孚甲之象。一曰人頭宜爲甲,甲象人頭。凡甲之屬皆从甲。古文甲始於十,見於千,成於木之象。」考甲之篆文作「甲」、古文作「甲」,下部之形,近似於「十」篆,許慎又曰始於十,可知古文甲義近於十,故推本於「十」篆之下。

三、推源疑誤考辨

《字通》之推源系統，有缺疑失誤之處，於此考論辨正之。

辛 辛，去虔切。辠也。从干二，二，古文上。妾、章、龍、童、
音等字从此。

世豪謹案：「音」字《說文》：「音聲也。生於心有節於外謂之音。宮、商、角、徵、羽聲，絲竹金石匏土革木音也。从言含一。凡音之屬皆从音。」而「章」字《說文》：「樂竟爲一章。从音从十，十，數之終也。」考「音」、「章」二字推本《說文》似無構形上之關聯，何以云從屬「辛」字？其推本之理由有二，從形體的角度而言，可見於《說文》「帝」之古文曰：「古文諸上字皆从一，篆文皆从二，二，古文上字，辛、示、辰、龍、童、音、章皆从古文上。」可知「音」、「章」與「辛」皆从古文上。從聲音的角度而論，則徐鍇在《繫傳》注曰：「至於言童、龍、音、章皆從辛之聲，所以云皆從上，詳而查之，皆出於辛字也。」〔註358〕可知「音」、「章」二字徐鍇認爲從「辛」之聲，出於「辛」字而來。

《字通》在注解中考辨文字時，常引用徐鉉、徐鍇之說，此處認爲「音」、「章」二字從屬於「辛」，其推源方式，依照推源系統：「从篆文義符」、「从篆文聲符」分析，應如徐鍇而言。從「辛」之聲。

八 八，博拔切。別也。象分別相背之形。兮、曾、酋、家等字从此。

世豪謹案：「酋」字《說文》：「酋繹酒也。从酉，水半見於上。《禮》有大酋，掌酒官也。凡酋之屬皆从酋。」推本《說文》似與篆文字頭「八」構形無涉，考所从之形乃「从酉水半見於上」，《說文》云「水半見」者有「谷」字，曰：「谷泉出通川爲谷。从水半見出於口。凡谷之屬皆从谷。」段玉裁在「酋」字「水半見於上」下注曰：「謂八也。酋上與谷上正同，皆曰水半見。繹酒糟滓下湛水半見於上，故像之字。」〔註359〕這裡說「酋」與「谷」上皆爲「水半見」形，作「八」。所謂「水半見」之構形線索其實《字通》已將該

〔註358〕〔南唐〕徐鍇：《說文解字繫傳》（北京：中華書局，1987年10月），頁2。
〔註359〕〔清〕段玉裁：《說文解字注》，頁759。

形之源同置於本類之中，見下「水」之篆文字頭作「三」，取其半則其形近於
「八」，所以依照《字通》取形歸類的原則，云「从此」者，應該是繫屬字與
篆文字頭於《說文》構形有從屬關係，乃可推本，但「酋」字經推本形源則
並非从「八」，只是形近於「八」，若要繫屬於「八」之下，應云「亦如此作」，
不能云「从此」，否則當循其形源之本，繫屬於「三」字之下。

「中兩點類」則曰：「丿丨 注見上。夋、詹、睿、屑等字从此。」所繫屬
之「睿」字爲「睦」之古文，《說文》：「睦目順也。从目，坴聲。一曰：『敬和
也。』古文睦。」从「目」與「八」形無涉，「坴」《說文》：「坴从土，圥
聲。」也無關於「八」，故此處不應繫屬於「丿丨」篆之下。

干 注見上。善、夰等字从此。

世豪謹案：「干」字《說文》：「干犯也。从反入从一。凡干之屬皆从干。」
所繫屬之「善」字《說文》：「善吉也。从誩从羊，此與義美同意。」與「干」
形無涉，應繫屬於「羊」而不應置於「干」篆之下。

「夰」字《說文》：「夰吉而免凶也。从屰从夭，夭，死之事，故死謂之
不夰。」析其結構「从屰从夭」，與「干」形無涉，故不應繫屬於「干」篆之
下。

「一丿類」中曰：「干 注見上。舌字从此。」則「舌」字《說文》：「舌
塞口也。从口，氒省聲。」从「口」與「干」形無涉，「氒省聲」之「氒」字
《說文》：「氒木本。从氏。大於末。讀若厥。」也無關於「干」，故不應繫屬
於「干」篆之下。

収 収，拘竦切。竦手也。从屮从又。其、具、舁等字从此。

世豪謹案：「其」字《說文》：「其簸也。从竹𠀠。象形。下其丌也。凡箕
之屬皆从箕。」應从「丌」而非从「廾」，故此處繫屬有誤。

巛 巛，昌緣切。貫穿通流水也。深深𡿨水爲巛。邕、歺等字从
此。

世豪謹案：「歺」字爲「歹」字古文，《說文》：「歺剡骨之殘也。从半冎。
凡歺之屬皆从歺。讀若櫱岸之櫱。」與「巛」形無涉，不應繫屬於「巛」篆
之下。

釆　釆，蒲莧切。辨別也。象獸指爪分別也。番、卷、奧、悉等
　　字从此。

世豪謹案：「卷」字《說文》：「㲃郤曲也。从卩，关聲。」與「釆」形無
涉，不應繫屬於「釆」篆之下。

尾　尾，亡匪切。微也。从倒，毛在尸後。屬字从此。隶、㞪等字
　　从此。

世豪謹案：「㞪」字《說文》：「㞪多也。从乑、目，眾意。」析分所從之
「乑」《說文》：「乑眾立也。从三人。凡乑之屬皆从乑。讀若欽崟。」則「乑」、
「目」皆與「尾」形無涉，故不應繫屬於「尾」篆之下。

厂　尸、后、厄等字如此作，解云：象人之形。

世豪謹案：「尸」字查無載錄，不知所從，疑為从「厂」之罕見俗體。

乙　乙，於筆切。象春草木冤曲而出。乾、亂等字从此。臾、尤、
　　失、尺、瓦、局竝从此。楷隸不復推本矣。

世豪謹案：「尺」字《說文》：「尺十寸也。人手卻十分動脈為寸口。十寸
為尺。尺，所以指尺䂓榘事也。从尸从乙。乙，所識也。周制，寸、尺、咫、
尋、常、仞諸度量，皆以人之體為法。凡尺之屬皆从尺。」推本《說文》本
屬「尸部」，此處取从「乙」之形。此處所從之「乙」，《說文》曰：「所識也。」
意思是標記，段玉裁曰：「古書亦借赤為之毛。毛晃曰宋時案牘如此。」又曰：
「漢武帝讀東方朔上書，未盡輒乙其處，題識之意也。以榘尺記識所度，故
从乙。」意云以赤色羽毛作為現今的書籤，夾於公文書牘用為標識。《俗書刊
誤》中也記載了此類之說曰：「赤與尺通，《禽經》云雉上有丈；鸎上有赤，
雉上飛能丈，故計丈曰雉，《左氏》都城百雉是也。」〔註360〕

　　依形義推源的立場，如乙是以鳥羽作題識之義，則「尺」字所从「乙」
之形義，應推本於上述玄鳥之「乙」篆，而非象春艸木冤曲之「乙」篆，「乙」、
「乚」楷體與篆體皆作一畫，很容易混淆不明，筆者認為，依形義推源，「尺」
當推本於「乚」，並改繫屬於其下。

　　「瓦」字《說文》：「瓦土器已燒之總名。象形。凡瓦之屬皆从瓦。」析其

〔註360〕〔明〕焦竑：《俗書刊誤》，頁560。

結構與「乙」無涉，故不應繫屬於「乁」篆之下。

爻　爻，胡茅切。交也。象易六爻，交頭也。希、孝等字从此。

世豪謹案：「孝」字《說文》：「_孝善事父母者。从老省。从子。子承老也。」考「孝」字無「爻」之形，但「子部」有「_孝」字：「放也。从子，爻聲。」故此處「孝」不應从「爻」。

从　从，疾容切。相聽也。从二人。韱字从此。

世豪謹案：「韱」字《說文》作「韱」：「_韱山韭也。从韭，𡰥聲。」此字既與「从」之形相近，但構形無所从，依構形推源系統應改作如此作之類。

廿　廿，人汁切。二十幷也。芡、燕、革等字从此。

世豪謹案：「芡」字爲「光」字古文，《說文》：「_光明也。从火在人上，光明意也。_光古文。」與「廿」形無涉。

「燕」字《說文》：「_燕玄鳥也。籋口，布翄，枝尾。象形。凡燕之屬皆从燕。」與「廿」形無涉。

「革」字《說文》：「_革獸皮治去其毛，革更之。象古文革之形。凡革之屬皆从革。」與「廿」形無涉，但析分「芡」、「燕」、「革」三字之篆，則有「_芡」、「_燕」、「_革」與「廿」形相近，故不應云从「廿」，而應以《字通》部件推源觀念云「如此作」。

丫　丫，見上。雈、乖、繭、首等字从此。案芾。从丫冂，母官切。

　　疑滿从芾聲。

世豪謹案：「繭」字《說文》：「_繭蠶衣也。从糸从虫，芇省。」析其結構中之「芇」字《說文》：「_芇箴縷所紩衣。从㡀，举省。凡芇之屬皆从芇。」則皆與「丫」形無涉，故不應繫屬於「丫」篆之下。

萬　萬，無販切。蟲也。从厹。象形。蠆、厲等字从此。

世豪謹案：「蠆」字《說文》：「_蠆毒蟲也。象形。」原爲「虫部」，據蟲之義。故此處析分部件有「萬」形，意義上與「萬」相類，皆有蟲義，故依部件觀念推源屬「意義相類如此作」。「厲」字《說文》：「旱石也。从厂，蠆省聲。」析其結構乃「蠆省聲」，析其部件也具「萬」形，但意義無涉，則屬「形

似相類如此作」。

〔尸〕 尸，式脂切。陳也。象臥之形。居、室等字从此。

世豪謹案：「室」字《說文》：「𡫌實也。从宀从至。至，所止也。」析其結構與「尸」形無涉，故不應繫屬於「尸」篆之下。

〔勹〕 勹，注見上。匀、匄、匊、亟等字从此。

世豪謹案：「亟」字《說文》：「𠁢敏疾也。从人从口。从又从二。二，天地也。」析其結構有「亻」形與「勹」近似，應屬「形似相類如此作」。

〔夊〕 夊，楚危切。行遲曳夊，夊象人兩脛有所躧也。及、舛等字从此。

世豪謹案：「及」字《說文》：「𢃇秦以市買多得爲及。从𠃌从夊，益至也。从乃。《詩》曰：『我及酌彼金罍。』」推本《說文》應爲「夂部」，「夂」《說文》：「𡕒从後至也。象人兩脛後有致之者。凡夂之屬皆从夂。讀若黹。」故此處推源有誤，當繫屬於「夂」。

〔彐〕 闕。皮、叚等字从此。

世豪謹案：「皮」字《說文》：「𤋮剝取獸革者謂之皮。从又，爲省聲。凡皮之屬皆从皮。𤿎古文皮。𤿇籀文皮。」析分其部件與「彐」相近，應屬「形似相類如此作」。

「叚」字《說文》：「𠭂借也。闕。」析分其部件也與「彐」相近，應屬「形似相類如此作」。

〔甘〕 甘，古三切。美也。从口含一，一，道也。敢字从此。

世豪謹案：「敢」字爲《說文》「𣪊」之籀文：「𣪊進取也。从受，古聲。」與「甘」形無涉，故不應繫屬於「甘」。

〔舟〕 舟，職流切。船也。象形。亘、綏等字从此。

世豪謹案：「亘」字《說文》：「𢆶求亘也。从二从囘。囘，古文回。象亘回形。上下，所求物也。」與「舟」形無涉，故不應繫屬於「舟」。

「綏」字《說文》：「𦃰緩也。从糸，亘聲。」與「舟」形無涉，故不應繫屬於「舟」。

囟 古文囟，楚江切。里字從此。

世豪謹案：「里」字《說文》：「里居也。從田從土。凡里之屬皆從里。」與古文「囟」形無涉，故不應繫屬於「囟」篆之下。

𣥂 注見上。良、皀等字從此。

世豪謹案：「𣥂」字《說文》：「𣥂相與比敘也。從反人。𠤎，亦所以用比取飯，一名柶。凡𠤎之屬皆從𠤎。」所繫屬之「良」字《說文》：「良善也。從富省，亡聲。」從「𠤎」者應為「艮」字，《說文》：「艮很也。從𠤎、目。𠤎目，猶目相𠤎，不相下也。《易》曰：『艮其限。』𠤎目為艮，𠤎目為眞也。」故此「良」應改為「艮」。

耑 耑，多官切。物初生之題，上象生形。段、豈等字從此省。

世豪謹案：「豈」字《說文》：「豈還師振旅樂也。一曰：『欲也，登也。』從豆，微省聲。凡豈之屬皆從豈。」考「微」字《說文》：「微隱行也。從彳，散聲。《春秋傳》曰：『白公其徒微之。』」其中聲符「散」，「散」《說文》：「散妙也。從人從攴，豈省聲。」皆與「耑」形無涉。

㚔 㚔，蒬耿切。告而免凶也。從屰從夭。倖字從此。

世豪謹案：「㚔」字《說文》：「㚔吉而免凶也。從屰從夭。夭，死之事。故死謂之不㚔。」所繫屬之「倖」字不見於《說文》，考《玉篇》「人部」：「微倖，亦作幸。」推本於「幸」，「幸」《說文》：「從大從羊。」與「㚔」形無涉，故不應繫屬於「㚔」篆之下。

大 大，注見上。美、奊等字從此。

世豪謹案：「奊」字《說文》：「奊稍前大也。從大，而聲。讀若畏偄。」推本《說文》原屬籀文大部，故此處推源於「大」篆，依《說文》當改於「大」篆之下。

囗 囗，雨歸切。回也。象回帀之形。員、胃、舍、足等字從此。

世豪謹案：「足」字《說文》：「足人之足也。在下。從止、囗。凡足之屬皆從足。」徐鍇曰：「囗象股脛之形。」[註361] 段玉裁認為應從「口」而不從

[註361] 〔漢〕許慎撰、〔宋〕徐鉉校訂：《說文解字》，頁45。

「吅」，曰：「依《玉篇》訂，吅，猶人也。舉吅以包足，巳上者也。齒上止下吅次之；以足上吅下次之以疋，似足者也。次之以品。从三口。今各本从口，非也。」〔註362〕故此處从「口」應誤。

㪔，許其切。坺也。从攴从厂，厂之性坺，果熟有味亦坺，故謂之㪔未聲。鏊、㪔等字从此。㪔，莫交切。

世豪謹案：「㪔」字《說文》：「坺也。从攴从厂。厂之性坺，果孰有味亦坺。故謂之㪔。从未聲。」此字乃該篆之楷字，不應再云「从此」。

注見上。汜、皀等字从此。

世豪謹案：「弓」字同見於第43「弓字類」，《說文》：「嘾也。艸木之華未發圅然。象形。凡弓之屬皆从弓。讀若含。」

「汜」字《說文》楷定應作「氾」：「濫也。从水，弓聲。」「弓」篆形與「弓」近似。另有「汜」字，《說文》：「水別復入水也。一曰：『汜，窮瀆也。』从水，巳聲。《詩》曰：『江有汜。』」故此處誤作「汜」，當改為「氾」。

蝕，乘式切。敗創也。从虫人食，食亦聲。飭、飾二字疑从此省聲。

世豪謹案：「飭」字《說文》：「致堅也。从人从力，食聲。讀若敕。」从「食」聲，而「飾」字《說文》：「㕹也。从巾从人，食聲。讀若式。一曰：『㡛飾。』」也推本从「食」聲，故此處不須再从「蝕」省聲。

几，市朱切。鳥之短羽飛几几也。象形。殳字从此。篆文朵、孕字竝如此作。

世豪謹案：「朵」字《說文》：「樹木垂朵朵也。从木。象形。此與采同意。」考其篆文作「」，上部可析分出「」，形近於「几」，故推本於「几」篆之下。

「孕」字《說文》：「裹子也。从子从几。」徐鍇曰：「取象於裹妊也。」〔註363〕考其篆文作「」。从子从几，故此處應可直接推本从「几」，不應云

〔註362〕〔清〕段玉裁：《說文解字注》，頁81。

〔註363〕〔漢〕許慎撰、〔宋〕徐鉉校訂：《說文解字》，頁310。

「如此作」。

> 㠯，羊止切。用也。从反巳。台、允等字从此。俗弁字亦如此作，篆文作𢍏。

世豪謹案：「弁」爲俗字，依篆文楷定作「𢍏」，《說文》楷字作「异」：「舉也。从廾，㠯聲。《虞書》曰：『岳曰：异哉！』」考其篆文作「」从廾，㠯聲，故此處應直接推本从「㠯」聲，不應云「如此作」。

> 目，莫六切。人眼。象形。眔、蜀亦如此作，義異。

世豪謹案：「眔」字《說文》：「目相及也。从目。从隶省。」考其篆文應直接推本从「目」。

> 人，注見上。令字从此。参又从人音同。

世豪謹案：「令」字《說文》：「發號也。从亼、卪。」析其結構「从亼、卪」，考「亼」《說文》：「三合也。从入、一。象三合之形。凡亼之屬皆从亼。讀若集。」當輾轉推源从「入」，而非繫屬於「」篆之下。

> 闕。籀文殸字从此。肩字从彐。濆山唐氏《篆韻》以爲彐从反爪。

世豪謹案：「殸」字爲《說文》「𠭥」之籀文：「進取也。从𠬪，古聲。籀文𠭥。」所从之「𠬪」字《說文》：「物落；上下相付也。从爪从又。凡𠬪之屬皆从𠬪。讀若《詩》：『摽有梅。』」依《字通》引濆山唐氏《篆韻》以爲彐从反爪，知「殸」字从反爪之「」，義與爪近，故應云「如此作」。

> 己，有擬切。中宮也。象萬物辟藏詘形也。妃、圮、記、曁等字从此。

世豪謹案：「曁」字不見於《說文》疑爲「忌」字，「忌」字《說文》：「憎惡也。从心，己聲。」推本《說文》原屬「心部」，此處从「己」聲。

第三節　字樣觀念

討論字樣觀念必定離不開辨似，故本節分析《字通》之字樣觀念，首先便從字樣辨似談起，討論其收字性質以及字樣辨似的類型，然後再分析其判

別用字之正俗觀念。

一、《字通》之字樣辨似

　　《字通》之編纂主要在歸納「世俗筆勢」，所謂世俗筆勢指的是當時宋代通行的楷字，漢字經過隸變以後，在結構上產生很大的變化，構形類化訛混、異體滋生的情況，使得整理異體字形、辨析容易混淆的相似字，成為文字學家關注的重點。在本章第一節中透過分析 89 類的構形體系可以發現這些字大多都存在著異體或訛形，這些楷字的使用與理解從構形上已經無法依照 540 部首的系統來繫屬，從形體結構上也不能推溯其造字本源，所以《字通》利用楷體的點畫偏旁的析分要素，依世俗通行楷字的構形分類歸納，重新建構以楷體為標準的構形體系，但是只有形體歸類是不足的，因為漢字具有藉形表義的功能，所以對於形體結構的組成與推溯來源，有助於理解其形義，以區別各種字形所對應的不同語義，所以《字通》利用了 605 個篆文字頭，作為這些楷字的形源依據，乃在於因為隸變而造成形音義結構的改變，需要釐清其造字本義，避免對楷字之形體作出直觀的解釋以及臆解。

　　在這兩種方式的整理過程中，所面對的材料當然是需要辨似的文字，辨似之意義，梅膺祚在《字彙》卷末的〈辨似〉曰：「字畫之辨在毫髮間，注釋雖詳，豈能徧覽，茲復揭出點畫似者四百七十有奇，比體竝列，彼此相形，俾奮藻之仕一目了然，無魚魯之謬也。」〔註364〕此中說明辨似乃是在辨析文字點畫相似之別，《康熙字典》則進一步的指出：「筆畫近似，音義顯別，毫釐之間最易混淆。」〔註365〕解釋辨似乃文字彼此形體近似，但是音義不同，各為其字。《字通》於此也存在著文字辨似的內容，在本文的部分所呈現的主要是形體結構的辨似字樣，而在附錄的部分則就辨似字樣中對於本義與轉借義之用字標準，分判出正、俗、非是的標準。以下茲就《字通》收字之性質、相似字編排方式、辨似之類型三方面的探討，來釐清其辨似之內容。

（一）《字通》收字之性質

　　從本章第一節對《字通》形體結構的分析，可以發現其所收錄的文字很

〔註364〕〔明〕梅膺祚：《字彙》，頁 593。

〔註365〕〔清〕張玉書等：《康熙字典》（台北：文化圖書公司，1978 年 8 月），頁 26。

多都存在著訛形或異體，李從周在卷首說「此編依世俗筆勢」即透露出《字通》所收錄彙整的文字是世俗通用之體，而魏了翁序言中也提到「彭山李肩吾以一編書示余，大較取俗之所易諭而不察焉者」又說「凡余所病於俗者」，可以了解到這些通行世俗的文字有俗訛之病，所以李從周才將其「粹類為目」，依形歸類，並循篆推本，以曉諭六書造字之義。

筆者將 89 類中所收入的文字與歷來重要的辨正字樣的字書進行比較，可以看出這些文字在歷來的字樣書中多是辨似的對象，例如上一點類的「古（古）」、「云（云）」、木字類的「朮（朮）」、「朮（木，市）」、一畫類的「丨（丨）」、「乙（く）」與「丿（丿）」、「𠃊（丿）」等，在《復古編》中歸入「形相類」辨似。又「内（入）」、「人（入）」二篆與「从（𠈌）」篆，在《復古編》中則屬「筆迹小異」之辨似。另外所收錄的楷字如「喬」、「奔」在《五經文字》中歸入「夭部」，前者說明「橋」、「驕」之類皆從喬；後者並立「奔奔」，說明前為《說文》本字之形，後為經典相承隸省之形。又「看」字在《九經字樣》中舉「看」之異體辨似訛形，「舌」字《九經字樣》並立「舌舌」以辨其正俗。

從以上之例證，可以證明《字通》收字的形構本身具有異體或訛形之情形，所以除了利用點畫偏旁的析分要素，將這些形近相似的篆文字頭與楷字歸屬在一起，引注《說文》等解說構形之差異，也會在注解中提出相似字的辨似。以下要說明《字通》這種辨析相似字的編排方式。

（二）《字通》相似字之編排觀念

《字通》辨析相似字的編排方式是將這些文字依其形體結構，依點畫偏旁粹類為目，利用楷體點畫偏旁的構形，作為析分要素，將其歸納於一類。這種編排方式與《干祿字書》、《佩觿》、《復古編》依四聲歸類的方式有所差異，編排的觀念較近於《五經文字》所說：「近代字樣多依四聲，傳寫之後偏旁漸失，今則采《說文》、《字林》諸部，以類相從，務於易了，不必舊次。」〔註366〕張參編纂《五經文字》的目的在辨正經典中之文字，所以在歸納文字時參酌《說文》與《字林》之部首，設立 160 部，這些部首已稍顧及到楷體的構形，例如在「手部」下注明「又作扌」、「心部」下注明「又作忄及小」，部首的次序，也

〔註366〕〔唐〕張參：《五經文字》，頁 6。

非《說文》舊次，而是將形體相近者放在一起，例如「木部」、「手部」、「才部」、「牛部」、「爿部」分別是第一至第五部，「米部」、「釆部」分置第七、第八部，「肉部（又作月）」、「月部」、「舟部（又作月）」、「丹部（又作月）」分置第廿九、卅、卅一、卅二部，可以看出張參「以類相從」之「類」所指乃「形類」，呂瑞生先生在《歷代字書重要部首觀念研究》中解釋到：「以類相從是指將字形相同之字，類歸一處……故《五經文字》已突破《說文》以義歸類之舊例，而改從純以形分類之原則。」〔註367〕所以《五經文字》這種「以形分部」、「以手寫楷體分部」、「以形近之部首相次」的編排方法已經開始調整《說文》540 部首的編排，而轉向於因應楷字構形的分類需求。這種觀念在編輯字樣性質的字書具有現實情況的考量，首先以音序字是無法解決字樣書中所涵蓋的俗訛異體的歸類問題，再者以形體類屬文字，才能有助於辨析構形，訂正字樣。曾榮汾師在《字樣學研究》中提到：「歷來索引之編製，皆以部首、筆畫及字音三種為主，然字樣資料既多異體，非人人所能盡識，又何能盡知讀音，異體中亦時有結體未定音者，如需可作焉，亦可作焉，袁可作衺，亦可作衺，體式未定，筆畫必見分歧。故字樣資料的檢索方法，恐仍以部首索引最為便捷。」〔註368〕

　　《字通》則在《五經文字》之後，將這些形近的部首、形近文字進一步地析分成點畫偏旁的形類，而各類底下的篆文字頭與楷字，便是這些需要辨似的形近部首、形近文字。不過《字通》則是將這些形近字，分成兩個篆文字頭與繫屬楷字兩個層次來處理，在相似字辨似的編排上還具有存古字之形、辨古字之義的觀念，這一點則與張有《復古編》的態度相近，只是《復古編》雖以篆文領頭，但編排歸類尚以音序，而不能據形系聯，此處《字通》則調整了前代字樣書編排相似文字的方法，以形類作為相似字的依歸，依此辨析構形。

（三）《字通》相似字之辨似體例

　　《字通》在辨似相似字的體例，主要分成兩個部分，首先是本文部分以 89 類將相似字依楷體點畫偏旁析分歸類，各類中所收錄的字，主要是形體相近而音義不同的文字；再者是附錄部分，以平、上、去、入四聲序字，主要在辨析見於《說文》之本字與該本字之後起字之用字標準，所以本文主要在辨似「形

〔註367〕呂瑞生：《歷代字書重要部首觀念研究》，頁 49～50。
〔註368〕曾榮汾師：《字樣學研究》，頁 179。

近異字」，但是在注解中已稍有提及後起字的辨似，而附錄則補充了《字通》在辨似本字與後起字之用字標準的觀念，且論及正、俗的字樣辨正之說，此處將本文與附錄兩種不同性質的辨似材料，分列於下，並依其相似字之形體差異，分析其辨似體例。

1、本文之辨似——形近異字

在本文辨似形近異字的方式，主要是將形近的篆文字頭排列在一起，下引注《說文》解釋構形，以辨似彼此之差異，另外在注解中也有直接辨似相似字之形體結構的說明，其辨似體例之分述如下：

（1）注明楷體、字音、字義

此體例乃在於辨似類中形體相近的篆文字頭，例如：

㐬　㐬，他骨切。不順忽出也。从倒子。

云　云，王分切。古文雲，省雨。象雲回轉形。

（2）注明楷體，音切，與《說文》釋義。

（3）注明類屬

甲、形源類屬——从此

「从此」乃在說明繫屬於篆文字頭底下的楷字之形體來源，例如

巳　巳，祥里切。巳也。四月陽气巳出陰气巳藏萬物，見成文章，故巳爲它象形。祀、圯、起、祀等字从此。

己　己，有擬切。中宮也。象萬物辟藏詘形也。妃、圮、記、㠭等字从此。

此處的篆文字頭皆爲繫屬楷字構形中的義符或聲符，藉由形體來源的辨似，使「圯」、「圮」等形近相似字能釐清其形源結構。

乙、形體類屬——如此作

「如此作」者是呈現形源不同，但形體相近的文字，依形類屬，例如：

灬　注見上。熙、然、庶、黑等字从此。魚、燕等字亦如此作。象其尾也。

此處說明了「熙」、「然」等字，下作四點，形源从火，而「魚」、「燕」二字，

下作四點，雖與前者相似，但是此處本爲魚、燕之尾形。

（4）注明字形

此乃說明字形之構形，例如：

［字形］　注見上。異。从昇从丌。

［字形］　注見上。善。从羊从言。

說明異、善與從屬篆文字頭的構形關係。

（5）注明筆迹差異

此例如：

［字形］　長，直良切。久遠也。从兀从七，匕聲。斤到匕也。秦金石刻作［字形］，筆迹小異。

（6）注明同用

此處注明異字，但同義，例如：

［字形］　與自同。皆、魯、者、習等字从此。

此處說明「［字形］」與「［字形］」同，但《說文》分作二字，且各爲部首。

（7）注明隸變

甲、今書同作

云「今書同作」則在說明隸變後，類化成相同的結構，例如：

［字形］　奉，扶隴切。承也。从手从収，丰聲。

［字形］　奏，則侯切。奏，進也。从本从収从中，中，上進之義。

［字形］　泰，它帶切。滑也。从収从水，大聲。

［字形］　舂，書容切。擣粟也。从収持杵臨臼上午杵省也。秦字从此省。

［字形］　春，昌純切。推也。从艸从日，屯聲。上五字今書同作夫。

說明了从「収」與从「艸」以及从「屯」之形，今類化成「夫」。

乙、今書相承作

相承作某，乃說名隸變後在經典傳鈔過程中類化的構形，例如：

［字形］　前，昨先切。不行而進謂之前。从止在舟上，今書相承作前，

乃成歬字。

在《九經字樣》中曰：「歬萷前，三同。上，止於舟上不行而進。中，齊斷也。下，經典相承隸省以爲前後字。」〔註369〕《佩觿》則曰：「歬本作前，是謂隸加。」〔註370〕可以知道《字通》辨似隸變後的「前」本字作「歬」，又隸加刀作「歬」。此外又如：

注見上。縱書橫書竝如坎卦，今書相承作ⅲ，未知下筆。

皆識辨似隸變過程中的類化情形。

丙、隸變作

此處則直接說明《說文》本字之形與隸變後楷字作何之形，例如：

舜，舒閏切。艸也。蔓地連花。象形。从舛，隸變作舜。

無，武夫切。豐也。从大。从冊，數之積也。从林，木之多也。隸變作無，按有無字。从亡，㣹聲。李斯書只作㣹。

辨似了「舜」、「無」二篆，隸變後之構形。

（8）注明字義

注明字義者，有辨似形近義異者，或形近義同者，還有轉借某義之用者，另有云作某形皆具某義者。

甲、義異

此例如：

卜，博木切。剝龜也。象灸龜之形。卣字亦如此作，義異。

目，莫六切。人眼。象形。罒、蜀亦如此作，義異。

乙、同說

此例如：

俎，側呂切。禮俎也。从半，肉在且上，昔。从殘肉。與俎同說。

「昔」字《說文》：「乾肉也。从殘肉，日以晞之，與俎同意。䒶籒文从肉。」

〔註369〕〔唐〕唐玄度：《九經字樣》，頁 12。

〔註370〕〔宋〕郭忠恕：《佩觿》，頁 113。

此處辨似「俎」、「昔」同義。

丙、轉借

此例如：

𢀛 古文烏，哀都切。象形。轉借爲於字。

丁、某形皆具某義

此例如：

一 注見上。篆文，具天地之義者多從此。

二 注見上。篆文，具天地之義者多從此。

（9）注明俗別

本文中注明俗別者只有五條，例如：

仌 仌，筆夌切。凍也。象水凝之形。凌、冷等字從此。仌字當只
如此，作冰乃是凝，凝乃俗字。

亞 亞，衣駕切。象人局背之形。惡字從此，俗書安西。

（10）注明出處

注明出處乃云除了《說文》以外，或無載錄而見於古籍或傳注之中之文字，
例如：

丹 丹，都寒切。巴越之赤石也。象采丹井之象丹形。青、䏙等字
從此。《漢書‧賈誼傳》：「粉紛分其離此䰟兮。」顏師古注：「音
班。從丹。」《說文》所不載而呂忱《字林》有之，姑附於此。

盻 盻，胡計切。恨視也。從目，分聲。《孟子》：「使民盻盻然。」

（11）注明字音

此例如：

人 人，注見上。令字從此。今又從人音同。

柴 柴，士佳切。小木散材。從木，此聲。徐鉉曰：師行野，次立
散木以爲區落，名曰柴籬。後人語譌轉入去聲。

2、附錄之辨似——本字與後起字

附錄以辨似本字與後起字之在語義上的使用標準，所以此處辨似主要在說

明文字轉借他用的語義現象，以及別出之新字，並舉出了《說文》中的重文以及在《說文》已經出現的後起字之材料，在辨似過程中，對於字形結構、書體、字音也有所分析，茲分類舉例如下：

（1）注明字用

甲、今以爲

此例如：

亢，古郎切。頸也。从大省。象頸脈形。今以爲亢宿之亢。

乙、今借以爲

此例如：

朋，馮貢切。神鳥也。象形。鳳飛羣鳥從故。今借以爲朋黨之
字。

丙、借作

此例如：

臧，則郎切。善也。从臣，戕聲。借作臧匿之臧，今以爲臧否
之臧。

丁、今俗以爲

此例如：

檐，餘廉切。槐也。从木，詹聲。今俗以爲檐仗之檐。

（2）注明後起別出新字、俗字爲非

此例如：

沾，它兼切。益也。从水，占聲。今以爲沾潤之沾〔註371〕，別
作添，非。

於，哀都切。孝鳥也。象形。孔子曰：「烏肟呼也。」取其助
氣，故爲烏呼。今以爲於是之於，《說文》別出烏字，俗又作
嗚，非。

（3）注明正作某

〔註371〕此處應作「沾潤之沾」，作「沽」乃形體相近之誤。

此例如：

云 云，王分切。山川气也。象雲回轉形。今以爲云爲之云，《說
文》正作雲字。

原 原，禺袁切。水原本也。正作厵。从三泉，厂下。今以爲原再
之原，別作源，非。

邪 邪，以車切。琅邪郡名也。从邑，牙聲。今以爲邪正之邪，別
作琊，非。衺，正从衣。

（4）注明《說文》重文

此例如：

番 番，附袁切。獸足謂之番。从番，田象其掌。或作蹞、𡴩。

（5）注明《說文》別出新字

此例如：

朋 朋，馮貢切。神鳥也。象形。鳳飛羣鳥從故。今借以爲朋黨之
字，而《說文》別出鳳字。

（6）注明字形

此例如：

顛 顛，都年切。頂也。从頁，眞聲。今以爲顛倒之顛，別作巓，
非。蹎倒字从足。

（7）注明字義

此例如：

渴 渴，渠列、苦葛二切。盡也。从水，曷聲。今以爲飢渴之渴，
飢渴之渴當作㵣，別作竭，非。竭，負舉也。

憂 憂，於求切。味之行也。从夂，惪聲。布政憂憂。今以爲憂戚
之憂，別作優，非。優，饒也。

（8）注明字音

此例如：

華 華，戶瓜切。榮也。从艸，蕚聲。朱翶作呼瓜切。

何　何，乎哥、乎可二切。

（四）《字通》相似字之形近類型

上述的辨似體例透露出一項訊息，本文 89 類所收錄的文字，主要是在當時所使用的楷字，故其中有依隸變之形而歸類者；附錄則主要在於本字與後起字在本義用字上的辨似，站在辨似的立場必須要斷代，要在同一時代中還有形音義相似的情形，例如「莫」跟「暮」，一般來說「莫」雖爲黃昏之義的本字，但是在用字上使用「暮」的情形也甚多，這主要是《說文》本義與轉借義在用字上的區別，而附錄所論皆屬此類，所以本論文處理辨似類型，是以同一時代正在使用中的形近相似文字作爲分析主體，而判定本字與後起字的俗別是非，則將其歸於字樣觀念討論，所以此處以《字通》本文收字爲例分析其辨似類型。

因爲《字通》之編輯，主要在於析分楷體，並作推源，故所收錄之文字，雖然是世俗通行形體較易混淆的楷字，也存在字樣辨似的性質，但在歸納方式上，是以類相從，以篆繫楷，所以並非如《干祿字書》、《佩觿》等字樣書，利用兩兩字組的比較，辨似形近字，不過從各類中篆文字頭的排列次序與從屬篆文形類的楷字字群，皆可推考出很多形近相似之字組，而且在注釋中也提到數條辨似字例，故筆者於此就各類中的篆文字頭、楷字、注釋辨似之字例，歸納成字組，並分析其類型。〔註 372〕以下字組之呈現，若原屬篆文字頭者，並舉篆形與楷定，原是從屬之楷字者，逐列楷體，中以「／」以示兩字乃辨似之字組關係。

1、筆畫相近

所謂筆畫相近，在於從相似字之間的筆畫差異，辨似彼此之不同，而非部件之差別。而《字通》相似字屬筆畫相近者又可分作筆畫之有無、筆形之差別、筆畫組合之異同、筆畫之長短四種差異。

（1）筆畫之有無

此謂兩字之不同，在於一筆或兩筆之差異。

〔註372〕此分類方法採用巫俊勳〈字彙·辨似〉一文中對辨似字組的分類方式，詳參《第十三屆全國暨海峽兩岸中國文字學學術研討會論文集》（台北：萬卷樓圖書公司，2002 年 4 月），頁 355～374。

甲、點畫之多少

旁一點類：弖（又）／弖（叉）、弖（叉）／泉（术），此處「叉」、「术」接續排列，其筆畫差異乃從其篆形而分。

刀字類：分（叻）／刃（刃）

牀字類：暜（普）／普，此例注釋曰：「从竝，白聲，或从日。與普字異，普字从日。」〔註373〕

广字類：广（广）／疒（疒，广）

方字類：㫃（扵）／㫃（古文烏，於）

乙、橫畫之多少

上一點類：一（一）／二（古文上，二）

上日字類：易（易）／易，此乃注釋中舉「易」與篆文字頭「易」之辨似字例。

一丿類：千／壬

聿字類：聿（聿）／聿（聿）

丙、撇畫之多少

上四點類、下四點類上：米（米）／釆（釆）

土字類：大（大）／夭（夭）

刀字類：刃（刃，古文掌）／勿（勿）

弓字類：予（予）／矛（矛）

（2）筆形之差別

此謂兩字之筆畫相同，但筆形不同，而筆形之名稱依教育部《國字標準字體教師手冊》附錄中的鉤、撇、橫、豎、折、捺等所定義。〔註374〕

甲、鉤與不鉤

旁一點類：成／戍

乙、橫與撇

三畫類：三（三）／彡（彡）

〔註373〕〔宋〕李從周：《字通》，頁444。

〔註374〕詳參教育部國語推行委員會：《國字標準字體教師手冊‧附錄》（台北：教育部，2008年6月）。

丙、橫豎與撇與長頓點

兩畫類：十（十）／乂（古文五，乂）

丁、豎曲鉤與豎鉤

一丿類：ᴇ（毛）／乎（手）

戊、豎曲鉤與橫曲鉤

一畫類：乁（乚）／乁（乙），此處乃「乚」下注釋引徐鉉曰：「與此甲乙
　　　　之乙相類，其形舉首下曲與甲乙字少異。」〔註375〕之字例。

己、豎鉤與豎挑

口字類：乚（乚）／乚（亅）

庚、儿與兩豎

兩字類：兩（兩）／兩（西）

（3）筆畫組合之異同

楷體筆畫組合的方是基本上有相離（如二八）、相交（如十乂）、相切（如
人上）、相接（如厂了）四種，《字通》的辨似字例具此四種組合性質的有：

甲、相切與相接之別

上一點類：入（入）／大（大）／大（籀文大，亣）
一丿類：禾（禾）／禾（禾）

乙、相接與相離之別

上一點類：古（亠）／云（云）
上儿字類：几（几）／几（兀）
巳字類：巳（巳）／己（己）

丙、相離與相切之別

示字類：示（示）／禾（禾）
夕字類：乑（古文西，乑）／乑（乑）

丁、相接與相交之別

下儿字類、夯几字類：几（几）／九（九）

下兩點類：兀（兀）／㕚（廾）

戊、相切與相交之別

夂字類：㞢（夂）／㞢（夂）

下大字類：夰（矢）／夰（失）

己、相交與相離之別

旁一點類：戈、弋

（4）筆畫長短之差異

此謂兩字之筆形相同，差別在某一筆之長短。

兩畫類：二（二）／二（古文下）

土字類：土（土）／士（士）

王字類：王（壬）／𡊍（壬）

山字類：㠭／㠭，此乃「山」篆下注釋知辨似字例。

山字類：屵／屵

2、部件之別

部件之別乃兩字之辨義在於某些構形部件之差別，從《字通》之收字，以篆文字頭作爲從屬楷字的形源部件，依據這些形源部件所類屬的楷字，彼此便存在著部件之別，而差異的型態又可從部件的上下左右內外等位置的同異，辨似形近相似。

（1）右邊部件相同，左旁部件爲辨義之處

土字類：戴／截

一丿類：縣／縣

（2）左旁部件相同，右旁部件爲辨義之處

一丿類：稽／稼

一丿類：延（延）／延，此乃注釋中所舉之辨似字例。

土字類：卻／郤

土字類：鼓／尌

（3）下底部件相同，上頭部件爲辨義之處

上兩點類：茲（茲）／茲，此乃注釋中舉艸頭之茲辨似之字例。

中兩點類：叟／叟

兩畫類：介／夰

主字類：（毒）／毐，此乃注釋中辨似从屮从毒與从士从毋之字例。

上日字類：晨／晨，此乃注釋中辨似「臼」、「日」之字例。

曲字類：（豐，豊）／（豐）

冂字類：离／禺

（4）上頭部件相同，下底部件為辨義之處

上三點類：負／粂

上三點類：巢／𢿱

土字類：𦥑／䆳

主字類：（春）／（春）

襾字類：粟／栗

襾字類：（舁）／（舉）

冘字類：（冗）／（穴）

口字類：員／肙

（5）外框部件相同，內心部件為辨義之處

夾字類：（夾）／（夾）

襾字類：（卤）／（卤）

𠂤字類：（臣）／（𠀐）／（巨）

⺲字類：（网）／（㒺）

（6）字形大部分相同，只某一角之部件有別

一畫類：孔／乳

中⺿字類：嘉／喜

（7）兩部件以上形近相似

下兩點類：畀／畁

木字類：罙／罙，此乃（㮇）下注釋辨似之隸變後與罙字相混淆之情況。

冠字類：（冠）／（寇）

冠字類：（虒）／（𨑴）

（8）部件組合方式不同（同構字）

此謂兩字組成部件相同，但組成方式不同。

旁一點類：卜／占

二、《字通》之正俗觀

上述所論之辨似，其實就是辨析形體、訂正字樣的方法，但是此處要談的是在字樣辨似之後，討論《字通》辨正俗別異體的標準，因為這種用字標準正可補充《字通》字樣觀念中區別正字、俗別字的觀念，也能回應曾榮汾師在《字樣學研究》當中將其與張有的《復古編》同屬於「說文派」的論點。《字通》在本文中主要在於形近字的辨似，但是對於這些形近字使用的正俗的標準，只有少數幾條注說，直到附錄才另舉八十二字，全面地辨正俗別是非，展現出其用字標準與字樣觀念。筆者發現在本文中所收錄的文字，很多在徐鉉校訂《說文》之中已經提出了辨正俗別的注說，但是《字通》本文只有「柴」、「蠡」兩篆下有引述其說，而這些見解在與附錄比對之後，有些是重複的文字，其餘的辨正俗別之觀念也全都相同，所以此處將本文論辨正俗字樣的說法、收錄而未引徐鉉論辨正俗之文字以及附錄中論辨正俗之材料，比較論考之，試圖闡明《字通》字樣的正俗觀念。

（一）《字通》本文之正俗用字論述

1、本文收字有辨正俗別之說者

本文收字有辨正俗別之說者，只有五條，見下：

仌 仌，筆陵切。凍也。象水凝之形。凌、冷等字從此。仌字當只如此，作冰乃是凝，凝乃俗字。

此云「仌字當只如此，作冰乃是凝，凝乃俗字。」乃是分析「仌」、「冰」有別，「凝」字為「冰」之俗體，《說文》：「水堅也。从仌从水。𣲷俗冰从凝。」

柴 柴，士佳切。小木散材。从木，此聲。徐鉉曰：師行野，次立散木以為區落，名曰柴籬。後人語譌轉入去聲，又別作寨，非是。今不知下筆附見於此。

此處引述徐鉉所注，認為「柴」後人別出「寨」字，乃因字音譌別，而另造新字，辨似「柴寨」之正俗。

亞 亞，衣駕切。象人局背之形。惡字從此，俗書安西。

「惡」字《說文》:「過也。从心，亞聲。」俗體作「悪」，此處乃辨似「惡悪」之正俗。

 虛，朽居切。大丘也。从北，虍聲。今別作墟，非是。

「墟」字見《說文》「虛」字:「大丘也。崐崘丘謂之崐崘虛。古者九夫為井，四井為邑，四邑為丘。丘謂之虛。从丘，虍聲。」徐鉉曰:「今俗別作墟，非是。」此處與上述「柴寨」字相同，皆引述徐鉉辨正俗別的說法。

 㠯，羊止切。用也。从反巳。台、允等字从此。俗弅字亦如此作。篆文作𢀜。

「弅」乃《說文》「异」之俗體，故從屬於「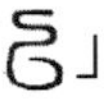」篆之下。以上五條辨正字俗之論述

2、本文收字有徐鉉辨正俗別之說而未引者

從前所引錄的辨正俗別之材料，可以發現《字通》本文辨正俗別字樣的性質，大抵上有兩種性質，第一種是「惡悪」、「𢀜弅」等，純粹是辨似構形的正俗異體；第二種則是徐鉉在《說文》中注解本字與後起字的語義限定與用字之說，「仌冰凝」、「柴寨」、「虛墟」等皆為此類之辨似。《字通》本文已經藉由篆文字頭的形體推源，和楷體的分類歸納，對於第一種形體隸變進行辨似，但是第二種本字與後起字在語義使用上的辨別，本文注解並沒有全面的提出考辨，只有上述索引零星的三條材料，不過筆者考察各類中所收錄的文字，還原《說文》，很多有徐鉉辨正俗別之注說，但是《字通》並沒有全部引錄，此處筆者將這些文字在《說文》具有徐鉉辨正俗別之說，彙整於下:

州:中三點類

此字徐鉉曰:「今別作洲，非是。」〔註376〕

須:旁三點類

此字徐鉉曰:「此本須鬚之須，頁，首也。彡，毛飾也。借為所須之須，俗書从水，非是。」〔註377〕

泰:下四點類上、主字類

〔註376〕〔漢〕許慎撰、〔宋〕徐鉉校訂:《說文解字》，頁239。

〔註377〕〔漢〕許慎撰、〔宋〕徐鉉校訂:《說文解字》，頁184。

此字徐鉉曰：「他蓋切。本音他達切。今《左氏傳》作『汰輔』，非是。」
〔註378〕

絫：一丿類

此字徐鉉曰：「今俗从畚。」〔註379〕原作「絫」。

縣：一丿類

此字徐鉉曰：「此本是縣挂之縣，借爲州縣之縣，今俗加心，別作懸，義無
所取。」〔註380〕

草：上⁺⁺字類

此字徐鉉曰：「今俗以此爲艸木之艸，別作皁字，爲黑色之皁。案櫟實可以
染帛爲黑色，故曰草，通用爲草棧字，今俗書皁或從白從十從七，皆無意義無
以下筆。」〔註381〕

夗：上几字類、夃几字類

此字徐鉉曰：「今俗書作夗，譌。」〔註382〕原作「夗」。

右：𠂇字類

此字徐鉉曰：「今俗別作佑。」〔註383〕

𢩱：𠂇字類

此字徐鉉曰：「《說文》無𢩱字，蓋二左也。眾力左之故從二左，今俗作𢩱，
非。」〔註384〕

奓：上大字類

此字徐鉉曰：「今俗作陟加切，以爲奓厚之奓，非是。」〔註385〕原作「式
車切」。

替：竝字類

〔註378〕〔漢〕許慎撰、〔宋〕徐鉉校訂：《說文解字》，頁237。

〔註379〕〔漢〕許慎撰、〔宋〕徐鉉校訂：《說文解字》，頁270。

〔註380〕〔漢〕許慎撰、〔宋〕徐鉉校訂：《說文解字》，頁184。

〔註381〕〔漢〕許慎撰、〔宋〕徐鉉校訂：《說文解字》，頁27。

〔註382〕〔漢〕許慎撰、〔宋〕徐鉉校訂：《說文解字》，頁142。

〔註383〕〔漢〕許慎撰、〔宋〕徐鉉校訂：《說文解字》，頁64。

〔註384〕〔漢〕許慎撰、〔宋〕徐鉉校訂：《說文解字》，頁305。

〔註385〕〔漢〕許慎撰、〔宋〕徐鉉校訂：《說文解字》，頁215。

此字徐鉉曰：「今俗有旮字，蓋旾之譌。」〔註386〕

自：自字類

此字徐鉉曰：「今俗作堆。」〔註387〕

阺：自字類

此字徐鉉曰：「今俗作牀史切，以爲階阺之阺。」〔註388〕

鬻：上四點類

此字徐鉉曰：「今俗俗粥作粥，音之六切。」〔註389〕

陝：夾字類

此字徐鉉曰：「今俗从山，非是。」〔註390〕

枱：巳字類

此字徐鉉曰：「今俗作耜。」〔註391〕

烏：下四點類下、方字類（於）

此字徐鉉曰：「今俗作嗚，非是。」〔註392〕

從上述這些材料中，其實可以發現這些徐鉉辨正俗別的說法，主要是在論斷本字應限定於本義之使用，不採用後起俗字之觀點，而這種辨正俗別的字樣觀是站在校訂《說文》的立場而言，但是由於唐宋以來如唐玄宗與王安石等對文字結構的臆解，使得時人不能從文字的形體本源去理解造字意旨，所以產生了張有著《復古編》，據《說文》辨明俗體字之訛誤的字樣理論，而《字通》之撰作也旨在將世俗筆勢質之以《說文解字》，考辨隸楷之體，其於附錄中，利用對82字本字轉借作他義使用而本義則以另造後起新字代替的考辨，與徐鉉之說相近，可以推求《字通》的字樣觀念，乃以《說文》爲本，由此也可探查其字樣觀念。

〔註386〕〔漢〕許慎撰、〔宋〕徐鉉校訂：《說文解字》，頁100。

〔註387〕〔漢〕許慎撰、〔宋〕徐鉉校訂：《說文解字》，頁303。

〔註388〕〔漢〕許慎撰、〔宋〕徐鉉校訂：《說文解字》，頁250。

〔註389〕〔漢〕許慎撰、〔宋〕徐鉉校訂：《說文解字》，頁62。

〔註390〕〔漢〕許慎撰、〔宋〕徐鉉校訂：《說文解字》，頁305。

〔註391〕〔漢〕許慎撰、〔宋〕徐鉉校訂：《說文解字》，頁121。

〔註392〕〔漢〕許慎撰、〔宋〕徐鉉校訂：《說文解字》，頁82。

（二）《字通》本文與附錄字樣材料之關係

1、附錄之辨正俗別材料

以下茲將復錄中所辨正俗別的材料，歸納成字組，下列其考辨之內容，以明其所論辨正俗之文字。

頌／容

頌，余封切。皃也。从頁，公聲。今以爲雅頌之頌。形容字乃从容，容乃容受之容。

邕／壅

邕，於容切。四方有水，自邕城池者是也。从川邑。今以爲邕咮之邕，別作壅，非。

離／鸝

離，呂支切。黃倉庚也。鳴則蠶生。从隹，离聲。今以爲離別之離，別作鸝，非。

之／芝

之，止而切。古文作屮，本象芝形。今以爲之出之之，《說文》別出芝。

而／髵

而，如之切。頰毛也。象毛之形。《周禮》曰：「作其鱗之而。」今以爲語助之而，別作髵非。

其／箕

其，居之切。簸也。象形。下其丌也。今以爲其厥之其，《說文》別出箕字。

虛／墟

虛，丘如切。大丘也。崑崙丘謂之崑崙虛。古者九夫爲井，四井爲邑，四邑爲丘，一謂之虛。今以爲虛實之虛，別作墟，非。

須／鬚

須，面毛也。从頁从彡。今以爲須待之須，別作鬚，非。

於／烏／嗚

於，哀都切。孝鳥也。象形。孔子曰：「烏肟呼也。」取其助氣，故爲烏呼。今以爲於是之於，《說文》別出烏字，俗又作嗚，非。

氐／低

氐，都兮切。至也。从氐下箸一，一，地也。也。今以爲氐宿之氐，別作低，非。

來／秾

來，落才切。周所受瑞麥來麰，一來二縫象其芒之形。天所來也，故爲行來之來。今以爲行來之來，別作秾，非。

頻／濱

顠，符眞切。水厓人所賓附，頻蹙不前。从頁从涉。今以爲頻數之頻，別作濱，非。

云／雲

云，王分切。山川气也。象雲回轉形。今以爲云爲之云，《說文》正作雲字。

原／灥／源

原，禺袁切。水原本也。正作灥。从三泉，厂下。今以爲原再之原，別作源，非。

番／蟠

番，附袁切。獸足謂之番。从釆，田象其掌。或作蹞、𨆌。今以爲番土之番，別作蟠，非。

尊／罇／樽

尊，祖昆切。酒器也。从酋収以奉之。或从寸。今以爲尊卑之尊，別作罇，樽亦非。

瞑／眠

瞑，武延切。翕目也。从目从冥，冥亦聲。今以爲瞑眩之瞑，別作眠，非。

顚／巓／蹎

顚，都年切。頂也。从頁，眞聲。今以爲顚倒之顚，別作巓，非。蹎倒字从足。

縣／懸

縣，胡涓切。繫也。从系持県，県，倒首也。今以爲州縣之縣，別作懸，非。

然／燃

然，如延切。燒也。从火，然聲。今以爲若然之然，別作燃，非。

要／腰

要，於霄切。身中也。象人要自臼之形。从臼交省聲。今以爲要約之要，別作腰，非。

敖／遨

敖，五勞切。游也。从出放。今以爲人名地名之類，別作遨，非。

衰／蓑

衰，蘇禾切。雨衣也。从衣。象形。今以爲盛衰之衰，別作蓑，非。

雅／鴉

雅，烏加切。楚烏也。从隹，牙聲。今以爲雅正之雅，別作鴉，非。

華／花

華，戶瓜切。榮也。从艸，琴聲。朱翺作呼瓜切。今以爲麗華之華，別作花，非。

邪／琊／衺

邪，以車切。琅邪郡名也。从邑，牙聲。今以爲邪正之邪，別作琊，非，衺正从衣。

常／裳

常，市羊切。下帬也。从巾，尚聲。今以爲恒常之常，別作裳，非。

臧／藏

臧，則郎切。善也。从臣，戕聲。借作臧匿之臧，今以爲臧否之臧，別作藏，非。

亢／吭

亢，古郎切。頸也。从大省。象頸脈形。今以爲亢宿之亢，別作吭，非。

憂／優

憂，於求切。味之行也。从夊，惪聲。布政憂憂。今以爲憂戚之憂，別作優，非。優，饒也。

州／洲

州，職流切。水中可居者曰州，周遶其。从重川。今以爲州縣之州，別作洲，非。

儋／擔

儋，都甘切。何也。从人，詹聲。今以爲儋耳儋，別作擔，非。

檐／簷

檐，餘廉切。溎也。从木，詹聲。今俗以爲檐仗之檐，別作簷，非。

沾／添／沾

沾，它兼切。益也。从水，占聲。今以爲沾潤之沾，別作添，非。

奉／俸／捧

奉，文勇切。承也。从手从収，半聲。俸本只作奉，古謂之奉祿，後人加人，捧字亦非。

冢／塚

冢，知隴切。高墳也。从冖，豖聲。今以爲冢適之冢，別作塚，非。

底／砥

底，旨雉切。柔石也。从厂，氐聲。今以爲底至之底，《說文》別出砥字。

止／趾

止，諸市切。下也。象艸木出有址，故以止爲足。今以爲至止之止，別作趾，非。

匪／篚

匪，非尾切。如篋。从匚，非聲。《逸周書》曰：「實元于匪。」今以爲非匪之匪，別作篚，非。

豈／凱

豈，袪狶切。還師振旅樂也。从豆，散省聲。今以豈可之豈，別作凱，非。

巨／矩

巨，其呂切。規巨也。从工。象手持之形。今以爲巨細之巨，別作矩，非。

呂／膂

呂，力舉切。脊肉也。象形。昔太嶽爲禹心呂之臣，故封呂侯。今以爲律呂之呂，《說文》別出篆文膂字。

無／廡

無，文甫切。豐也。《書》曰：「庶艸蕃無。」从大从冊从林。今以爲有無之無，別作廡，非。

府／腑

府，方矩切。文書藏也。从广，付聲。藏、府同義。今以爲州府之府，別作腑，非。

主／炷

主，之庾切。鐙中火主也。从丵。象形，亦聲。今以爲主張之主，別作炷，非。

弟／第

弟，徒禮切。韋束之次弟也。从古字之象。今以爲兄弟之弟，別作第，非。

解／獬

解，佳買切。判也。从刀判牛角。一曰：「解豸獸也。」今專以爲分解之解，別作獬，非。

每／莓

每，武罪切。艸盛上出也。从屮，母聲。今以爲每物之每，別作莓，非。

采／採

采，倉改切。捋取也。从爪在木上。今以爲采色之采，別作採，非。

但／袒

但，徒旱切。裼也。从人，旦聲。今以爲徒但之但，別作袒，非。袒見下。

草／皁

草，昨艸切。草斗櫟實。一曰：「橡斗。」从艸，早聲。今以書艸木之字，別作皁，非。

何／荷

何，乎哥、乎可二切。儋也。从人，可聲。今以爲誰何之何，別作荷，非。

果／菓

果，古火切。木實也。从木象果形在木之上。今以爲果決之果，別作菓，非。

网／網

网，文兩切。庖犧所結繩以漁也。从冂下象网交文。今以爲厶网之网，別作網，非。

久／灸

久，舉友切。从後灸之。象兩人脛後有距也。今以爲久長之久，《說文》別出灸灼字。

鳳／鳳

鳳，馮貢切。神鳥也。象形。鳳飛羣鳥從故。今借以爲朋黨之字，而《說文》別出鳳字。

气／氣／餼

气，去旣切。雲气。象形。今以爲祈气之气，別作氣，非。氣今餼字。

尉／熨

尉，於胃切。从上按下也。从巨又持火所以尉繒也。今以爲尉撫之尉，別作熨，非。

莫／暮

莫，莫故切。日且冥也。从日在茻中也。茻亦聲。今以爲適莫之莫，別作暮，非。

酢／醋

酢，倉故切。醶也。从酉，乍聲。今以爲醻酢之字，別作醋，非。醋見下。

麗／儷

麗，郎計切。旅行也。鹿之性見食急則必旅行。从鹿，丽聲。麗皮納聘蓋鹿皮也。今以爲華麗之麗，別作儷，非。

厲／礪

厲，力制切。旱石也。从厂，萬聲。今以爲嚴厲之厲，別作礪，非。

埶／藝

埶，魚祭切。穜也。从坴、丮，持穜之。今以爲埶力之勢，別作藝，非。

鉞／鑕

鉞，呼會切。車鑾聲。从金，戉聲。今以爲斧鉞之鉞，別作鑕，非。

隊／墜

隊，徒隊切。从高陊也。从𨸏，㒸聲。今以爲羣隊之隊，別作墜，非。

袒／綻

袒，丈莧切。衣縫解。从衣，旦聲。今以爲袒裼之袒，別作綻，非。

櫂 / 櫂

櫂，直教切。所以進船也。从水，翟聲。今以爲瀚櫂之櫂，別作櫂，非。

左 / 佐

左，則箇切。手相左助也。从ナ工。今以爲左偏之左，別作佐，非。

右 / 佑

右，于救切。从口，又聲。今以爲右偏之右，別作佑，非。

孰 / 熟

孰，殊六切。食飪也。从丮，𦎫聲。今以爲孰何之孰，別作熟，非。

蜀 / 蠋

蜀，殊玉切。葵中蠶也。从虫。象形。今以爲地名之蜀，別作蠋，非。

帥 / 帨

帥，所律切。佩巾也。从巾，𠂤聲。今以爲將帥之帥，《說文》別出帨字。

勿 / 㫍

勿，文弗切。州里所建旗。象其柄有之旒。今以爲毋勿之勿，《說文》別出㫍。

渴 / 潗 / 竭

渴，渠列、苦葛二切。盡也。从水，曷聲。今以爲飢渴之渴，飢渴之渴當作潗，別作竭，非。竭，負舉也。

兆 / 別

兆，兵列切。分也。从重八。《孝經》說曰：「上下有兆。」今分北三苗字，北形，背聲，別作別。

舄 / 雒

舄，七雀切。䳡也。象形。今以爲履舄之舄，《說文》別出雒。

酢 / 酢

酢，在各切。客酌主人也。从酉，昔聲。今以爲醋醶之醋，別作酢，非。酢見上。

昝 / 昔 / 腊

昝，私益切。乾肉也。从殘肉，日以晞之，與俎同說。今以爲古昔之昔，倣籀文作腊。

夶 / 腋

夶，羊益切。人之臂夶也。从大。象兩夶之形。今以爲亦若之亦。別作腋，非。

易 / 蜴

易，羊益切。蜥易蝘蜓守宮也。象形。今以爲變易之易，別作蜴，非。

或 / 域

或，于逼切。邦也。从口戈以守一，一者，地也。今以爲疑或之或，《說文》別作域。

納 / 衲

納，奴荅切。絲溼納之也。从糸，內聲。今以爲出納之納，別作衲，非。

2、本文與附錄辨正俗別材料比較

在上述還原《字通》本文收錄之字有徐鉉辨正俗別之說的過程，再與附錄辨正俗別的材料進行比對，可以發現有重複的文字，茲彙整比較於下：

附錄：邕，於容切。四方有水自邕城池者是也。从川邑。今以爲邕咻之邕，別作雝非。

本文：上三點類：川（巛）：邕

附錄：之，止而切。古文作屮，本象芝形。今以爲之出之之，《說文》別出芝。

本文：上一點類：屮（之）、土字類：屮（之）、山字類：屮（之）

附錄：其，居之切。簸也。象形。下其丌也。今以爲其厥之其，《說文》別出箕字。

本文：下兩點類：丌（丌）：其、𠬞（収）：其

附錄：虛，丘如切。大丘也。崑崙丘謂之崑崙虛。古者九夫爲井，四井爲邑，四邑爲丘，一謂之虛。今以爲虛實之虛，別作墟，非。

本文：虍字類：虛（虛）

附錄：須，面毛也。从頁从彡。今以爲須待之須，別作鬚，非。

本文：旁三點類：彡（彡）：須

附錄：於，哀都切。孝鳥也。象形。孔子曰：「鳥肟呼也。」取其助氣，故爲烏呼。今以爲於是之於，《說文》別出烏字，俗又作嗚，非。

本文：方字類：𣃚（古文烏，於）

附錄：來，落才切。周所受瑞麥來麰，一來二縫象其芒之形。天所來也，
　　　故爲行來之來。今以爲行來之來，別作秣，非。

本文：夾字類：來（來）

附錄：云，王分切。山川气也。象雲回轉形。今以爲云爲之云，《說文》正
　　　作雲字。

本文：上一點類：云（云）

附錄：原，愚袁切。水原本也。正作灥。从三泉，厂下。今以爲原再之原，
　　　別作源，非。

本文：白字類：泉（泉）：原

附錄：番，附袁切。獸足謂之番。从番，田象其掌。或作蹞、𤲃。今以爲
　　　番土之番，別作蟠，非。

本文：上四點類：釆（釆）：番、一丿類：米（采）：番

附錄：縣，胡涓切。繫也。从系持県，県，倒首也。今以爲州縣之縣，別
　　　作懸，非。

本文：一丿類：系（系）：縣

附錄：要，於霄切。身中也。象人要自臼之形。从臼交省聲。今以爲要約
　　　之要，別作腰，非。

本文：兩字類：要（要）

附錄：敖，五勞切。游也。从出放。今以爲人名地名之類，別作遨，非。

本文：主字類：出（出）：敖

附錄：衰，蘇禾切。雨衣也。从衣。象形。今以爲盛衰之衰，別作蓑，非。

本文：垂字類：冄（冉）：衰

附錄：臧，則郎切。善也。从臣，戕聲。借作臧匿之臧，今以爲臧否之臧，
　　　別作藏，非。

本文：下四點類上：心（心）：臧

附錄：亢，古郎切。頸也。从大省。象頸脈形。今以爲亢宿之亢，別作吭，
　　　非。

本文：尤字類：○（元）

附錄：州，職流切。水中可居者曰州，周遶其。从重川。今以爲州縣之州，別作洲，非。

本文：中三點類：○（巛）：巠、州

附錄：奉，文勇切。承也。从手从収，半聲。俸本只作奉，古謂之奉祿，後人加人，捧字亦非。

本文：主字類：○（奉）

附錄：冢，知隴切。高墳也。从勹，豕聲。今以爲冢適之冢，別作塚，非。

本文：上冖字類：○（勹）：冢

附錄：豈，袪辰切。還師振旅樂也。从豆，微省聲。今以豈可之豈，別作凱，非。

本文：山字類：○（豈）：豈

附錄：巨，其呂切。規巨也。从工。象手持之形。今以爲巨細之巨，別作矩，非。

本文：自字類：○（巨）

附錄：無，文甫切。豐也。《書》曰：「庶艸蕃無。」从大从冊从林。今以爲有無之無，別作廡，非。

本文：下四點類下：○（無）

附錄：主，之庾切。鐙中火主也。从呈。象形，亦聲。今以爲主張之主，別作炷，非。

本文：王字類：○（主）、上一點類：○（丶）：主、主字類

附錄：弟，徒禮切。韋束之次弟也。从古字之象。今以爲兄弟之弟，別作第，非。

本文：上兩點類：○（弟）

附錄：每，武罪切。艸盛上出也。从屮，母聲。今以爲每物之每，別作莓，非。

本文：臥人類：○（屮）：每

附錄：采，倉改切。捋取也。从爪在木上。今以爲采色之采，別作採，非。

本文：上四點類：采（采）、下四點類上：采（采）、一丿類：采（采）

附錄：草，昨艸切。草斗櫟實。一曰：「橡斗。」从艸，早聲。今以書艸木之字，別作皁，非。

本文：上⁺⁺字類：艸（艸）：草

附錄：果，古火切。木實也。从木象果形在木之上。今以爲果決之果，別作菓，非。

本文：上田字類：果（果）

附錄：网，文兩切。庖犧所結繩以漁也。从冂下象网交文。今以爲亡网之网，別作網，非。

本文：冂字類：冂（冂）：网、罒字類：网（网）

附錄：久，舉友切。从後炙之。象兩人脛後有距也。今以爲久長之久，《說文》別出灸灼字。

本文：夊字類：久（久）：灸

附錄：朋，馮貢切。神鳥也。象形。鳳飛羣鳥從故。今借以爲朋黨之字，而《說文》別出鳳字。

本文：月字類：朋（朋）

附錄：气，去既切。雲气。象形。今以爲祈气之气，別作氣，非。氣今餼字。

本文：臥人類：气（气）、三畫類：气（气）

附錄：尉，於胃切。从上按下也。从尸又持火所以尉繒也。今以爲尉撫之尉，別作熨，非。

本文：示字類：火（火）：尉

附錄：莫，莫故切。日且冥也。从日在茻中也。茻亦聲。今以爲適莫之莫，別作暮，非。

本文：下大字類：艸（艸）：莫、中日字類：日（日）：莫

附錄：厲，力制切。旱石也。从厂，萬聲。今以爲嚴厲之厲，別作礪，非。

本文：上⁺⁺字類：萬（萬）：厲

附錄：埶，魚祭切。種也。从坴丮持種之。今以爲埶刀之勢，別作藝，非。

本文：芻几字類：𢎘（𢍁）：執

附錄：左，則箇切。手相左助也。从𠂇二。今以為左偏之左，別作佐，非。

本文：𠂇字類：𠂇（𠂇）

附錄：右，于救切。从口，又聲。今以為右偏之右，別作佑，非。

本文：𠂇字類：�（又）：右

附錄：𡪹，殊六切。食飪也。从𢍅，𦎫聲。今以為孰何之孰，別作熟，非。

本文：幸字類：𡐓（坴）：熱

附錄：蜀，殊玉切。葵中蠶也。从虫。象形。今以為地名之蜀，別作蠋，非。

本文：勹字類：乙（闕）：蜀、罒字類：目（目）：蜀

附錄：勿，文弗切。州里所建旗。象其柄有之旐。今以為毋勿之勿，《說文》別出㫃。

本文：刀字類：勿（勿）

附錄：八，兵列切。分也。从重八。《孝經》說曰：「上下有八。」今分北三苗字，北形，背聲，別作別。

本文：中四點類：𡭔（㕁）、口字類：呙（闕）：別

附錄：舄，七雀切。鵲也。象形。今以為履舄之舄，《說文》別出雒。

本文：下四點類下：舄（舄）：舄

附錄：昝，私益切。乾肉也。从殘肉，日以晞之，與俎同說。今以為古昔之昔，傚籀文作腊。

本文：俎　俎，側呂切。禮俎也。从半，肉在且上，昔。从殘肉。與俎同說。

附錄：亦，羊益切。人之臂亦也。从大。象兩亦之形。今以為亦若之亦。別作腋，非。

本文：上一點類：大（大）：亦、𠂇字類：夾（夾，亦）

附錄：易，羊益切。蜥易蝘蜓守宮也。象形。今以為變易之易，別作蜴，非。

本文：易　易，與章切。从日一勿。一曰：「飛揚」；一曰：「長」；一曰：

「彊者衆皃」。易字中亡中一。象蜴蜥守宮形。古文馬作彡，亦與此相近。

從這些材料的比較，說明了本文卷末所云：「或有本字如此，而轉借它用，乃別爲新字以行於世，《復古編》及《字通》尚未及之，略具如左文。」〔註393〕的附錄編輯目的。由於本文中利用 89 類來歸整通行楷體的字形，然後藉由 605 篆的形體推源依據，辨似了這些楷字的構形差異，所體現的是形近異字的辨似，但是在語言用字的演變過程中，存在著本字與後起字在代表原本語義用字的問題，在字樣學理的角度上對於這種認知觀念，則分成「時宜派」與「說文派」兩種態度，此處《字通》辨正俗別的材料，恰巧提供研究其字樣觀念的線索，故以下茲分析附錄中的 82 條材料，來釐清《字通》的用字正俗觀念。

（三）《字通》之用字正俗觀

考察以上 82 個字組，可分析出幾種用字之情形，第一種是本字轉作他義使用，本義用字被另一字所取代，例如頌、容二字，頌本義爲皃，後作雅頌之頌，段玉裁曰：「皃下曰：『頌，儀也。』古作頌皃，今作容皃。」〔註394〕《漢書‧卷八十八‧儒林傳》：「孝文時，徐生以頌爲禮官大夫，傳子至孫延、襄。」〔註395〕而容字《說文》：「盛也。从宀、谷。」徐鉉曰：「屋與谷皆所以盛受也。」〔註396〕可知容字本義爲盛受。故可從下圖知頌、容二字意義與用字之演變：

頌：本義：皃 ⟶ 引申義：雅頌之頌 ⟶ 字用：作雅頌之頌之義。

容：本義：盛 ⟶ 假借義：皃（容皃） ⟶ 字用：作容皃之義。

第二種是本義轉作他義使用，而本義之用字另造新字取代，此爲附錄中主要論辨俗別之例，如離本義爲黃倉庚鳥，後作離別之離，本義則另造「鸝」，爲今天所稱知黃鸝鳥。又如「須」本義爲面部之毛，後作「須待之須」，本義則另造「鬚」，爲今所稱鬍鬚之鬚。對另造新字的部分，附錄的看法皆認爲替代本義用字的後起新字皆無法與《說文》原本之形義，故皆稱其非是。

〔註393〕〔宋〕李從周：《字通》，頁 445。

〔註394〕〔清〕段玉裁：《說文解字注》，頁 420。

〔註395〕〔漢〕班固：《漢書》，（上海：上海古籍出版社，1997 年），頁 584。

〔註396〕〔漢〕許慎撰、〔宋〕徐鉉校訂：《說文解字》，頁 150。

　　從取代本義之用字的性質，可以細分作三種類型，其一是他字假借作本義之用，如「頌皃」借「容」而作「容皃」；其二是一字之重文，分化作兩種意義使用，如「其」為「箕」之重文，爾後「其」用作「其厥之其」，本義「簸」用「箕」字；其三是後起新字，如「縣」借作州縣之縣使用，所以「繫」之本義則另造「懸」字替代。筆者將上述八十二個字組彼此間用字的關係彙整如下：

1、《說文》本字與後起新字

邕：本義四方有水，自邕城池者，轉借作邕咮之邕用字。

壅：《玉篇》以「𡐡」為字頭，下附「𡈭」。〔註397〕知「𡐡」乃從土，雝聲，於共、於勇切，而「雝」為從隹，邕聲，於容切，故「邕」為初文，轉借作邕咮之邕用字，「雝」由「邕」孳乳，則「𡐡」由「雝」孳乳，是「邕」、「𡐡」轉注，而「𡐡」在隸變作「壅」，為後起新字，替代邕本義之用字。

離：本義黃倉庚，今以為離別之離用字。

鸝：《玉篇》「離」又作「鸝」。〔註398〕《廣韻》「𪇗」又作「鶹」。〔註399〕知「鸝」乃從鳥，麗聲，呂知切，離，力支切，故「離」為初文，今以為離別之離用字，「鸝」由「離」孳乳，是「離」、「鸝」轉注，為後起新字，替代離本義之用字。

而：本義頰毛，今以為語助之而用字。

髵：「髵」乃從髟，而聲，故「而」為初文，今作語助詞使用，「髵」由「而」孳乳，是「而」、「髵」轉注，為後起新字，替代而本義之用字。

虛：本義大丘，今以為虛實之虛用字。

墟：「墟」乃從土，虛聲，故「虛」為初文，今作虛實之義使用，「墟」由「虛」孳乳，是「虛」、「墟」轉注，為後起新字，替代虛本義之用字。

須：本義面毛，今以為須待之須用字。

鬚：「鬚」乃從髟，須聲，故「須」為初文，今作須待之義使用，「鬚」由「須」孳乳，是「須」、「鬚」轉注，為後起新字，替代須本義之用字。

〔註397〕〔宋〕陳彭年等：《大廣益會玉篇》，頁51。

〔註398〕〔宋〕陳彭年等：《大廣益會玉篇》，頁351。

〔註399〕〔宋〕陳彭年等：《大宋重修廣韻》，頁46。

烏：本義孝鳥，今以為烏呼之義。

鳴：「鳴」乃从口，烏聲，故「烏」為初文，今假借作烏呼之義使用，「鳴」
　　由「烏」孳乳，是「烏」、「鳴」轉注，為後起新字，替代烏假借義之
　　用字。

頻：本義水匡人所賓附，頻蹙不前，今以為頻數之頻用字。

濱：「濱」必鄰切，聲屬幫母；「頻」步真切，聲屬並母，鄰、真同在臻攝
　　上平十七真，同在段玉裁第十部，疊韻，故「頻」本義假「濱」為之，
　　「濱」為後起新字，替代頻本義之用字。

原、灥：本義水原本，今以為原在之原用字。

源：「源」乃从水，原聲，故「原」為初文，今作原在之義使用，「源」由
　　「原」孳乳，是「原」、「源」轉注，「源」為後起新字，替代原本義之
　　用字。

尊：本義酒器，今以為尊卑之尊用字。

罇、樽：「罇」乃从缶，尊聲；「樽」乃从木，尊聲，故「尊」為初文，今
　　作尊卑之義使用，「罇」、「樽」由「尊」孳乳，是「罇」、「樽」、「尊」
　　轉注，「罇」、「樽」都是後起新字，替代尊本義之用字。

瞑：本義翕目，今以為瞑眩之瞑用字。

眠：《說文》「瞑」字下徐鉉注曰：「今俗別作眠」，〔註400〕知「眠」為俗用
　　之後起新字，音同，假借瞑本義之用字。

顛：本義頂，今以為顛倒之顛用字，《字通》注釋訂正顛倒之顛應从足作蹎。

巔：「巔」乃从山，顛聲，故「顛」為初文，今作顛倒之義使用，「巔」由
　　「顛」孳乳，是「顛」、「巔」轉注，「巔」為後起新字，替代顛本義之
　　用字。

縣：本義繫，今以為州縣之縣用字。

懸：「懸」乃从心，縣聲，故「縣」為初文，今作州縣之義使用，「懸」由
　　「縣」孳乳，是「縣」、「懸」轉注，「懸」為後起新字，替代縣本義之
　　用字。

然：本義燒，今以為若然之然用字。

〔註400〕〔漢〕許慎撰、〔宋〕徐鉉校訂：《說文解字》，頁72。

燃：「燃」乃从火，然聲，故「然」為初文，今作若然之義使用，「燃」由
「燃」孳乳，是「然」、「燃」轉注，「燃」為後起新字，替代然本義之
用字。

要：本義身中，今以為要約之要用字。

腰：「腰」乃从肉，要聲，故「要」為初文，今作要約之義使用，「腰」由
「要」孳乳，是「要」、「腰」轉注，「腰」為後起新字，替代要本義之
用字。

敖：本義游，今以為人名地名之類用字。

遨：「遨」乃从辵，敖聲，故「敖」為初文，今作人名地名等使用，「遨」
由「敖」孳乳，是「敖」、「遨」轉注，「遨」為後起新字，替代敖本義
之用字。

衰：本義雨衣，今以為盛衰之衰用字。

蓑：「蓑」乃从艸，衰聲，故「衰」為初文，今作盛衰之義使用，「蓑」由
「衰」孳乳，是「衰」、「蓑」轉注，「蓑」為後起新字，替代衰本義之
用字。

雅：本義楚烏，今以為雅正之雅用字。

鴉：《集韻》「雅」作「鴉」又作「鵶」，[註401] 音同，知「鴉」為後起
新字，假借為雅本義之用字。

華：本義榮，今以為麗華之華用字。

花：為後起新字，替代華本義之用字。

邪：本義琅邪郡名，今以為邪正之邪用字，《字通》注釋訂正邪正之邪應作
衺。

琊：「琊」乃从玉，邪聲，故「邪」為初文，今作邪正之義使用，「琊」由
「邪」孳乳，是「邪」、「琊」轉注，「琊」為後起新字，替代邪本義之
用字。

常：本義下裙，今以為恒常之常用字。

裳：後起新字，替代常本義之用字。

臧：本義善，假借作臧匿之義，今以為臧否之臧用字。

[註401] 〔宋〕丁度等：《集韻》，頁 209。

藏：「藏」乃从艸，臧聲，故「臧」爲初文，假借作臧匿之義，又作臧否之
　　義使用，「藏」由「臧」孳乳，是「臧」、「藏」轉注，「藏」爲後起新
　　字，替代臧之假借義用字，作藏匿。

亢：本義頸，今以爲亢宿之亢用字。

吭：「吭」乃从口，亢聲，故「亢」爲初文，今作亢宿之義使用，「吭」由
　　「亢」孳乳，是「亢」、「吭」轉注，「吭」爲後起新字，替代亢本義之
　　用字。

州：本義水中可居者，今以爲州縣之州用字。

洲：「洲」乃从水，州聲，故「州」爲初文，今作州縣之義用字，「洲」由
　　「州」孳乳，是「州」、「洲」轉注，「洲」爲後起新字，替代州本義之
　　用字。

儋：本義何，今以爲儋耳儋用字。

擔：後起新字，替代儋本義之用字。

檐：本義棍，今俗以爲檐仗之檐用字。

簷：後起新字，替代檐本義之用字。

沾：本義益，今以爲沾潤之沾用字。

添：《說文》「沾」字下徐鉉注曰：「今俗別作添，非是。」〔註 402〕「沾」
　　與「添」皆爲他兼切，音同，知「添」爲後起新字，假借爲沾本義之
　　用字。

奉：本義承，假借作奉祿之義。

俸、捧：「俸」乃从人，奉聲；「捧」乃从手，奉聲，故「奉」爲初文，今
　　假借作奉祿之義，「俸」、「捧」由「奉」孳乳，是「奉」、「俸」轉注，
　　「奉」、「捧」轉注，「俸」、「捧」爲皆爲後起新字，俸字替代假借義作
　　俸祿；捧字替代奉本義之用字。

冢：本義高墳，今以爲冢適之冢用字。

塚：「塚」乃从土，冢聲，故「冢」爲初文，今作冢適之義使用，「塚」由
　　「冢」孳乳，是「冢」、「塚」轉注，「塚」爲後起新字，替代冢本義之
　　用字。

〔註 402〕〔漢〕許慎撰、〔宋〕徐鉉校訂：《說文解字》，頁 226。

止：本義下。象艸木出有址，故以止爲足，足爲引申義，今以爲至止之止
　　用字。

趾：「趾」乃從足，止聲，故「止」爲初文，今作至止之義使用，「趾」由
　　「止」孳乳，是「止」、「趾」轉注，「趾」爲後起新字，替代止之引申
　　義之用字。

豈：本義還師振旅樂，今以豈可之豈用字。

凱：「凱」乃從几，豈聲，故「豈」爲初文，今作豈可之義使用，「凱」由
　　「豈」孳乳，是「豈」、「凱」轉注，「凱」爲後起新字，替代豈本義之
　　用字。

巨：本義規巨，今以爲巨細之巨用字。

矩：「矩」乃從矢，巨聲，故「巨」爲初文，今作巨細之義使用，「矩」由
　　「巨」孳乳，是「巨」、「矩」轉注，「矩」爲後起新字，與巨之重文榘
　　相近，替代巨本義之用字。

主：本義鐙中火主，今以爲主張之主用字。

炷：後起新字，替代主本義之用字。

弟：本義韋束之次弟，今以爲兄弟之弟用字。

第：後起新字，替代弟本義之用字。

解：本義判，一曰解廌獸，今專以爲分解之解用字。

獬：「獬」乃從犬，解聲，故「解」爲初文，今作分解之義使用，「獬」由
　　「解」孳乳，是「解」、「獬」轉注，「獬」爲後起新字，替代解廌獸之
　　用字。

每：本義艸盛上出，今以爲每物之每用字。

莓：「莓」乃從艸，每聲，故「每」爲初文，今作每物之義使用，「莓」由
　　「每」孳乳，是「每」、「莓」轉注，「莓」爲後起新字，替代每本義之
　　用字。

采：本義捋取，今以爲采色之采用字。

採：「採」乃從手，采聲，故「采」爲初文，今作采色之義使用，「採」由
　　「采」孳乳，是「采」、「採」轉注，「採」爲後起新字，替代采本義之
　　用字。

草：本義草斗櫟實，一曰橡斗，今以書艸木之用字。

帛：後起新字，替代草本義之用字。

果：本義木實，今以爲果決之果用字。

菓：「菓」乃从艸，果聲，故「果」爲初文，今作果決之義使用，「菓」由「果」孳乳，是「果」、「菓」轉注，「菓」爲後起新字，替代果本義之用字。

网：本義庖犧所結繩以漁之魚網，今以爲凶网之网用字。

網：「網」乃从糸，网聲，故「网」爲初文，今作凶网之義使用，「網」由「网」孳乳，是「网」、「網」轉注，「網」爲後起新字，替代网本義之用字。

尉：本義从上按下。从巨又持火所以尉繒，今以爲尉撫之尉用字。

熨：「熨」乃从火，尉聲，故「尉」爲初文，今作尉撫之義使用，「熨」由「尉」孳乳，是「尉」、「熨」轉注，「熨」爲後起新字，替代尉本義熨燙衣服之用字。

莫：本義日且冥，今以爲適莫之莫用字。

暮：「暮」乃从日，莫聲，故「莫」爲初文，今作適莫之義使用，「暮」由「莫」孳乳，是「莫」、「暮」轉注，「暮」爲後起新字，替代莫本義之用字。

埶：本義種，今以爲埶刀之勢用字。

藝：後起新字，替代埶之本義之用字。

鉞：本義車鑾聲，今以爲斧鉞之鉞用字。

鐬：後起新字，替代鉞本義之用字。

袒：本義衣縫解，今以爲袒裼之袒用字。

綻：後起新字，替代袒本義之用字。

左：本義手相左助，今以爲左偏之左用字。

佐：後起新字，替代佐本義之用字。

右：本義手口相助，今以爲右偏之右用字。

佑：後起新字，替代右本義之用字。

孰：本義食飪，今以爲孰何之孰用字。

熟：後起新字，替代孰本義之用字。

蜀：本義葵中蠶，今以爲地名之蜀用字。

蠋：「蠋」乃从虫，蜀聲，故「蜀」爲初文，今作蜀地名使用，「蠋」由「蜀」
　　孳乳，是「蜀」、「蠋」轉注，「蠋」爲後起新字，替代蜀本義之用字。

厷：本義人之臂厷，今以爲亦若之亦用字。

肱：後起新字，替代厷本義之用字。

易：本義蜥易蝘蜓守宮，今以爲變易之易用字。

蜴：「蜴」乃从虫，易聲，故「易」爲初文，今作變易之義使用，「蜴」由
　　「易」孳乳，是「易」、「蜴」轉注，「蜴」爲後起新字，替代易本義之
　　用字。

納：本義絲溼納之，今以爲出納之納用字。

衲：後起新字，替代納之縫補義用字。

2、原始本字與本字之重文

其：本義簸，今以爲其厥之其用字。

箕：《說文》本義簸，原始本字，「其」爲重文，今作本義之用字。「箕」當
　　从竹，其聲。「其」假借爲語詞，乃加竹作「箕」，「其」爲初文，「箕」
　　由「其」而孳乳，是「其」、「箕」轉注。

於：本義孝鳥，今以爲於是之於用字。

烏：《說文》本義孝鳥，假借作烏呼之義，「於」爲重文，今作本義之用字。

云：本義山川气，今以爲云爲之云。

雲：《說文》本義山川气，原始本字，「云」爲重文，今作本義之用字。

原：本義水原本，今以爲原再之原用字。

灥：《說文》本義水原本，原始本字，「原」爲重文，今作本義之用字。

厎：本義柔石，今以爲厎至之厎用字。

砥：《說文》本義柔石，爲「厎」之重文，今作本義之用字。

呂：本義脊肉，今以爲律呂之呂用字。

膂：《說文》本義脊肉，爲「呂」之重文，今作本義之用字。

朋：本義神鳥，今借以爲朋黨之用字。

鳳：《說文》本義神鳥，原始本字，「朋」爲重文，今作本義之用字。

帥：本義佩巾，今以爲將帥之帥用字。

帨：《說文》本義佩巾，爲「帥」之重文，今作本義之用字。

勿：本義州里所建旗，今以爲毋勿之勿用字。

旗：《說文》本義州里所建旗，爲「勿」之重文，今作本義之用字。

兆：本義分，今分北三苗字。

別：《說文》冎部「剐」乃別之本字，義爲分解，八部「兆」：「戾也。從
　　八而兆。兆，古文別。」段玉裁在「剐」下曰：「俗謂八部兆爲古別
　　字，且或於部乖字下益曰，兆古文別，假令果介，則於此何不載乎？」
　　〔註403〕故此處別與兆之關係，或爲兩字，或爲重文，就用字的角度，
　　《字通》認爲別作別字以替代「兆」本義之用字。

舄：本義鵲，今以爲履舄之舄用字。

雒：《說文》本義鵲，爲「舄」之重文，今作本義之用字。

昔：本義乾肉，今以爲古昔之昔用字。

腊：《說文》本義乾肉，爲「昔」之重文，今作本義之用字。

氣：本義饋客芻米，假借作雲气義之用字。

餼：爲「氣」之重文，此處「氣」假借作雲气之義使用，故以「餼」替代
　　氣本義之用字。

或：本義邦，今以爲疑或之或用字。

域：《說文》本義邦，爲「或」之重文，今作本義之用字。

3、原始本字與假借之他字

此類乃用字假借中有本字的假借，許師錟輝曰：「既造本字，後又依聲託
事，借他字爲之，謂之有本字假借，清人或謂同音通假。以今日言之，實爲
別字。」〔註404〕

頌：本義皃，今以爲雅頌之頌用字。

容：《說文》本義盛，假借作容貌之用字

之：本義出。象屮過屮，枝莖益大，有所之。今以爲之出之之用字

芝：《說文》本義神屮，假借作芝屮之用字。

氐：本義至，今以爲氐宿之氐用字。

低：《說文》本義下，假借作氐本義之用字。

〔註403〕〔清〕段玉裁：《說文解字注》，頁166。

〔註404〕許師錟輝：《文字學簡編・基礎篇》，頁209。

來：本義周所受瑞麥來麰，引申義爲形來之來，轉借作行來之來用字。

秾：本義齊謂麥秾，假借作來本義之用字。

番：本義獸足，轉借作番土之番用字。

蟠：本義鼠婦，假借番本義之用字。

憂：本義味之行，今以爲憂戚之憂用字。

優：本義饒，假借優本義之用字。

匪：本義如篋，今以爲非匪之匪用字。

篚：《說文》本義車笭，假借匪本義之用字。

無：本義豐，今以爲有無之無用字。

廡：《說文》本義堂下周屋，假借無本義之用字。

但：本義裼，今以爲徒但之但用字。

袒：《說文》本義衣縫解，假借但本義之用字。

何：本義儋，今以爲誰何之何用字。

荷：《說文》本義芙蕖葉，擔負之義乃假借義，是「何」之假借。「荷」從
　　何聲，二字古同音，故假借何本義之用字。

久：本義從後炙之，今以爲久長之久用字。

炙：《說文》本義灼，替代久本義之用字。

气：本義雲气，今以爲祈气之气用字。

氣：《說文》本義饋客芻米，雲气乃假借義，是「气」之假借。「氣」從气
　　聲，二字古同音，故「氣」假借气本義用字。

酢：本義醶，今以爲醻酢之用字。

醋：《說文》本義客酌主人，替代酢本義之用字。此二字附錄各以「酢」、「醋」
　　爲字頭，底下辨析二字互相假借，各爲彼此本義之用字。

麗：本義旅行，鹿之性見食急則必旅行，麗皮納聘葢鹿皮，引申作配偶之
　　義，如「賢伉儷」，今以爲華麗之麗用字。

儷：《說文》本義棽儷，替代引申義之用字。

厲：本義旱石，今以爲嚴厲之厲用字。

礪：此乃《說文》新附字，本義作礪，徐鉉注曰：「經典通用厲。」[註405]

〔註405〕〔漢〕許慎撰、〔宋〕徐鉉校訂：《說文解字》，頁195。

此處替代例本義之用字。

埶：本義種，今以爲埶力之勢用字。

勢：此乃《說文》新附字，本義盛力權，徐鉉注曰：「經典通用埶。」〔註406〕此處依經典言盛力權，如《尚書・君陳》：「無依埶作威，無倚法以削。」〔註407〕通用埶字。

隊：本義從高陊，今以爲羣隊之隊用字。

墜：此乃《說文》新附字，本義陊，徐鉉注曰：「古通用磒。」〔註408〕此處替代隊本義之用字。

濯：本義所以進船，今以爲瀚濯之濯用字。

櫂：此乃《說文》新附字，本義所以進舩，徐鉉注曰：「《史記》通用濯。」〔註409〕此處替代濯本義之用字。

渴：本義盡，今以爲飢渴之渴，《字通》訂正飢渴應作㵣字。

竭：《說文》本義負舉，替代渴本義之用字。

在這三種類型中，可以清楚的了解到《字通》的正字觀念是以《說文》中本義之原始本字爲正，其中如「雲」、「靁」曰正者，乃《說文》之領頭字，故特別曰正。非領頭字而可作爲本義之用字者，則是上述第二點所錄原始本字之重文，原來的本字被假借作他義使用，但是該字本身在《說文》具有重文，所以利用重文作爲本義之用字。附錄注解此類皆不云非是，表示認爲本義這個詞位使用重文，也能符合造字之結構，代表原來之字義。

上述第一點與第三點，都是附錄判定非是的俗別字，其認爲不見於《說文》中的後起新字，與許慎解釋的造字結構並不相符，所以本義應當使用本字，故將後起新字看作俗別者，非是，而本義具有本字者，因爲時代的演進，詞義轉變，形成有本字的假借用字情形，《字通》附錄認爲應各循《說文》原本之造字結構，才能形義相符，且合乎形體推源的觀念，所以從這種判別正俗用字的標準，可以將其歸屬於崇古的說文派字樣觀念。

〔註406〕〔漢〕許慎撰、〔宋〕徐鉉校訂：《說文解字》，頁293。

〔註407〕〔清〕阮元編：《尚書正義》，《十三經注疏》，頁274。

〔註408〕〔漢〕許慎撰、〔宋〕徐鉉校訂：《說文解字》，頁290。

〔註409〕〔漢〕許慎撰、〔宋〕徐鉉校訂：《說文解字》，頁126。

第五章　結　論

第一節　研究成果總結

　　本論文透過對李從周之生平交遊與學術的探討，以及從李從周所著之《字通》一書的文獻流傳、研究概況、編輯體例與觀念和內容的考證，將史籍不傳的一位宋代的學林人物、書家與文字學者，從宋人筆記、雜記以及元明清等學者之序跋、學案的探查，進行了全面地考察。並且就從歷來公私家藏書目錄、著錄提要和語言學史、學術論著中，釐清了李從周所撰著的《字通》一書，其版本流傳與研究概貌，然後依據《字通》的編輯體例的分析，探究其編輯觀念；從其八十九類的文字類屬，考證其分類構形之體系；藉由其分類繫字的材料線索，釐清了其形體推源的系統；最後從書中字例與附錄編排與注解，論證了其討論辨似與字樣的觀念。

　　筆者在撰寫論文、分析材料的過程中，以及經由「文獻輯考」、「編輯體例」、「分類構形」、「形體推源」、「字樣觀念」五個面向的考察，對李從周其人與學、《字通》內容之編輯這兩個部分，歸結出幾點心得，也釐清了其中的優點、缺失和學術價值，以下茲從前述幾個研究面向，總結本論文的研究成果，評述如下：

一、文獻輯考

在輯考李從周其人其學，以及爬梳《字通》在歷代版本著錄及研究評述中，筆者發現了李氏其人在南宋中葉時，處於四川一帶，與當時大儒魏了翁交遊甚深，在魏氏的門人、師友與時人的觀察記述中，對於其書法、經義訓詁、文字考證的評價甚高，但是由於其本身未涉仕履、無任官箴，所以在史傳上並沒有完整的記載，所以筆者只能透過魏了翁的年譜、讀書雜記、學案和時人與後人的序跋紀聞，來考證其人與其事，並探求其學術走向與特質。從這當中可以了解到在學術史上，宋代是以理學為尚，在小學的考據上，只有金石古文較受後人矚目，但是傳統的《說文》與六書之學的研究，受到清人的批評頗多。可是從李從周的學術研究記錄以及魏了翁等人的讀書筆記當中，可以發現宋人其實對於文字、音韻、訓詁等傳統的小學論考頗多，也有所創發。例如李從周與魏了翁在渠陽山上的上古音韻的討論，便是後來明代陳第、清初顧炎武等人之古音觀念的先驅。從此處延伸推考，其實宋人的文字、音韻、訓詁之學是值得再作進一步研究探求的範疇。

再者，歷來對於《字通》的評述與研究並未斷絕，自《直齋書錄解題》以至《四庫全書》，皆有所著錄，在歷來的文字學史、語言學史的論著中，也多有涉及《字通》一書的評介。整體來說，《四庫提要》以及清人的評述中，《字通》評價尚有「猶顏元孫所謂去泰去甚，使輕重合宜者……存之亦可備檢閱」、[註1]「未必不有功于叔重」、[註2]「未必不有功于小學」[註3] 等評價。民國以後，黃侃先生首先以字書編輯檢索的角度，討論《字通》在「計畫編字」觀念上的開創價值。此外諸家分別從辨似字樣、字典編輯、形體隸變等的角度，引述了《字通》對於部首分類的創發、辨正俗譌的考訂所存在的價值與貢獻，在文字學的演進史上，《字通》代表著一種既崇古，又創新的立場。

二、編輯體例

孔仲溫先生說《類篇》以後再也沒有一部以「始一終亥」為部首的字書，但是「始一終亥」的體例在《字通》則藉由 605 個篆文字頭，267 個部首字的

[註1]　〔清〕紀昀等編：《四庫全書總目提要》，頁 848。
[註2]　〔清〕黃戊：〈字通跋〉，《字通》，頁 449～450。
[註3]　〔清〕吳騫、吳壽暘：《拜經樓藏書題跋記》，頁 25。

歸併調整，顯現在 89 類的分類序字當中。這是宋代反對文字學新說、妄解的復古潮流中，張有作《復古編》死守《說文》，而李從周著《字通》則變通調整楷體文字，突破《說文》中也承襲了《說文》，雖爲復古，也有創新。

　　在《字通》的編輯體例上，可以得知《說文》據形系聯的歸屬文字之方法，由於篆形隸變作楷體，其形音義結構無法得到原來 540 部首的制約，所以在《字書》編輯的體例上，融入了韻書以音序字的編排方法，但是這種方法只能應用於現實檢索文字上，並不符合文字學以形爲本位的原理。《字通》在這種困境中，突破了 540 部首的形音義結構限制，轉而考量字形，析分部件形態，讓點、畫、偏旁、整字與位置要素，作爲分類屬字的依歸。這種作法一來回應了《說文》據形系聯的原則，也推展出能應合現行楷體使用現況的要求。

三、分類構形與形體推源

　　從分類構形而言，《字通》開創了以楷體形構分類的方法，從形近部件的分析、文字結構組成模式的類比，改革了以篆文結構作爲形體繫屬的 540 部首系統所存在的局限，從點、畫、偏旁、部件位置、書寫筆勢等以楷體角度切入的分類方法，應合於文字實際書寫形體的現況，也開展出楷書形體分析的新觀念。

　　從形體推源而言，《字通》對《說文》篆文形體結構的觀察甚深，對篆體的義符、聲符的形源推溯，讓楷書的形體分析具有字原的根據，也能從傳統的文字學理、六書結構來對應世俗流行的文字，作爲字理分析的依憑。而且在某些程度上，《字通》運用了《說文》以前的金石材料，更進一步地將文字結構的溯源，推至更古的時期，也展現出其形體推源的觀念，並非墨守《說文》，而能以正確的文字演進的歷史觀，來推溯文字形體結構。

　　《字通》以 89 類建立了楷體分類構形體系，來歸整楷字，而對於文字形體的推源則使用了 605 個篆文字頭，作爲繫屬楷字形體推本的來源依據。可以說《字通》以 89 類、605 篆、繫屬楷字三個層次，建構了楷體分類構形以及形體推源兩個系統，利用這兩個系統來統括文字，達到「以楷求篆、循篆推本」的功能。

四、字樣觀念

《字通》藉由楷體的分類構形，將當時隸變後所造成的形體類化、譌混進行了歸類，讓世俗通用的隸變之體、俗譌之體，都依據點、畫、偏旁等分類要素依形歸類。並且在每類中安排該隸變、俗譌之楷體原本的篆文形源，釐清文字的結構來源。《字通》也承繼了前代字樣書中的辨似字組、形近偏旁的字例與辨證材料，透過重新析分的形類中的收字安排與注解，辨似了當時字與字之間彼此形體混淆的情形。

在《字通》的內容當中，也有其缺失與不足之處，例如從其書的編制上來看，架構雖立，但辨證說解太少，大部分引述《說文》與二徐之論，加上取形分類與一般字書所使用之音序或《說文》部首有所差異，所以讀者較不容易理解其編輯意旨，所以在檢閱其文字時，有黃侃先生所云：「惟名目繁碎，又於檢閱非便」〔註4〕之批評。

此外在分類屬字上，雖以通行的楷書字形為分類標準，但是有時還是拘泥於篆文的形體結構，加上第二層的篆文字頭，有時可依其楷定之形歸類，有時只能作為繫屬楷字的形體推源根據，所以才會有《四庫提要》「據隸書分部，乃仍以篆文大書，隸書夾註，於體例亦頗不協」、「至於干字收於上兩點類，獨從篆而不從隸，既自亂其例」〔註5〕之譏。

其在歸類屬字上，有時又滲入形近的文字的比較，例如「口字類」中收錄「㔾（乚）」篆，作為與類中「乙（厶）」、「𠃜（厶）」、「凵（凵）」等形近篆文之比較，而「㔾（乚）」底下所繫屬之「戉」字，則與「口」形無涉，混淆了分類體例。

其在字樣的正俗取捨標準上，採取崇古的立場，認為本義之用字，當以《說文》本字為主，以《說文》重文異體為輔，而不承認後起新字替代本義的使用，所以會有「衣裳」應作「衣常」、「規矩」必作「規巨」的泥古用字觀念，與實際的形義應用不相符合，所以曾榮汾師將其字樣觀念歸屬於「說文派」。

以上概述了李從周與《字通》的研究成果，討論了其中的優缺，可以知道直至明代梅膺祚《字彙》依字形作 214 部之前的歷史演進過程中，《字通》的

〔註4〕黃侃：〈說文略說〉，《黃侃國學文集》，頁22～23。
〔註5〕〔清〕紀昀等編：《四庫全書總目提要》，頁848。

89 類實是文字形體分類發展的轉折點，而其推源《說文》的觀念，意在辨析文字之形源，具有一定的參考意義。雖然此書後世並未廣泛流行，且在分類上以及字樣的辨似標準上，仍有疑誤尚待討論之處，但是就如黃侃先生所云，近代的字書編制出現以計點畫之形的方法，或可溯源於《字通》之觀念，而其分類構形的體系、推溯楷體形源的方式與辨似字樣的觀念，在文字學研究中，也能作爲形體學、字原學、字樣學上之參考，具有相當之研究價值。

第二節　研究價值與展望

透過上述的研究，可以進一步的從《字通》的內容以及李從周其人與學術之研究成果當中，推演出幾點具有探討價值的主題。

其一，對於宋代文字形體推源的類型與說法，可與當時新發展的六書新說所探討文字孳乳觀念相比較，從中條理出宋代文字學學者在推本文字形音義結構來源的學理與學說。而其在推溯形體結構的過程當中，有以《說文》中以「古文」偏旁作爲形體來源的類型——从古文體。這種類型可以將從《說文》篆文中从古文偏旁的結構與現今地下出土之古文字材料，進行比較，可以爲許慎《說文》收錄的篆文以古文爲偏旁的形構推溯形源，分析小篆字形結構之演變。

其二，對於唐代以來字樣辨似的觀念與區分之字級，辨正俗別的標準，進行時代性的研究，從中理解出爲何學風嚴謹的唐人，訂定字樣的標準反而寬於學風開放創新的宋人，這當中訂定字樣的意識與憑藉的學術背景爲何，實能再作進一步的考究。

其三，從《字通》對隸變以後形體的歸納，可以延伸觀察宋人如洪适作《隸釋》、《隸續》，劉球作《隸韻》等，整理隸書字體的材料，考察宋代金石之學中的「石刻之學」，探求當時學者如何考證隸變形體結構，與楷書形體的對應比較之說，以補現今多研先秦篆古而少論漢世以後隸楷之研究偏向。

其四，透過對李從周其人與《字通》其書的文獻輯考，筆者發現宋代的讀書筆記、軼聞雜記中存在著許多文字、音韻及訓詁等語言學材料，今吾輩熟知的「右文說」實也從沈括的讀書札記《夢溪筆談》中董理而出，而宋人勤作讀書筆記，與師友交遊論學也存有不少記錄，從魏了翁的幾種讀書雜記中便可以

推求出李從周等討論經義訓詁的見解，甚至是對上古音韻「古無四聲」之說，也在明朝陳第之前便出現於筆記當中，實可爲元明之人小學研究之源，更是清人樸學研究之先聲。

　　要之，筆者試圖對李從周及《字通》之研究，作爲管窺宋代文字語言學的途徑，並欲藉此推演開展出更深廣的研究主題，例如對宋代文字形體推源觀念的進一步探討、歷代字樣觀念的比較、宋人對隸體的研究以及宋人筆記中的文字、音韻、訓詁之論說，皆可作爲將來個人爲學用力之方向。

參考書目

一、古　籍

1. 〔漢〕許慎撰、〔宋〕徐鉉校訂，《說文解字》，北京，中華書局，1963 年 12 月。

2. 〔漢〕班固，《漢書》，上海，上海古籍出版社，1997 年。

3. 〔南朝梁〕顧野王，《原本玉篇殘卷》，北京，中華書局，2004 年。

4. 〔晉〕呂忱，《字林》，《叢書集成續編》，臺北，新文豐出版公司，1989 年。

5. 〔隋〕顏之推，《顏氏家訓》，台北，中國子學名著集成編印基金會，1976 年。

6. 〔唐〕顏元孫，《干祿字書》，《中華漢語工具書書庫》，合肥，安徽教育出版社，2002 年。

7. 〔唐〕張參，《五經文字》，《中華漢語工具書書庫》，合肥，安徽教育出版社，2002 年。

8. 〔唐〕唐玄度，《九經字樣》，《中華漢語工具書書庫》，合肥，安徽教育出版社 2002 年。

9. 〔南唐〕徐鍇，《說文解字繫傳》，北京，中華書局，1987 年 10 月。

10. 〔南唐〕徐鍇，《說文解字篆韻譜》，台北，台灣商務印書館，1965 年。

11. 〔宋〕郭忠恕，《汗簡》，北京，中華書局，1983 年 12 月。

12. 〔宋〕郭忠恕，《佩觿》，《叢書集成簡編》，台北，臺灣商務印書館，1965 年。

13. 〔宋〕丁度等，《集韻》，《萬有文庫薈要》，台北，臺灣商務印書館，1965 年。

14. 〔宋〕陳彭年等，《新校宋本廣韻》，台北，洪葉文化，2001 年。

15. 〔宋〕陳彭年等，《大廣益會玉篇》，台北，國字整理小組出版，國立中央圖書館發行，1976～1985 年。

16. 〔宋〕司馬光等，《類篇》，北京，中華書局，1984 年。

17. 〔遼〕行均，《龍龕手鏡》，北京，中華書局，2006 年。

18. 〔金〕韓孝彥、韓道昭，《成化丁亥重刊改併五音類聚四聲篇海》，《續修四庫全書》，上海，上海古籍出版社，1995 年。

19. 〔宋〕李燾，《說文解字五音韻譜》，《說文解字研究文獻集成・古代卷》，北京，作家出版社，2007 年。

20. 〔宋〕朱熹，《四書集注》，京都，中文出版社，1984 年。

21. 〔宋〕魏了翁，《鶴山先生大全文集》，台北，臺灣商務印書館，1965 年。

22. 〔宋〕魏了翁述、稅與權編，《鶴山師友雅言》，元至正二十四年（1364）吳郡金氏刊本。

23. 〔宋〕魏了翁，《鶴山渠陽讀書雜鈔》，《叢書集成新編》，台北，新文豐出版公司，1985 年。

24. 〔宋〕李從周，《字通》，《中華漢語工具書書庫》，合肥，安徽教育出版社，2002 年。

25. 〔宋〕張世南，《游宦紀聞》，北京，中華書局，1981 年 1 月。

26. 〔宋〕陳振孫，《直齋書錄解題》，上海，上海古籍出版社，1987 年 11 月。

27. 〔宋〕周密編、〔清〕查爲仁、厲鶚同箋，《絕妙好詞》，台北，世界書局，1958 年。

28. 〔宋〕趙聞禮，《陽春白雪》，上海，上海古籍出版社，1993 年 6 月。

29. 〔元〕虞集，《道園學古錄》，台北，台灣中華書局，1965 年。

30. 〔元〕脫脫等，《宋史》，《四部備要》台北，台灣中華書局 1965 年。

31. 〔元〕李文仲，《字鑑》，《叢書集成簡編》，台北，臺灣商務印書館，1965 年。

32. 〔元〕戴侗，《六書故》，《中華漢語工具書書庫》，合肥，安徽教育出版社，2002 年。

33. 〔元〕周伯琦，《六書正譌》，北京，北京圖書館出版社，2005 年。

34. 〔明〕陶宗儀，《書史會要》，《中國歷代書畫藝術論著叢編》，北京，中國大百科全書出版社，1997 年。

35. 〔明〕梅膺祚，《字彙》，《中華漢語工具書書庫》，合肥，安徽教育出版社，2002 年。

36. 〔明〕章黼，《重訂直音篇》，《續修四庫全書》，上海，上海古籍出版社，1995 年。

37. 〔明〕趙撝謙，《六書本義》，《文津閣四庫全書》，北京，商務印書館，2005 年，。

38. 〔明〕焦竑，《俗書刊誤》，《文津閣四庫全書》，北京，商務印書館，2005 年。

39. 〔明〕張自烈，《正字通》，《中華漢語工具書書庫》，合肥，安徽教育出版社，2002 年。

40. 〔明〕凌迪知，《萬姓統譜》，《景印文淵閣四庫全書》，台北，臺灣商務印書館，1983 年。

41. 〔清〕黃宗羲著、王梓材、馮雲濠輯,《增補宋元學案》,台北,臺灣中華書局,1965 年。

42. 〔清〕錢曾,《述古堂藏書目》,《叢書集成初編》,北京,中華書局,1985 年。

43. 〔清〕錢曾,《虞山錢遵王藏書目錄彙編》,上海,上海古籍出版社,2005 年 11 月。

44. 〔清〕張廷書等,《康熙字典》,合肥,安徽教育出版社,2002 年。

45. 〔清〕錢曾撰、章鈺校證,《讀書敏求記校證》,台北,廣文書局,1987 年。

46. 〔清〕紀昀等編,《四庫全書總目提要》,台北,臺灣商務印書館,1968 年。

47. 〔清〕錢大昕,《十駕齋養新錄》,台北,臺灣商務印書館,1965 年。

48. 〔清〕段玉裁,《說文解字注》,台北,萬卷樓圖書股份有限公司,2002 年 8 月。

49. 〔清〕王筠,《說文解字句讀》,北京,中華書局,1998 年 11 月。

50. 〔清〕孔廣居,《說文疑疑》,《叢書集成簡編》,台北,臺灣商務印書館,1965 年。

51. 〔清〕顧藹吉,《隸辨》,《中國字書輯刊》,北京,中華書局,2003 年。

52. 〔清〕邢澍,《金石文字辨異》,《叢書集成續編》,台北,藝文印書館,1971 年。

53. 〔清〕謝啓昆,《小學考》,台北,藝文印書館 1974 年。

54. 〔清〕阮元編,《周易正義》,《十三經注疏》,台北,藝文印書館,2001 年 12 月。

55. 〔清〕阮元編,《尚書正義》,《十三經注疏》,台北,藝文印書館,2001 年 12 月。

56. 〔清〕阮元編,《毛詩正義》,《十三經注疏》,台北,藝文印書館,2001 年 12 月。

57. 〔清〕阮元編,《禮記正義》,《十三經注疏》,台北,藝文印書館,2001 年 12 月。

58. 〔清〕阮元編,《周禮注疏》,《十三經注疏》,台北,藝文印書館,2001 年 12 月。

59. 〔清〕阮元編,《儀禮注疏》,《十三經注疏》,台北,藝文印書館,2001 年 12 月。

60. 〔清〕阮元編,《春秋左傳正義》,《十三經注疏》,台北,藝文印書館,2001 年 12 月。

61. 〔清〕阮元編,《論語注疏》,《十三經注疏》,台北,藝文印書館,2001 年 12 月。

62. 〔清〕阮元編,《孟子注疏》,《十三經注疏》,台北,藝文印書館,2001 年 12 月。

63. 〔清〕邵懿辰撰、邵章續錄,《增訂四庫簡明目錄標注》,上海,上海古籍出版社,1959 年 12 月。

64. 〔清〕畢沅,《經典文字辨證書》,台北,新文豐出版公司,1985 年。

65. 〔清〕江標,《宋元本行格表》,《宋元版書目題跋輯刊》,北京,北京圖書館出版社,2003 年。

66. 〔清〕丁丙,《善本書室藏書志》,台北,廣文書局,1967 年 8 月。

67. 〔清〕吳騫、吳壽暘,《拜經樓藏書題跋記》,《叢書集成新編》,台北,新文豐出版社,1985 年。

68. 〔清〕繆荃孫編,《魏文靖公年譜》,《宋明理學家年譜》,北京,北京圖書館出版社,2005 年。

69. 〔清〕張寶琳、王棻等纂,《永嘉縣志》,《中國方志叢書·華中地區》,上海,上海古籍出版社,1998 年。

二、近人著作（依作者姓氏筆劃排列）

（一）專　書

1. 羅振鋆,羅振玉,羅福葆原著,北川博邦編,《偏類碑別字》,東京,雄山閣,1975 年。

2. 丁福保,《說文解字詁林》（正編）,台北,國風出版社,1960 年。

3. 于省吾,《甲骨文字釋林》,北京,中華書局,1979 年。

4. 王國維,《觀堂集林》,北京,中華書局,1991 年。

5. 中國古籍善本書目編輯委員會編,《中國古籍善本書目》,上海,上海古籍出版社,1990 年。

6. 四庫全書出版工作委員會編,《文津閣四庫全書提要匯編》,北京,商務印書館,2006 年 1 月。

7. 李裕民,《四庫提要訂誤（增訂本）》,北京,中華書局,2005 年 9 月。

8. 李建國,《漢語規範史略》,北京,語文出版社,2000 年 3 月。

9. 李建國,《漢語訓詁學史》,上海,上海辭書出版社,2002 年 8 月。

10. 金毓黻輯,《金毓黻手定文溯閣四庫全書提要》,《中國公共圖書館古籍文獻珍本匯刊·史部》,北京,中華全國圖書館文獻縮微複製中心,1999 年。

11. 何廣棪,《陳振孫之經學及其直齋書錄解題經錄考證》,《古典文獻研究輯刊》,台北,花木蘭出版社,2006 年 3 月。

12. 姜聿華,《中國傳統語言學要籍述論》,北京,書目文獻出版社,1992 年 12 月。

13. 容庚,《金文編》,北京,中華書局,1985 年。

14. 唐圭璋等編,《全宋詞》,北京,中華書局,1999 年。

15. 商承祚,《石刻篆文編》,北京,中華書局,1996 年。

16. 許師錟輝,《文字學簡編·基礎篇》,台北,萬卷樓圖書公司,1999 年 3 月。

17. 張宗祥,《王安石字說輯》,福州,福建人民出版社,2005 年 1 月。

18. 張其昀,《說文學源流考略》,貴陽,貴州人民出版社,1998 年 1 月。

19. 張民權,《宋代古音學與吳棫詩補音研究》,北京,商務印書館,2005 年 5 月。

20. 黃侃,《黃侃國學文集》,北京,中華書局,2006 年 5 月。

21. 曾榮汾師,《字樣學研究》,台北,臺灣學生書局,1988 年。

22. 彭東煥,《魏了翁年譜》,成都,四川人民出版社,2003 年 3 月。

23. 趙振鐸,《中國語言學史》,石家莊,河北教育出版社,2005 年 5 月。

24. 劉志誠,《中國文字學書目考錄》,成都,巴蜀書社,1997 年 8 月。

25. 劉葉秋，《中國字典史略》，北京，中華書局，1992 年。

（二）單篇論文

1. 孔仲溫，〈宋代文字學〉，《國文天地》，台北，國文天地雜誌社，1987 年第 3 卷 3 期。

2. 李淑萍，〈論《龍龕手鑑》之部首及其影響〉，《東華人文學報》，12 期 2008 年 1 月。

3. 巫俊勳，〈字彙‧辨似〉，《第十三屆全國暨海峽兩岸中國文字學學術研討會論文集》，台北，萬卷樓圖書公司，2002 年 4 月。

4. 陳燕，〈《字通》在部首法轉變過程中的地位〉，《古漢語言研究》2006 年第 1 期。

5. 陳燕，〈《字通》部首檢索系統研究〉，《辭書研究》2007 年第 5 期。

6. 曾師榮汾，〈說文解字編輯觀念析述〉，《先秦兩漢學術》第三期，2005 年 3 月。

（三）學位論文

1. 呂瑞生，《歷代字書重要部首觀念研究》，台北，中國文化大學中國文學研究所碩士論文，1994 年 6 月。

2. 施，岩，《字通研究》，西安，陝西師範大學中國古典文獻學碩士論文，2003 年 7 月。

3. 陳姞淨，《佩觿字樣理論研究》，台北，中國文化大學中國文學研究所碩士論文，2004 年 12 月。

4. 張智惟，《戴侗六書故研究》，台中，逢甲大學中國文學研究所碩士論文，2000 年 6 月。

附　錄

一、《字通》分類表

說明：此表為《字通》89 類之分類表，備註則說明摘錄原書之下之小注說明。

序號	分　類	備　註
1	上一點類	凡一之屬，在上者象天，在下者象地
2	立字類	中一點類
3	广字類	
4	宀字類	
5	方字類	
6	旁一點類	
7	上兩點類	此類曾頭羊角各不同
8	中兩點類	
9	下兩點類	此類俗書謂之其腳，互見本字類
10	旁兩點類	
11	上三點類	
12	中三點類	
13	下三點類	
14	旁三點類	

15	木字類	林、森等字从此
16	示字類	
17	上四點類	
18	中四點類	
19	下四點類上	
20	下四點類下	
21	一畫類	
22	一丿類	八法有掠有啄皆類此
23	兩畫類	
24	人字類	
25	臥人類	
26	入字類	
27	三畫類	
28	土字類	
29	王字類	
30	主字類	
31	𡉚字類	
32	丗字類	
33	上⁺⁺字類	
34	中⁺⁺字類	
35	下⁺⁺字類	
36	上宀字類	
37	中宀字類	
38	冂字類	
39	兩字類	
40	爨字類	
41	曲字類	
42	凵字類	
43	弓字類	
44	尸字類	
45	上儿字類	
46	下儿字類	
47	𢎥几字類	
48	勹字類	

49	刀字類	互見人字類
50	夕字類	
51	夂字類	
52	疒字類	左从此
53	又字類	
54	上大字類	
55	下大字類	
56	夾字類	
57	市字類	
58	中字類	
59	口字類	厶等附
60	品字類	
61	上日字類	
62	中日字類	
63	下日字類	曰、甘、白附
64	白字類	
65	百字類	
66	月字類	
67	罒字類	
68	目字類	
69	上田字類	
70	中田字類	
71	下田字類	
72	里字類	
73	艮字類	
74	凵字類	
75	正字類	
76	巳字類	
77	尢字類	
78	冠字類	
79	斤字類	
80	山字類	
81	臼字類	
82	互字類	
83	聿字類	

84	幸字類	
85	敕字類	
86	庀字類	
87	姚字類	
88	戉字類	
89	豕字類	

二、《字通》分類字表

說明：本表為89類下，各類設置之篆文字頭，以及該篆文字頭下所繫屬之楷字。備註為《字通》注解該篆文字頭復見於其他類之情形（注見上）與說明字形隸變與形體辨似注語。

序號	構形分類	字　　頭	所從之字（字族）	備　　註
1	上一點類	（一）	元	
		（古文上）	辛、旁、示、帝	
		（入）	亡／衣、文、交、高	
		（大）	奇、亦	
		（籀文大）	立	
		（、）	主、音	闕篆文字頭
		（宀）	充、育	
		（云）	魂	
		（之）		
		（永）		
		（戶）		
		（良）		
		（齊）		
		（雍）		之字以下六字，今書從一點作。
2	立字類	（立）	端、靖	
		（奇）		
		（辛）	妾、章、龍、童、音	
		（帝）		
		（杏，音）	倍、部	
		（彥）	產	產字從此省。

3	广字類	广（广）		
		庀（疒，厂）		
		麤（鹿）		
		庚（庚）		
4	宀字類	宀（宀）	家、室	
		冬（古文終，宀）	牢	
		宁（宁）		
		它（它）		上四字今書同同作宀。
5	方字類	方（方）	航、放	
		扒（㐔）	旌、旗	
		於（古文烏，於）		上三字今書同作方。
6	旁一點類	弋（弋）	戈、式	
		戊（戊）	成、戌	
		犬（犬）	戾、友	
		又（又）	尢（尤）、甫（甫）	
		又（又）		
		术（术）		
		卜（卜）	卟、貞、占、外／卤	
		虍（虍）		
		兔（兔）	冤、逸／菟	
		丁（篆文丁）		
7	上兩點類	八（八）	兮、曾、酋、家	
		羊（羊）	羌、羞、養、善、茍	
		干（干）	芉、竿	
		水（水）	益	
		火（火）	俠	
		弟（弟）		
		夒（夒）		
		竝（竝）		
		并（并）		
		兼（兼）		

		蠿（兹）		
		岁（㱏，前）		今書相承作前，乃成岁字。
		羞（差）		
		蕃（箸）		疑作着
		尚（谷）		
		㕜（父）		
		晋（𡭔，首）		今書作首。
8	中兩點類	八（八）	焚、詹、畚、屑（屑）	注見上。
		仈（儿）	夒、夋、夏、夐	古文奇字人。
		壴（壴）	嘉、喜	注見上。
		午（干）	善、㪠	
		亥（交）	夐、絞	
9	下兩點類	介（六）	冥	
		丌（丌）	其、典、畀、巽	
		臼（收，廾）	共、具、弅	
		貝（貝）		
		兄（只）		
		仈（儿）	兒、頁	注見上。
		芡（古文光，芡）	黄	
		寅（寅）		下作人，未詳解字意。
		眞（眞）		
10	旁兩點類	二（二）	次、匀／於、太（夳）	
		仌（仌）	凌、冷	仌字當只如此，作冰乃是凝，凝乃俗字。
		俎（俎）		
		彐（叉）	蚤	
		八（八）	必	注見上。
		广（㢋，广）		注見上。
11	上三點類	巛（巛）	邑、㐱（㐱）、首（𡭔）、鼠	
		巛（水）	巠	注見上。
		小（小）	貟、寀	
		巛（關）	巢、𢍰	關。

12	中三點類	巛（巛）	巠、州	注見上。
		爪（爪）	坙、夊	
		爵（爵）		
		愛（愛）		
		舜（舜）		从舛，隸變作舜。
13	下三點類	巛（巛）	巟、侃	
		㐬（㐬）	疏、流	
		糸（糸）		
		京（京）		
		県（梟，県）		
		火（火）	票、尞	注見上。
		岑（岑）		
		亦（尒）		
14	旁三點類	水（水，氵）		今書相承作氵，未知下筆。
		彡（彡）	須、尋（𦥑）	
		非（非）		
15	木字類	木（木）		
		朩（朩）	麻、枲	
		朮（朩，朮）	南、沛	與朩字異。
		朮（朮）	述	
		余（余）		
		朮（朮）		
		㮨（古文保）		呆
		突（突）		今書作架，與罘同用，皆非也。罘从网。从米。
16	示字類	示（示）	祭、奈	
		禾（禾）	穎（穎）、稟（稟）	
		火（火）	票、尉	今書同作示。
17	上四點類	米（米）	粵、釁	
		釆（釆）	番、卷（巻）、奥（�516）、悉	

		炎（炎）	舜	
		半（巫，巫，乖）	脊（脊）	
		朮（尚）		徐鍇云：今人或上爲小非。
18	中四點類	率（卒）		
		兆（兆）		
		雨（雨）		
		羽（羽）		
		鹵（鹵）		
19	下四點類上	米（米）	康、暴	注見上。
		釆（釆）	宋	注見上。宋（新附字）
		水（水）	滕、泰	注見上。
		心（心）	恭、慕	
		尾（尾）	屬、隸、眔	
		求（求）		
		彔（彔）		
		永（永）	羕	
20	下四點類下	火（火，灬）	熙、然、庶、黑／魚、燕	注見上。
		絲（絲）	顯、隰	
		蕪（無）		隸變作無，按有無字。從亡，橆聲。李斯書只作橆。
		爲（爲）		
		馬（馬）		
		鳥（鳥）	烏、舄、焉	
		豕（豸）	鷹／舄（舄）	
21	一畫類	一（一）		注見上。篆文，具天地之義者多從此。
		丨（丨）		
		乙（〈）		
		丿（丿）		

		㇂（乀）	乂、弗	
		㇒（丿）	弋	
		㇁（乀）	也	
		㇅（古文及）	凡	
		㇟（乚）	凵、直	
		㇋（乚）	孔、乳	
		㇠（乙）	乾、亂／臾、尤、失、尺、瓦、局	臾、尤、失、尺、瓦、局竝从此。楷隸不復推本矣。
22	一丿類	㇒（丿）	虎、厎	注見上。
		系（系）	絲（絲）、縣	
		人（人）	千、壬	
		乇（乇）	託、宅	
		丞（丞）		
		我（我）		
		禾（禾）	科、程	注見上。
		禾（禾）	稽、穭	
		釆（釆）	番、釋	注見上。
		毛（毛）	氈、眊	
		手（手）	看、失	
		夭（夭）	喬、奔	
		爪（爪）	孚	注見上。
		干（干）	舌	注見上。
		𡘳（𡚶）		
		厂（闕）	尸、后、厄	作解云：象人之形。
		禹（禹）		
		熏（熏）		
		血（血）		
		乏（乏）		
		延（延）		
23	兩畫類	二（古文上）		注見上。篆文，具天地之義者多从此。

		二（二）		注見上。
		二（古文下）	兩	
		川（巛）		
		八（八）	介、齐	注見上。
		十（十）	博、協／甲、在	
		乂（古文五，乂）		
24	人字類	九（人）	負、色	注見上。
		匕（七）	眞、辰	
		几（七）	皂、卓	
		卩（闕）	矢（矢）	闕。
		刀（刀）	賴、絕、**胒**	
25	臥人類	八（人）	臥	注見上。
		人（入）	矢／乇	注見上。
		午（午）	卸	
		飼（餿）	飭、飾	飭、飾疑从此省聲
		屮（屮）	每	
		气（气）		
		秊（年）		
		复（复）		
		履（履）		
26	入字類	人（入）	全、耀	注見上。
		亼（亼）	余、今	
		几（人）	企、介	注見上。
27	三畫類	三（三）		
		彡（彡）	參	注見上。
		川（巛）		注見上。
		小（小）		注見上。
		气（气）		注見上。
		彳（彳）	辵	
28	土字類	土（土）	徒、堯	
		士（士）	壯、吉	

		止（之）	臺、寺、志	注見上。
		大（大）	幸（幸）、載	注見上。
		大（夭）	走、夅（幸）	注見上。
		㐭（古文旅）	者	魯
		老（老）		壽、孝等字从此轉注
		爻（爻）	希、孝	
		出（出）	賣、祟	
		共（共）	㐭、竈	
		吉（吉）	殼	
		谷（谷）	卻（却）、郤	注見上。
		豆（豆）	鼓、尌	
		袁（袁）		
		磬（籀文磬，殸）		
		才（才）	戋	
		从（从）	截	
		雀（雀）	截	
		舍（舍）		
		矢（矢）		
29	王字類	王（王）		
		玉（玉）		
		壬（壬）		
		壬（壬）		
		主（主）		
		主（主）	枉、往	
30	主字類	生（生）	青	
		巫（巫）	素	注見上。
		束（束）	責	
		出（出）	敖（敷）	注見上。
		丰（丰）	耒	
		袤（袤，表）		
		毒（毒）		
		奉（奉）		

		𥠃（奏）		
		𥝆（泰）		
		𥠄（舂）	秦	秦字从此省
		𦥔（舂）		上五字今書同作夫
31	㐬字類	秫（冄）	袞	袞衣字如此作
		𣪊（殷）	襄、囊	
		蕭（冓）		
		𡩟（寋）	塞	
		𡫼（寒）	騫、蹇	騫、蹇等字从此省
		𣎆（柴，寨）		今不知下筆附見於此
32	丗字類	𠁅（世）	葉	
		𦫳（丼）	棄、畢	
		𣎵（桀）	乘	
		𣎵（丞）		注見上。
33	上艸字類	廿（廿）	芺、燕、革	
		屮（艸）	草、𦱌	
		丫（丱）	萑、乖、繭、苜	見上（上未見）。
		𦰩（𦫼）		黹字从此省
		𥝋（萬）	蠆、厲	
		𦣝（昔）		
		𣶈（散）		
34	中艸字類	𦫌（卉）	貴、奉	
		𠔼（廾）	屍	注見上。
		𦥑（収）	異	注見上。
		𦰩（㞢）	善	注見上。
		豈（壴）	嘉、喜	注見上。上四字今書同作丰。
35	下艸字類	𦥑（収）	弇、弄	注見上。
		屮（艸）	莽、葬	注見上。
		开（开）	形、幷	
		𠦃（赤，卅）		古文省。

36	上一字類	∩（冖）	冠、鼄	
		ㄅ（勹）	軍、冢	
		ㄅ（冃）		
37	中一字類	∩（一）	吉、亳	注見上。
		∩（宀）	崇、尙	注見上。
		ㅐ（屮）	熒、帚	
		米（木，市）	南、索、孛、孛	注見上。
		ㄅ（勹）	曹、翟、夢	注見上。
		壺（壺）	壹、壺	
		橐（橐）	橐、橐	
		受（受）		
		舜（舜）		注見上。
		愛（愛）		注見上。
		帝（帝）		上有，但未注明注見上。
		息（惡，憂）		
		骨（骨）		
		奉（奉）		
		牽（牽）		
		旬（旬）		
		橐（橐）		
		帶（帶）		
38	冂字類	∩（一）	网、冄	注見上。
		ㅐ（屮）	同	注見上。
		用（用）	周、甯	
		舯（州）	侖、扁	
		网（冈）		
		丼（丼）	丹	
		九（九）	坴（内）、离、禹	
39	襾字類	襾（襾）	賈、覈	
		鹵（西）	堲、覂	
		鹵（鹵）	覃	見上。

		卣（卤）	粟、栗	
		㘰（要）		
		㖶（臾，要）		
		㛮（㛮，票）		
		丣（古文酉）		
		亞（亞）	惡	俗書安西
40	爨字類	爨（爨）	䦈、釁	䦈、釁等字从此省
		鬱（鬱）		
		農（農）		
		𤀹（䡣）		
		盥（盥）		
		興（興）		
41	曲字類	曲（曲）	豊（豊）	
		豊（豐，豊）	禮、艷	
		豊（豊）	豔	
		農（農，農）		注見上。
		典（典）		
42	屾字類	岳（㟨，岳）		
		岁（歲）		
		曾（曾）		
		雋（雋）		
43	弓字類	弓（弓）	甬、氾	
		卪（卪）	丞	
		子（子）	疑	
		予（予）		
		矛（矛）		
44	尸字類	尸（尸）	居	
		卩（卪）	辟、艮	
		巴（巴，巴）		注見上。
		眉（䚰，眉）		

		賓（賓）		
		磬（籀文磬，殻）	聲、磬	注見上。
45	上几字類	兄（兀）	殳	篆文朵、孚竝如此作
		几（几）	且	
		凡（凡）	風	
		九（九）	染、厷	注見上。
		甲（甽）	夙（㐸）	
46	下几字類	兄（兀）	梟	注見上。
		几（几）	屍、凭	注見上。
		九（九）	尻	注見上。
		化（兀）	虎、禿	注見上。
		亨（克）		
		免（兔）		注見上。
		夏（瓦）	甞	
47	匃几字類	几（几）	屮、処	注見上。
		九（九）	軌	注見上。
		凡（凡）	軓	注見上。
		甲（甽）	巩、執、夙（㐸）	注見上。
		丸（丸）	紈、骫	
		人（人）	夶（死）	注見上。
48	勹字類	勹（勹）	匀、匈、菊、匭	注見上。
		勹（丩）	句	
		勹（勹）	釣、約	
		人（人）	令、弇	注見上。
		乙（闕）	蜀	
		乙（乙）	局	注見上。
49	刀字類	人（人）		注見上。
		刃（刃）		
		刃（刃）	梁、刱	
		刅（刅，古文掌）		
		勿（勿）		

50	夕字類	ʔ（夕）	夗、外	
		ʔ（月）	望（望）	
		ʔ（肉）	將、祭	
		ʔ（夂）	及、舛	
		ʔ（卢）	殊、殈	
		ʔ（肖，歺）		
		ʔ（ʔ，卪）	卿、卭	
		ʔ（夘，卯）		
		ʔ（古文酉，丣）	畱、桺	注見上。
		ʔ（卯）		
		ʔ（升）		俗譌作夘
51	夂字類	ʔ（夂）	夆、各	
		ʔ（攴）	攸、救、變、故	
		ʔ（古文終）	冬	注見上。
		ʔ（夊）	夋、致	注見上。
		ʔ（久）	羑、灸	
		ʔ（又）	隻、蔓、雙	注見上。
52	广字類	ʔ（广）	卑、陛	
		ʔ（又）	灰、厷、尤、右	注見上。
		ʔ（父）	布	注見上。楷體闕疑。
		ʔ（才）	存、在	注見上。
		ʔ（夾，亦）	夜	
		ʔ（犬）	尨、犮	注見上。
53	又字類	ʔ（又）		注見上。
		ʔ（支）		
		ʔ（妥）		
		ʔ（受）		
		ʔ（叟）		
		ʔ（支）		注見上。
		ʔ（及）		
		ʔ（叟，史）		
		ʔ（夬，夬）		

		弓（關）	皮、叚	
		内（文）	髮、虔	
54	上大字類	大（大）	奢、夷、奄、奄	注見上。
		大（夭）	奔	注見上。
		眷（關）	褰	
		肃（黍）		
55	下大字類	大（大）	美、奘	注見上。
		大（夭）	笑	注見上。
		兀（丌）	奠	注見上。
		艸（艸）	莫	注見上。
		𠬞（収）	奐、羮	注見上。
		𣎳（𣎳）	樊	
		大（矢）	吳、奘	
		市（夫）	規	
		齐（夰）	暴（昊）	
		本（本）	奏	
		犬（犬）	獎、突	注見上。
		夰（矢）		注見上。
		夰（失）		
		墓（蓮）	鸛（鸛）	
56	夾字類	夾（夾）	挾、狹	
		夾（夾）	陝	
		來（來）	麥、嗇（嗇）	
		朿（朿）		注見上。
		爽（爽）		
57	市字類	市（市）		
		岁（市）		
		米（木）	柿、肺	注見上。
		米（朿，弗）	梯、肺	
		市（帀）	師、衞	
		字（屰）	欮（瘚）	
		市（市）		

58	中字類	中（中）	史、嗇	
		臾（臾）	貴、虍	
		中（丑）	婁	
		冉（冄）	央（夬）	注見上。
		患（患）		
59	口字類	口（口）	言、舌	
		口（囗）	員、骨、舍、足	
		凵（凵）	口	柹
		凵（厶）	去	
		乙（厶）	弘、強	
		𠃌（丿）		
		乚（乚）	戉	
		厶（厶）	公、鬼	
		㠯（㠯）	台、允／弁	俗弁字亦如此作，篆文作𠬝。
		厶（關）	车	
		开（關）	別	开楷作丹
		疋（疋）	胥、楚	
60	品字類	品（品）	臨、喿	
		晶（晶）	星、參	
		厽（厽）	絫	
		齊（齊）		注見上。
61	上日字類	日（日）	昌、旦	
		白（曰）	曷	
		甘（甘）	殷	
		冃（冃）	曼、最、冒、冑	
		囚（囚）	盈（皿）	
		臼（臼）	晨（晨）	
		昜（昜）	易、影（古文馬）	
62	中日字類	日（日）	冥、莫	注見上。
		回（回）	宣、垣	
		舟（舟）	亘、組	

63	下日字類	（日）	晉、簪（晉）	注見上。
		（曰）	曾、替（簪）	注見上。
		（甘）	香、旨	注見上。
			皆、魯、者、習	與自同
64	白字類	（白）	皐、帛	
		（自）	鼻、臭	
			皇	此亦自字
		（泉）	原	
		（皃）		
		（樂）		
		（皀）		
		（甲）		注見上。
65	百字類	（百）	佰	古文作丙，字从此弼
		（西）	頁、面（面）	
		（百）		
		（丙）		
66	月字類	（月）	期、朏、霸、朔	注見上。
		（肉）	脂、膏	注見上。
		（舟）	俞、朝、朕、服	注見上。
		（丹）	丹、彤、青、臒	
		（冃）	胄	注見上。
		（闕）	殸	籀文殸字如此作
		（𦝠，朋）		
67	罒字類	（四）		
		（目）	睘、罘/罜、蜀	罜、蜀亦如此作
		（网）	罷、羅、置	
		（囧）	明	
		（皿）	寧、覽	
		（爵）		注見上。
68	目字類	（盼）		
		（盻）		
		（眄）		

		盺（眨）		
		眅（眅）		
		睍（眅）		
69	上田字類	田（田）	里、畟	
		囟（囟）	思、細	
		由（由）	禺、畢、畏	
		㐭（古文囟）	里	
		囟（囵）	胃	
		甲（甲）	卑	上有，未注明注見上。
		毌（毌）	貫	
		果（果）		
		甲（關）	單	
70	中田字類	田（田）	畺、黃	注見上。
		㓟（古文囟）	曾、會	注見上。
		毌（毌）	虜	注見上。
		用（用）	專、勇	注見上。
		臼（臼）	申、奄	注見上。
		叀（叀，叀）	惠、疐	
		魚（魚）		
		畾（畾）		注見上。
		萬（萬）		注見上。
		華（奪）	奮	注見上。
		車（車）		
		叟（叟，更）		
		叟（叟）		
		東（東）		
		柬（古文陳）		
		柬（柬）	闌、湅	上三字今書同作東
71	下田字類	田（田）	苗	注見上。
		甾（甾）	盧、畣	
		出（凷）	屈（屈）	
		由（關）	粵、胄	由為今由字
		甲（甲）	戝（戎）、𣇀（早）	注見上。

72	里字類	里（里）	釐、塵	
		黑（黑）	熏	
		東（東）	重、量	注見上。
73	艮字類	艮（艮）		
		艮（艮）	根、限	
		皀（皀）	鄉、食	注見上。
		良（古文叀）	廏	
		艮（良）	郎、眼	注見上。
		㠱（肩）	殷	
		退（退）		
74	匕字類	匕（亾）	良、喪（喪）	
		匕（匕）	良（艮）、皀	注見上。
		兵（長）	髟、肆（隸）	
		畏（畏）		
		辰（辰）		
		屖（屖，展）		
75	正字類	正（正）	是、定	
		疋（疋）	䖵	注見上。
		匹（匹）	甚	
		㐫（㐫）	匃、㐱（乍）	注見上。
76	巳字類	巳（巳）	配、坦、起、祀	
		己（己）	妃、圮、記、㠯	
		㠯（㠯）	弁（异）、㭒	注見上。
		卩（卩）	肥、巵、鸞、卷	注見上。
		弓（弓）	氾、㔾（雫）	注見上。
77	尢字類	尢（尢）		
		宂（宂）		
		穴（穴）		
		尣（尣）		
		亢（亢）		
		尬（尣）		

78	冠字類	冠（冠）		
		寇（寇）		
		㐌（㐌）		
		徣（尳）		
		㝂（旡，无）	㿽、㱛（亮）	
79	斤字類	兵（兵）		
		北（北，丘）		
		兞（所）		注見上。
		庌（庍）		今作斤。
80	山字類	山（山）	崇、屵	
		屮（屮）	蚩/嶽、离（离）	注見上。嶽、岡亦如此作
		㞢（之）	蚩、先、㞢、屵	注見上。
		耑（耑）	段、豈	段、豈等字從此省
81	𠂤字類	𠂤（𠂤）	歸、官	
		臣（臣）	臤、宦	
		叵（叵）	配、宦	
		𠃊（巨）		
82	彑字類	彑（彑）	象、豪	
		彐（又）	尋、帚	注見上。
		彔（彔）		注見上。
		彐（關）	彀、肩	籀文彀字從此。肩字從彐。
83	聿字類	聿（聿）	肄、肅	聿應楷定作聿
		聿（聿）	書、筆	
		聿（書）		
		隶（隶）		徐鉉曰：疑從聿省聲。
		隶（隶）	隸、隷	
84	幸字類	幸（幸）	報、執	
		夲（夲）	達	
		㚔（㚔）	倖	
		坴（坴）	熱、藝	
		羍（南）		

85	敕字類	（敕）	𣪚（整）	敕今作敕
		（敕）		應楷定作敕
		（莝，莝）	鼇、莝（莝）	
		（欶）	愁	
		（鏊）		
		（攰）		攰今作敕
86	虍字類	（虎）		
		（膚）	虧	
		（虘）	覿	
		（慮）	戲	
		（膚）	盧	
		（虜）		
		（慮）		
		（虚）		今別作墟，非是。
		（慮，虐）		
87	兟字類	（兟，兓）	朁（朁）	
		（兟）	贊	
		（赫）	輦	
		（闕）		
		（普）		與普字異，普字從日
		（棥）		
88	戊字類	（戊）	成、戌	注見上。
		（戍）	幾、蔑	
		（戉）	越、戚	
89	豕字類	（豕）	豦、象、篆、豕	
		（象）		
		（象）		
		（彖）	彙	
		（豚）		
		（彔）		籀文髟。
		（𠀌，亥）		古文亥。

三、《字通》附錄字表

說明：《字通》本文卷末云：「總八十九部，六百又一文，蓋字書之大略也。其它則張謙中《復古編》最爲精詳矣。或有字本如此而轉借它用，乃別爲新字，以行於世，《復古編》及《字通》尙未及之，略具如左文。」〔註1〕

承上述之義，將附錄之性質分作「說文本義」、「今以爲某義」（上述轉借它用者）、「別作某字，非」（別爲新字）與「備註」用以補充《字通》之說明等欄目，表列如下：

字　頭		說文本義	今以為某義	別作某字非	備　註
頌	頌	皃	雅頌之頌		形容字乃从容，容乃容受之容
邕	邕	四方有水自邕成池	邕咮之邕	別作壅，非	
離	離	黃倉庚也，鳴則蠶生	離別之離	別作鸝，非	
㞢	之	古文作㞢。象芝形	之出之之		《說文》別出芝
而	而	頰	語助之而	別作髵，非	
其	其	簸	其厥之其		《說文》別出箕
虍	虛	大丘	虛實之虛	別作墟，非	
須	須	面毛	須待之須	別作鬚，非	
於	於	孝鳥	於是之於	（俗又作）鳴，非	《說文》別出烏
氐	氐	至	氐宿之氐	別作低，非	
來	來	周所受瑞麥來麰	行來之來	別作秾，非	
頻	頻	水厓人所賓附頻蹙不前	頻數之頻	別作濱，非	
云	云	山川气	云爲之云		《說文》正作雲
原	原	水原本	原再之原	別作源，非	正作𤍽
番	番	獸足	番土之番	別作蹯，非	或作蹞、𰹔
尊	尊	酒器	尊卑之尊	別作鐏、樽亦非	或从寸
瞑	瞑	翕目	瞑眩之瞑	別作眠，非	
顛	顛	頂	顛倒之顛	別作巔，非	蹎倒字从足
縣	縣	繫	州縣之縣	別作懸，非	

〔註1〕此乃原書採直行編排之故，於《字通》本文後之左行所編之附錄。

篆	字	義	用	別作	備註
然	然	燒	若然之然	別作燃，非	
要	要	身中	要約之要	別作腰，非	
敖	敖	游	人名，地名之類	別作遨，非	
衰	衰	雨衣	盛衰之衰	別作蓑，非	
雅	雅	楚烏	雅正之雅	別作鴉，非	
華	華	榮	麗華之華	別作花，非	
邪	邪	琅邪郡名	邪正之邪	別作琊，非	衺正从衣
常	常	下帬	恒常之常	別作裳，非	
臧	臧	善	臧否之臧	別作藏，非	借作臧匿之臧
亢	亢	頸	亢宿之亢	別作吭，非	
憂	憂	味之行	憂戚之憂	別作優，非	優，饒也
州	州	水中可居者	州縣之州	別作洲，非	
儋	儋	何	儋耳之儋	別作擔，非	
檐	檐	梠	檐杖之檐	別作簷，非	
沾	沾	益	沾潤之沾	別作添，非	
奉	奉	承		後人加人（俸），捧字亦非。	俸本只作奉，古謂之奉祿
冢	冢	高墳	冢適之冢	別作塚，非	
底	底	柔石	底至之底		《說文》別出砥
止	止	下	至止之止	別作趾，非	
匪	匪	如篋	非匪之匪	別作篚，非	
豈	豈	還師振旅樂	豈可之豈	別作凱，非	
巨	巨	規巨	巨細之巨	別作矩，非	
呂	呂	脊肉	律呂之呂		《說文》別出篆文膂
無	無	豐	有無之無	別作廡，非	
府	府	文書藏	州府之府		別作腑
主	主	鐙中火主	主張之主	別作炷，非	
弟	弟	韋束之次弟	兄弟之弟	別作第，非	
解	解	判。一曰解豸獸	（今專以爲）分解之解	別作獬，非	
每	每	艸盛上出	每物之每	別作莓，非	
采	采	捋取	采色之采	別作採，非	

但	裼	徒但之但	別作袒，非	
草	草斗櫟實。一曰橡斗	（今以書）艸木之字	別作皁，非	
何	儋	誰何之何	別作荷，非	
果	木實	果決之果	別作菓，非	
网	庖犧所結繩以漁	亾网之网	別作網，非	
久	从後灸之。象人兩脛後有距	久長之久		《說文》別出灸灼
[illegible]	神鳥	（今借以爲）朋黨之字		《說文》別出鳳
气	雲气	祈气之气	別作氣，非	氣今餼字
尉	从上按下 。从𡰥又持火所以尉繒	尉撫之尉	別作熨，非	
莫	日且冥	適莫之莫	別作暮，非	
酢	醶	醻酢之字	別作醋，非	
麗	旅行。鹿之性見食急則必旅行	華麗之麗	別作儷，非	
厲	旱石	嚴厲之厲	別作礪，非	
埶	穜	埶刀之勢	別作藝，非	
鉞	車鑾聲	斧鉞之鉞	別作鐬，非	
隊	从高陊	羣隊之隊	別作墜，非	
袒	衣縫解	袒裼之袒	別作綻，非	
濯	所以進船	澣濯之濯	別作櫂，非	
左	手相左助	左扁之左	別作佐，非	
右	手口相助	右偏之右	別作佑，非	
孰	食飪	孰何之孰	別作熟，非	
蜀	葵中蠶	地名之蜀	別作蠋，非	
帥	佩巾	將帥之帥		《說文》別出帨
勿	州里所建旗。象其柄有之斿	毋勿之勿		《說文》別出㫚
渴	盡	飢渴之渴	別作竭，非	飢渴之渴當作㵣。竭，負舉
北	分	分北三苗字		別作別
舄	鵲	履舄之舄		《說文》別出雒

醋	酢	客酌主人	醋醶之醋	別作酢，非	
昝	昝	乾肉	古昔之昔		倣籀文作腊
夶	亦	人之臂夶	亦若之亦	別作腋，非	
易	易	蜥易，蝘蜓，守宮	變易之易	別作蜴，非	
或	或	邦	疑或之或		《說文》別作域
納	納	絲溼納之	出納之納	別作衲，非	

四、李從周相關文獻輯考

說明：李從周並未在宋代任官，考《宋史》無傳，但是其生平事蹟散見於南宋當代及後代的各家筆記、讀書札記及傳記文集當中，而其一生重要的交遊對象是南宋大儒魏了翁，筆者考察《鶴山先生大全文集》以及魏氏其他相關的讀書雜抄、年譜，皆記載了李氏許多相關的生平與學術活動。此處輯考李氏相關之材料，彙整如下：

（一）輯自〔宋〕魏了翁《鶴山先生大全文集》

在魏了翁的《鶴山先生大全文集》中載錄魏了翁與李從周唱和與相贈賦的詩文數則，茲分作詩與序跋題記二類：[註2]

1、詩〈肩吾摘傍梅讀易之句以名吾亭，且為詩以發之用韻答賦〉

三時收功還朔易，百川斂盈歸海廗。

誰將蒼龍挂秋漢，宇宙中間卷無迹。

人情易感變中化，達者嘗觀消處息。

向來未識梅花時，繞谿問許巡簷索，

絕憐玉雪倚橫參。又愛青黃弄煙日。

中年易裏逢梅生，便向根心見華實。

候蟲奮地桃李妍，野火燒原葭炎苗。

方從陽壯爭門出，直待陰窮排闔入。

隨時作計何太癡，爭似此君藏用密。

人官天地命萬物，二實五殊根則一。

〔註 2〕詳參〔宋〕魏了翁：《鶴山先生大全文集》。

囿形闤闠渾不知，卻把眞誠作空寂。

亭前擬繪九老圖，付與人間子雲識。

五老峯前訪梅招鶴合余肩吾作九。

〈生朝李肩吾貽詩次韻爲謝〉

肩吾作詩慶五十，矜我顛躋授之縶。

因思五十義最精，造化機緘斯出入。

君看五位相生成，前盪後摩如授揖。

至於五衍宓有窮，澤火趨新承井汲。

作聖工夫方自茲，爲人生活知非急。

習人於此嘆始衰，血氣雖衰義逾集。

寒余不學晚知非，方把斯心驗存蟄。

獨嗟道遠莫致之，願與始終謀不及。

〈次韻李肩吾讀易亭山茶梅〉

梅華鶴羽白，茶華鶴頭紅。拱揖鶴山翁，如授宗人同。

山間兩賓主，窮極造化功。易終得未濟，曹夫觀齒風。

或嗟生處遠，不近扶木東。誰知天然貴，正在阿賭中。

喧寂四時耳，寒至窒斯穹。冷眼看千古，聲色沈英熊。

再賦

淘金亂川綠，發蕨燒山紅。自爲天一隅，奚翅地十同。

米賤衣弗費，四民罕全功。功夫到華卉，未至澆淳風。

老梅委林莽，洛珮遺丁東。茶華新移根，脫命斤斧中。

焉知貢然者，秋毫皆蒼穹。觀物弗之察，吾欲問黃熊。

〈將入靖州界適值肩吾生日爲詩以壽之〉

肩吾名地古誠州，明日聯車入界頭。

草草三杯酌初度，恍如赤壁伴元脩。

滔滔今古滿雙鬢，納納乾坤歸兩眸。

自有江山幾千載，頗曾有此主賓不。

道亨初不關窮達，身健何須問去留。

但願王明天地泰，此生長共國同休。

〈王常愽寄示沌路七詩李肩吾用韻爲予壽因次韻〉

誤隨煙艇武陵谿，未見桃花路已迷。

雲掩九扉風露冷，又吹殘夢夕陽西。

洞煙谿月晚來村，白酒青魚旋押豚。

納納乾坤元許闊，何須頭上自安盆。

前村風日熟新秔，尚記來時帶雨耕。

大化驅人人未喻，等閒文字過平生。

竹外蒲牢敏曉鯨，玉珂金鑰怳心驚。

斷章韓愈賒七字，臣最當誅王聖明。

兄弟親知各異方，僕夫痡困馬玄黃。

惟吾臭味李夫子，不爲無人不肯芳。

湓浦猿哀杜宇嘰，琵琶彈淚送人歸。

誰言蘇白名相似，試看風騷赤壁磯。

來時犖犖漢三明，謂余與肩吾萬里。浦雪江風爾許情。

今度王郎隔湘水，夢餘環珮玉瑲琤。琤測庚切，元與琮字不協。

〈次李肩吾送安恕父回長沙韻〉

寒雲蒼慘跕鳶嘶，野水冥濛倦鶩飛。

茀被紙窗長失曉，媿曾日日侍宸圍。

冰力方剛風助威，經旬足不到門畿。

可人安倩來相問，語極情生爵耍揮。

忽忽狼馬度煙霏，又指夕陽春處歸。

晚歲唯餘李夫子，夜窗書紙教元暉。

自出脩門已及幾，_{幾，期也，見《毛詩》、《左傳》。}家人應賦柳依依。

苟無飢渴吾何戚，見説齊東未解圍。

再用韻

規摹廣大理精微，天末行雲鑑裏飛。

莫把空言看簡册，更知實理在宮闈。

曉看紅日上霜威，夜按蒼龍運九畿。

獨抱孤衷竟誰識，前山陰斂又揚揮。

才資如子世應稀，自喜寒門女有歸。

我被詞華幾陷溺，相期努力踐朝暉。

春風袨服駕雕幾，四牡騑騑得所依。

逢快意時須緩轡，世間平地幾摩圍。

〈肩吾生日以三絕爲壽〉

俗學場中蚤掉頭，一窗書卷古人謀。

東西日月自明耳，皇恤人間有喘牛。

窮檐小市百年州，淺瀨平沙萬古流。

天運人謀鎮如此，晚醺時上驛南樓。

宇靜晝憁長似歲，心清夏簟冷於秋。

是閒消息君知得，看盡區中浪白頭。

〈肩吾生日三絕句〉

尚記聯車入界頭，廉安門外麥三秋。

江山氣度依前偉，簡册功夫匪昔侔。

世歷嬴劉周典盡，經由孫沈古音休。

更嗟書法開元壞，不易肩吾字字求。

昔人年德位俱優，淇奧賓筵苦自脩。

學至百年寧有厭，勉哉三十六春秋。

〈次肩吾慶生日韻〉戊子

謾閱人間五十年，年來道遠思悠然。

一心可使乾坤位，五性元鍾父母全。

爲己工夫渾間斷，滿頭歲月浪椎遷。

更無益友相扶植，平地羊腸仆白顚。

山中兀兀不知年，但數前山蔑火然。

人笑腰無金可佩，我忻脛與玉俱全。

聖賢面目晝三接，簡冊期程日九遷。

此事知心君有幾，不妨相伴各童顚。

〈肩吾生日〉

誰遣青龍日夜流，記經星紀已降婁。

邊城洽匝三寒暑，初度聯翩四倡酬。

力探上下三千載，行半東西二百州。

有許豪雄都忘卻，松窗棐几靜中求。

餘晦越鄉別臨賀，郭君出竟送荆州。

放麑心事人誇說，得似如今縶歲留。

〈次肩吾慶生日韻〉巳丑

男兒生世果何事，卜士詩之閭史書。

內美元非私正則，天彝豈但付胥餘。其子名。

滔滔大化亘千古，職職羣生同一初。

此事年來才信得，從前浪走只成疏。

我友憂時髮滿梳，殷勤勉我用詩書。

情知分義如何廢，可使才能自有餘。

氣血漸衰多病後，創夷轉甚數年初。

夢魂慣識歸來趣，長傍山椒擷稻疏。

上述所引之詩，觀察其內容多屬魏了翁與李從周和友人互相酬贈之作，其中

生日的贈詩，對於李從周生年的探討甚有參考價值，並且就詩作的內容也可以對照魏了翁之年譜中所記述之事，用以推求李從周之生平活動，及與之從遊的友人。

2、序跋題記

〈跋李肩吾從周所書損益二卦〉

李伯謙每誦懲忿窒慾、改過遷善之訓以自儆，李肩吾爲書損益二卦以贈其歸，又以脩裕名所居堂而屬余書之。嗚呼！觀山高澤下之象，以懲忿窒慾不其脩乎；觀風行雷迅之象，以遷善改過不其裕乎。脩所以自克也，裕則復於禮矣。二者《易》之要義，伯謙勉之。

〈題李肩吾爲許成大書鄉黨內則〉

吾友李肩吾，彊志精識，嘗爲《字通》一編，以正法繩俗書。成大見而悅之，亟從問字肩吾，授以〈鄉黨〉、〈內則〉二篇。夫〈內則〉先王所以降德于民，而〈鄉黨〉吾聖人無行而不與二三子者也。民有是物，必有是則，顧習其讀而弗之察。嗚呼！其能朝夕于斯，則不惟知言語、容貌、居處、飲食皆立誠定命之要，亦以見書名之學，偏旁點畫具有顛末乃知類，入德之本，而世亦罕能知之也。《詩》曰：「朋友攸攝，攝以威儀。」成大其懋，敬之哉。寶慶三秊，三月，甲子。臨邛，魏某書于靖州鶴山書院。

〈題李肩吾所書鄉黨〉

吾友李肩吾，博見彊志，書名之學，世亦鮮及之。渠陽山中爲余從子令憲書〈鄉黨〉篇。余獲與觀焉。嗚呼！天道至教，風雨霜露，接人耳目，而人由之不知也。聖人至德，威儀容貌洋洋乎。簡冊而人習焉不察也。嗚呼！小子憲，肩吾所以遺爾者多矣，往敬哉。其體習踐修惟無斁。

〈題李肩吾爲尹商卿書鄉黨〉

天之生民，有是物必有是則，故凡威儀、容貌、飲食、衣服何莫非天則之流行也。聖人德盛仁孰，從容中道；門弟子精體實踐，詳說

而備書之，則所以學聖人也。李肩吾爲人書〈鄉黨〉者數矣，得是書者，皆使予識其末，今商卿又以屬余。嗚呼！商卿尚敬之哉。昊天曰明，及爾出王；昊天曰旦，及爾游衍。夫苟瞬存息養而實有得於斯焉。則知古人之所謂學者蓋如此。

題彭山宋彥祥詩卷

宋彥祥前年過我，襄出八詩，有《擊壤集》中氣脉，今年又求予友肩吾書之，索予題識。詩造平澹，此豈易得？第擇理容有聖門所未道者，如「點檢精時管甚人」與「事事安排要侶渠」等語，更當商略而了翁方治東歸之裝，未暇也。

跋施厚卿致仕十詩

師厚卿自紹定元年貢於鄉，以母疾禱于上下神祇，曰：萬有一齒一名于進士籍，則䬲祿吾母俾壽，且寧不願仕也。其秋不復試禮部，厥三年而後舉進士，則母不及見矣！旣唱第廷中，謀挂衣冠而奪於親暱之異論，不遂初志，卒受爵以歸，歸而得疾幾殆，則舍然嘆曰：豈我食吾言以干天怒乎，決意不仕，賦十詩見志，屬李肩吾書之予識之，予謂之曰子以蒼蒼者爲天邪，此心之神明則天也，此心之所不安則天理之所不可，天豈屑屑然與人商較是非也？《詩》曰：敬天之怒，無敢戲豫子也，急求緩棄違心所安是戲豫也。語曰：吾誰欺，欺天乎！子謂人心之外又有所謂天乎？厚卿竦然曰：我事吾志不他有悔矣！乃識其事于詩末以成厚卿之志。

〈彭山李肩吾從周字通序〉

略

最後一篇序文已於前面版本著錄中有所載錄與討論，故此處從略。依魏了翁所作關於李從周的序跋題記之內容，可以憑此考察李氏在與他人的往來與學術互動情況，並了解李氏生平之著述內容。

（二）輯自〔宋〕魏了翁《鶴山渠陽讀書雜鈔》

魏了翁的《鶴山渠陽讀書雜鈔》是魏氏討論經書字義的讀書雜記，其中有

八則雜記中載有李從周之論說，茲錄如下：〔註3〕

「《儀禮》緇布冠缺項」

鄭氏曰：「缺讀如有頍者之頍。」去蕊反。李微之謂先儒音字，止爲譬況，至孫炎，始爲反切。李肩吾以爲不然，謂杜元凱曾有音二字：僖七年泥音寧；成二年殷音煙。王輔嗣於井卦音如舉上之上；遯卦音如臧否之否，蓋是時方有音字，至沈約分四聲韻，亦有反切。

「姑姊妹女子子，已嫁而反，兄弟不與同席而坐，不與同器而食，父子不同席」

肩吾云：「父子不同一句，當連上文。」

「餕餘不祭，父不祭子，夫不祭妻」

肩吾欲只作祭祀之祭通三句說。然古注之意，謂尊者之餘則祭，盛之也；卑者餘則不祭，亦自好乃祭。先飯之祭。

「爲天下逋逃主，萃淵藪」

肩吾謂馬融傳於逋逃絕句，因檢古法則，亦以「主萃淵藪」作四字解。左氏昭七年傳，乃作「萃淵藪」。

「《周禮》草人輕爂用犬」

鄭氏曰：「輕爂，輕脆者。」陸釋爂，孚照反。李音婦堯反。賈疏爂、脆聲相近。愚按此乃爂字。今人作票，陸、李猶以照堯爲聲，賈遂誤作爨讀，失之遠矣。韓文公所謂凡爲文須略識字，此類是也。此李肩吾點注疏對出此字。

「〈雜記〉上朝夕哭不帷」

鄭注緣孝子之心，欲見殯殔也。既出則施其扆，鬼神尚幽闇也。陸釋《字林》，扆，戶臘反，閉也。《篆文》云古閣字。《玉篇》羌據、公答二反。《正義》曰：「鄭注會《儀禮》注也。」則扆是襄舉之名，初哭則襄舉，事畢則施下之。案義疏與注釋意異，肩吾云：「與合同。」

〔註3〕詳參〔宋〕魏了翁：《鶴山渠陽讀書雜鈔》，《叢書集成新編》。

「月三日則成魄_霸」

朱氏曰:「魄者,月之有體而無光處也。故《書》言哉生明旁死魄,皆謂月二三日月初生時也。凡言既生魄,皆謂月十六日,月始闕時也。〈鄉飲酒義〉,兩言月三日而成魄,則是漢儒專門陋學,未嘗讀《尚書》之言耳。疏知其謬而曲狥之。故既言月明盡而生魄,又言月二三日而生魄,何相戾之甚也。愚(此指魏了翁)按《說文》於「霸」字下釋云:「始生霸然也。承大月二日,承小月三日,從月,霏聲。《周書》曰:『哉生霸。』」以此言之,霸魄之義,容有不同。此魄字疑當作霸,《書》亦然。李肩吾云:「三日則魄。如朱文公所謂魄,則當作霸字。」

「《儀禮・士喪禮》君使人弔,徹帷,主人迎于寢門外云云」

鄭注:「寢門,內門也。徹帷,屍之事畢則下之。」李肩吾云:「帷宸,孔訓襄舉,當是之下絕句。」按《說文》「屍,閉也。從戶,劫省聲。」則宜事字下絕句,蓋屍合通,賈疏謂襄帷而上非,謂全撤去,亦未安。

魏氏的《鶴山渠陽讀書雜抄》是其讀經之札記,從當中所錄觀於李從周之論說,一者可以證明魏氏與李氏之間的問學往來,二者可以了解李氏在經說字義上的觀點,從而研究其論說,探討其學術。

(三)輯自〔宋〕魏了翁講,稅與權輯《鶴山師友雅言》

目前《鶴山師友雅言》最早之版本有元至正二十四年(1364)吳郡金氏刊本,藏於國家圖書館,正文卷端題為「鶴山雅言」,據序得知其書乃稅與權所編與前述《學案》之語:「鶴山門人稅與權作《雅言》,頗引先生之說」相合。所錄李從周之說數條,茲列如下:

「論《易》」

鶴山云:乾坤後屯卦伏剝蒙伏復,故雜物撰德。

李肩吾云:「復至千八月有凶自,復至坤垢遯,故卤所謂七日復,謂復垢中隔一崑卦以碩果不食,數七爻恰復。」

「論《詩》」

李肩吾云：「孔子謂：自衛反魯，然後樂正。〈雅〉、〈頌〉各得其所。〈雅〉、〈頌〉即樂也。古樂不存，惟〈雅〉、〈頌〉見之。」

「論《語》、《孟》」

李肩吾云：「歲十一月徒杠成，十二月輿梁成，民未病涉也。只在未字上說，縱十一月、十二月亦未病涉耳，以夏正說。」

「論經叶韻」

鶴山云：「《詩》、《易》叶韻自吳材老斷然言之。」槭

李肩吾云：「九經互考出來，古無四聲韻，只共有九韻。小東大東，杼柚其空。吳材老以爲陽字韻，不必如此。東字兩韻叶，陽字韻各叶，它皆然。」鶴山云：「《易》中華字多叶荂與《詩》韻同。」

又云：「潛龍勿用，下也。見龍在田，時舍也。以爲經無下馬一韻，凡下皆音虎，如此時舍字亦音庶。」又楊季穆、王子正曾在潼川郡齋云：「不特乾有時舍與下叶，井卦亦有之。鶴山荅云：井泥不食下也。亦音虎。舊井無禽時舍也。」亦音庶。

鶴山云：「六經中無荼馬下字韻，盡作荼毋虎無來字韻，又從黎音。」
李肩吾云：「《毛詩》報之以瓊玖叶音几。孔子以前九皆音几，至孔子傳《易》有斜音，乃是不可久也。叶天德不可爲首也。至雜卦說咸速也、恒久也、渙離也、節止也。其久字又叶止讀，疑雜卦是孔子以前書。」

鶴山謂：「黃熊入羽淵。注疏家以或從能叶十七登韻，或從熊叶一東韻，以此知能叶東，《詩》多如此。」

「論音切」

李肩吾云：「賈逵只有音，自元魏胡僧神珙入中國方有四聲反切。」
鶴山云：「李肩吾說古聖賢無四聲韻，自康成不曾有反切，惟王輔嗣《周易》內有反切兩箇遜井。鄭玄只說讀如某，無反切。」

鶴山云：「鄭康成時未有音切，止稱呼如某字，王輔嗣注《易》始音某音某者二。至唐胡音大傳中國，有音有反切，皆胡言也。」

王輔嗣注《易》遯卦音感否之否又大過卦音相過之過井卦音舉上之上杜預傳僖七年盟于甯□經注泥丹亭音如甯　二年左輪未殷注□音近□

又云：「字書始一終亥，其形也；始東終法，其聲也。許叔重元無反切，後人漸加附益。至徐鼎臣始以孫愐《唐韻》切音爲定。自音切行，人以爲便於檢閱而不知字之本乎偏旁。故李巽巖初作《五音譜》，以許叔重部敘爲之，後在遂寧出示虞仲房乃改用徐楚金《韻譜》，巽巖謂偏旁一切都置，則字之有形無聲者豈不愈難檢閱，雖從仲房而巽巖實不以《韻譜》爲然。故後敘自要別行其《五音譜》乃賈端修所定。蜀前輩如巽巖，字學甚深。」

「論字義」

鶴山云：「典則制度字皆有義。典是竹爲冊而六相承之制，如制幣之制有尺寸。

又云：因講《易》與天地準說，準字本如淮字而尾長象隼水取聲。自後魏有趙準反，時云要知其名，淮水不足乃只雨點而又添下一十字，至今錯李肩吾準本字準。」

又云：「間厠字李肩吾說未見出處，惟武帝距厠見衛青，音訓謂床邊爲厠。厠字〈汲黯傳〉大將軍青侍中上距厠視之、〈劉向傳〉皆有〈劉向傳〉上疏諫曰孝　文皇帝居霸陵北臨厠服虔注曰厠側近水韋昭曰高岸夾水爲厠也，一處注作「行清」万石君傳建爲郎中每五日歸謁親切問侍者取親中帬厠牏身自澣洒蘇林注曰賈逵解周官云牏行清也孟康注曰厠行清□中受糞函者也師古曰注中帬牏今言中衣厠牏者近身之小衫若今汙衣，『行清』字《儀禮‧喪服傳》有又儀礼既夕礼向人築拎坎隸人涅厠塞厠也『霸陵帝臨厠』謂夾岸處見劉向傳，又〈張釋之傳〉從行至霸陵上居外臨厠。師古曰岸之邊側也

在《鶴山師友雅言》中，進一步的補充了上述《鶴山渠陽讀書雜抄》記載李氏之學問內容，且更多關於李氏論說文字音韻的材料，有助於研究其文字語言觀念。

（四）輯自〔宋〕張世南《游宦紀聞》

張世南在《游宦紀聞》卷七，有記錄當時張氏接觸李從周與魏了翁的事蹟，謂：[註4]

> 包遜，字敏道。象山先生之上足也。寶慶丁亥，爲世南言，頃在臨安，謁魏舍人了翁，蒙予進，因出《雲萍錄》令書。包有六子皆從心，其間名協者，舍人指曰：「此非從心，乃是從十。」有館客李丈，留心字學，數十年矣，待爲叩之。少選，李至，遂及此，云：「其義有二；從十乃衆人之和，是謂『協和萬邦之協』；從心乃此心之和，是謂『三后協心之協』。」世南嘗以語士大夫，間有云：「恐出臆斷。」後閱《集韻》，果如前所云。是知作字偏旁，不可毫髮之差。李丈名肩吾，眉人，學問甚富，世南嘗識之云。

此條所載，則記述了時人對李氏文字學問的認同，對於其說解問字字義之論說，又補充了一份珍貴的材料，可整合上述李氏文字音韻之說，分析研考。

（五）輯自〔明〕陶宗儀《書史會要》

陶宗儀爲元末明初時人，其所著之《書史會要》有介紹李從周其人，錄於卷六，謂：

> 李肩吾，字子我，號螟洲。魏文靖公門人。能書，取隸楷之合於六書者，作《字通》行于世。

此條材料讓李氏的名號記載更爲齊全，也有助於印證《全宋詞》中〈螟洲詞〉之作者，以及《字通》撰著的內容。

（六）輯自〔清〕黃宗羲原本，王梓材、馮雲豪同輯，何紹基重刊 《增補宋元學案》

此條材料，載於〈鶴山學案〉卷八十，在「鶴山講友」之處載錄李從周之生平介紹：

> 李從周，字肩吾，臨邛人也，不詳其生平。鶴山講學之友，《三禮》多質之中父；六書多質之先生。嘗同在渠陽山中，稱其強志精識，

[註4] 〔宋〕張世南：《游宦紀聞》，《唐宋史料筆記叢刊》（北京：中華書局，2006 年 9 月），頁 60。

所著《字通》能追原篆隸以來流別，而惜乎今之不可得見也。鶴
山門人稅與權作《雅言》，頗引先生之說，皆考證經史語，其謂古
無四聲，只共有九韻，力糾吳才老之非云。《宋藝文志》有其書。
_{補。}

此條材料點出了《雅言》中應有記載李氏之學說，並論及其古音學的見解，對
於考察其文字語言觀念甚有助益。

（七）輯自〔清〕黃宗羲撰，全祖望補定《宋元學案補遺》

此項材料則載云：

鶴山講友

_補李先生從周

附錄

鶴山序先生《字通》曰：「肩吾蓋嘗博觀千載，歷覽八紘，而能返諸
義理之歸者也。斯其爲學豈以一伎一能而可名者比乎。」

虞道園〈題字通序〉曰：「李君肩吾在魏文靖公之門，有師友之道焉。
是以公序其《字通》，取其自隸楷而是正于六書，又進之以學，使極
變化而通神明者。」雲濠謹案：《四庫全書》著錄先生《字通》一卷，
係兩淮鹽政採進本，《提要》云魏鶴山〈序〉稱爲彭山人，又言是書
以《說文》按隸書之偏旁，凡分八十九部，爲字六百有一，其分部
不用《說文》門類，而分以隸書之點畫，古法又既據隸書分部，乃
仍以篆文大書，隸書夾注，于體例亦頗不協云。

此條是前述《宋元學案》的補充，引用了魏了翁的〈字通序〉與虞集的〈題字
通序〉，並補述了版本以及《四庫全書總目提要》對內容之考訂意見。

（八）輯自《宋人傳記資料索引》

李從周，字肩吾，一字子我，號蠙州，彭山人，一云臨邛人。所著
《字通》，極爲魏了翁所稱許。

此條說明了李從周其人，並且在此條傳記材料下條列補充《鶴山先生大全文集》
的相關篇章。

（九）輯自《全宋詞》

李從周。從周字肩吾，一字子我，號蠙洲，眉州（今四川眉山）人。

精六書之學，嘗著《字通》，爲魏了翁之客。

在《全宋詞》中收錄了十闋李從周之詞作，在詞作之前，也概略的記載其人之名號，其中所錄之籍貫與上述云彭山、臨邛有別，云四川眉山，可捕其人生平來歷之說。趙萬里所輯李氏《蠙洲詞》，茲錄如下：

玲瓏四犯

初撥琵琶，未肯信，知音眞個稀少。盡日芳情，縈繫玉人懷抱。須待化作楊花，特地過、舊家池沼。想綺窗、刺繡遲了，半縷茜茸微繞。舊時眉嫵貪相惱。到春來、爲誰濃掃。新歸燕子都曾識，不敢教知道。長是倦出繡幕，向夢裏、重謀一笑。怎得同攜手，花階月地，把愁勻了。（《陽春白雪》卷四）

拋球樂

風胃蔫紅雨易晴。病花中酒過清明，綺窗幽夢亂於柳，羅袖淚痕凝似餳。冷地思量著，春色三停早二停。（《陽春白雪》卷六）

謁金門

花似匭。兩點翠蛾愁壓。人又不來春宜恰。誰留春一霎。消盡水沈金鴨。寫盡杏牋紅蠟。可奈薄情如此點。寄書渾不答。

一叢花令

梨花隨月過中庭。月色冷如銀。金閨平帖陽臺路，恨酥雨、不掃行雲。妝褪臂閒，髻慵簪卸，盟海浪花沈。洞簫清吹最關情。腔拍懶溫尋。知音一去教誰聽，再拈起、指法都生。天闊雁稀，簾空鶯悄，相傍又春深。（以上二首見《陽春白雪》卷七）

風流子

雙燕立虹梁。東風外、烟雨溼流光。望芳草雲連，怕經南浦，葡萄波漲，怎博西涼。空記省，淺妝眉暈斂，胃袖唾痕香。春滿綺囉，

小鶯捎蝶，夜留弦索，么鳳求凰。江湖飄零久，頻回首、無奈觸緒難忘。誰信溫柔牢落，翻墜愁鄉。仗玉棧銅爵，花間陶寫，寶釵金鏡，月底平章。十二主家樓苑，應念蕭郎。（《陽春白雪》卷八）

清平樂

美人嬌小。鏡裏容顏好。秀色侵人春帳曉。郎去幾時重到。叮嚀記取兒家。碧雲隱映虹霞。直下小橋流水，門前一樹桃花。

風入松冬至

霜風連夜做冬晴。曉日千門。香葭暖透黃鐘管，正玉臺、彩筆書雲。竹外南枝意早，數花開對清樽。香閨女伴笑輕盈。倦繡停鍼。花甎一線添紅景，看從今、迤邐新春。寒食相逢何處，百單五箇黃昏。

烏夜啼

徑蘚痕沿碧甃，簷花影壓紅闌。今年春事渾無幾，游冶懶情慳。舊夢鶯鶯沁水，新愁燕燕長干。重門十二簾休捲，三月尚春寒。

清平樂

東風無用。吹得愁眉重。有意迎春無意送。門外溼雲如夢。韶光九十慳慳。俊遊回首關山。燕子可憐人去，海棠不分春寒。

鷓鴣天

綠色吳箋覆古苔。濡毫重擬賦幽懷。杏花簾外鶯將老，楊柳樓前燕不來。倚玉枕，墜瑤釵。午窗輕夢繞秦淮。玉鞭何處貪游冶，尋徧春風十二街。（以上五首見《絕妙好詞》卷三）

　　從以上九種材料，可以大略的從兩個方向來考察李從周，首先是利用上述的詩文與傳記著錄，配合目前所存相關人物的傳記、年譜，可以考訂李氏此人之生平與師友郊游情形；再者就前述各類讀書筆記、學案中所載之材料，可以分析李氏其學術研究之偏向與觀點，且從其詞作之閱讀，也有助於吾人了解其文學之風格，並可整理出其著作篇章之概略，以述其學。

五、《字通》書影

字通

字而有隸蓋已降矣每降而輒下不可不推本之也
此編依世俗筆勢質之以說文解字作楷隸者於此
而推之思過半矣名之曰字通彭山李從周
上一點類象天在下者象地　文十四

字通

一於悉切惟初太極
一道立於一元字从此
一古文上指事時掌切　辛旁示帝等字从此
入入汁切內也象从上俱下也亡　字从此衣文交高等字亦如此作
大徒蓋切天大　籀文大改古文他
人大亦大故大象　地大人亦大故大象
八達切立字从此　人形奇亦等字从此
古他骨切不順忽出也从　庾切有所絕一而識
倒子充育等字从此　之也主音等字从此　知
云王分切古文雲省雨　象雲回轉形魂字从此
艸過中枝並益大　之止而切出也象

木妖闕夏書　曰隨山刊木

戊字類　　文三

戊傷遇切守邊也从此
戊等字从此
人戈幾戌等字从此
戌伐切斧也从戈乚聲乚
从反乚越戚等字从此

豕字類　　文七

字通

豕施氏切羍也象毛足而
有尾廬象豯豕等字从此
象通貫切豕走
內名豕也从互从豕
豚徒魂切小豕也从象省象
形从又持肉象文从又
彖羊至切脩豪獸一曰河
彙字　从此
彔美祕切籀文
內象豕下象毛足
不乎改切
敊古文亥
式視切豕也
總八十九部六百又一文蓋字書之大略也其它則

張謙中復古編最為精詳矣或有字本如此而轉借

它用乃別為新字以行於世復古編及字通尚未及
之略具如左文

頌之頌形容字乃从容容受之容
頌余封切皃也从頁公聲今以為雅頌

邑於容切四方有水自邑城池者是也
从川邑今以為邕噠之邕別作壅非

字通　堅如不足齋叢書

离呂支切黄倉庚也鳴則蠶生从隹
离嵩聲今以為離別之離別作鷈非

业之止而切古文作出本象芝形
今以為語助之而別作髵非

帀共鱗之而今以之說文別出芝
而如之切頯毛也象毛之形周禮曰作

其其居之切箕也象形下其丌也今
以為其厥之其說文別出箕字

虚虍上如切大丘也崑崙上謂之崑崙虛古者九
夫為井四井為邑四邑為丘四邑謂之上一謂之虛今以為

勿文弗切州里所建旗象其柄有之
斿今以為弗勿之勿說文別出旒字

渴渠列切竭葛二切盡也从水曷聲今以為飢渴
之渴飢渴之渴當作㵣別作渴非竭貪舉也

北兵列切分也从重八孝經說曰上下
有兆今分也北三苗字北形背聲別作別

烏七雀切鵲也象形今以
為屨鳥之烏說文別出雛

醋在各切酌之主人也从酉昔聲今
以為醋醶之醋別作酢非酢見上

字通　孟如不足齋叢書

昔私益切乾肉也从殘肉日以晞之與
俎同說文今以為古昔之昔傲籒文作腊

夾羊益切人之臂亦也从大象兩亦
之形今以為亦若之亦別作腋非

易羊益切蜥易蝘蜓守宮也象
形今以為變易之易別作蜴非

或于逼切邦也从口戈以守一一者
地也今以為疑或之或說文別出域

納奴荅切絲溼納之也从糸內聲
今以為出納之納別作衲非